給孩子的故事

給孩子系列

北島　主編

給孩子的故事

王安憶　選編

香港中文大學出版社

■ 給孩子系列　北島主編

《給孩子的故事》
王安憶　選編

© 香港中文大學 2018

本書中文繁體版由傳世活字（北京）文化有限公司
授權出版。

本書版權為香港中文大學所有。除獲香港中文大學
書面允許外，不得在任何地區，以任何方式、任何
文字翻印、仿製或轉載本書文字或圖表。

國際統一書號 (ISBN)：978-988-237-063-0 (精裝)
國際統一書號 (ISBN)：978-988-237-064-7 (平裝)

2018年第一版
2021年第三次印刷

本社已盡力確認書內散文的版權持有人，並取得使用
權。倘有遺漏，敬請有關人士與本社聯絡。

出版：香港中文大學出版社
　　　香港 新界 沙田·香港中文大學
　　　傳真：+852 2603 7355
　　　電郵：cup@cuhk.edu.hk
　　　網址：cup.cuhk.edu.hk

■ FOR YOUNG READERS SERIES　EDITED BY BEI DAO

Selected Stories for Children (in Chinese)
　Edited by Wang Anyi

© The Chinese University of Hong Kong 2018
All Rights Reserved.

ISBN: 978-988-237-063-0 (hardcover)
ISBN: 978-988-237-064-7 (paperback)

First edition 2018
Third printing 2021

This traditional Chinese edition is authorized by Moveable
Type Legacy (Beijing) Co. Ltd.

Every effort has been made to trace copyright holders of the
essays included in this book. If any have been inadvertently
overlooked, we will be pleased to make the necessary
arrangement at the first opportunity.

Published by The Chinese University of Hong Kong Press
　　　　　The Chinese University of Hong Kong
　　　　　Sha Tin, N.T., Hong Kong
　　　　　Fax: +852 2603 7355
　　　　　Email: cup@cuhk.edu.hk
　　　　　Website: cup.cuhk.edu.hk

Printed in Hong Kong

目錄

序

　　受託「活字文化」，編「給孩子的故事」。想了想，「孩子」的年齡段，下限應是認識漢字，數量多少不計，重要的是對書面表達能夠理解，有沒學到的生字生詞，可以查閱字典，或者請教爸爸媽媽和老師。上限卻有些模糊，小學高年級、初中和高中之間？就是十歲到十五歲，抑或十六歲，大概也不排除十七歲，將成年未成年，我們稱之「少年」。這個成長階段相當曖昧，不能全當成大人，但要當作孩子看，他們自己首先要反抗，覺着受輕視，不平等。也因此，我決定脫出慣常「兒童文學」的概念——事實上，如今「兒童文學」的任務也日益為「繪本」承擔，意味着在「孩子」的閱讀裏，小心地劃一條界線，進一步分工——我決定在所有的故事寫作，而不是專供給「兒童」的那一個文類中，挑選篇目，收集成書。

　　順延「給孩子」系列：詩歌，散文，這一輯本應是「小說」才對，為什麼卻是「故事」，我的理由倒並非從文體出發，而在於，給孩子一個有頭有尾的文本，似乎試圖回到人類的童年時代，漫長的冬夜，圍着火

爐聽故事。這可說是文學的起源，經過無數時間的演化，從口頭到書面，從民間到經院，再從經院回到民間，書面回到口頭——最近一屆（2016）諾貝爾文學獎不是頒發給美國搖滾歌手鮑勃‧迪倫（Bob Dylan）？現代主義將形式的藩籬拆除，文學史等待着新一輪的保守和革命。孩子也許會提醒我們，事情究竟從哪裏發生，從哪裏發生就是本意。彷彿處於人類的源起，我想，每一個人其實都是一部獨立的文明史，他們保有美學的本能，你要講一件事情，就要從頭開始，到尾結束，這是「故事」的要旨。這裏收入的「故事」，基本上是小說，我以為，這是火爐邊上的講述後來形成的最有效模式。其中有幾篇散文，也是有人和事，有發展和結局，稱之「散文」是因為來自真實的經驗，不是虛構，是非虛構，但並不違反敘事完整的原則。所以，我們稱這本書為「故事」。

我可以為這些故事負責，它們不會使讀故事的人失望，無論在怎樣的不期然的地方出發，一定會到達期然；掉過頭來，在期然中出發，則在不期然中到達。這是一點，還有一點承諾，些許要困難一些，那就是價值，這是選篇過程中，時不時受困擾的。倒不是說要灌輸什麼價值觀，我們大人有什麼比孩子更優越的認識？相反，我們還需要向他們學習，借用現

在流行語，他們可稱之「素人」，還未沾染俗世的積習，一顆赤子之心。難就難在這裏，什麼樣的故事不至於為他們不屑，看輕我們這些大人；同時呢，也得讓他們把過來人放在眼裏。將一大堆篇目挑進來，摘出去，摘出去，拾進來，漸漸地，方才知道要的是什麼。原來，我要的是一種天真，不是抹殺複雜性的幼稚，而是澄澈地映照世界，明辨是非。

為了使選編的苦心在閱讀中實現，有些地方需要妥協，尊重局限性，服從共識的背景，於是將故事的時間範圍規定在當代。我本來希望擴展空間，有港、澳、台以及海外的華語寫作入編，但顧慮缺乏理解的基礎最終放棄了。剛睜開眼睛看世界的孩子，視線輻射的半徑還有限，要經過漫長的時日才能寬闊，這也就是成長的意義。

起初我們計劃單篇控制在五千字以內，但往往超出，小說究竟不同於故事，故事在小說裏只是一個核，一個活躍的，有自在生命的核，誰知道它會長出什麼枝葉，開出什麼花，結成什麼果。所以我說——不是我說，是進化的結果，小說是故事的最佳外形和容納，它不是直奔目標，且在中途生出旁顧，這些旁顧不知望向哪裏，也許正預示着深遠的前方。小說與故事的區別就是，它邊緣模糊，向四周洇染，洇染，

無邊無際，在那沒有邊際之處，藏着許多奧秘，等你們長大後去發現。

選目是一樁冒失的事，極可能有更好甚至最好的篇章遺漏，閱讀和記憶以及搜尋總歸是片面的，就在成書的這一剎那，就有好故事滋滋地生長拔節，只能留在下一季收割了！

王安憶

二〇一七年元月十四日　上海

汪曾祺

黃油烙餅

蕭勝跟着爸爸到口外去。

蕭勝滿七歲，進八歲了。他這些年一直跟着奶奶過。他爸爸的工作一直不固定。一會兒修水庫啦，一會兒大煉鋼鐵啦。他媽也是調來調去。奶奶一個人在家鄉，説是冷清得很。他三歲那年，就被送回老家來了。他在家鄉吃了好些蘿蔔白菜，小米麵餅子，玉米麵餅子，長高了。

奶奶不怎麼管他。奶奶有事。她老是找出一些零碎料子給他接衣裳，接褂子，接褲子，接棉襖，接棉褲。他的衣服都是接成一道一道的，一道青，一道藍。倒是挺乾淨的。奶奶還給他做鞋。自己打袼褙，剪樣子，納底子，自己絎。奶奶老是説：「你的腳上有牙，有嘴？」「你的腳是鐵打的！」再就是給他做吃的。小米麵餅子，玉米麵餅子，蘿蔔白菜——炒雞蛋，熬小魚。他整天在外面玩。奶奶把飯做得了，就在門口嚷：「勝兒！回來吃飯咧——！」

後來辦了食堂。奶奶把家裏的兩口鍋交上去，從食堂裏打飯回來吃。真不賴！白麵饅頭，大烙餅，滷蝦醬炒豆腐，燜茄子，豬頭肉！食堂的大師傅穿着白

衣服，戴着白帽子，在蒸籠的白濛濛的熱氣中晃來晃去，拿鏟子敲着鍋邊，還大聲嚷叫。人也胖了，豬也肥了。真不賴！

後來就不行了。還是小米麵餅子，玉米麵餅子。

後來小米麵餅子裏有糠，玉米麵餅子裏有玉米核磨出的碴子，拉嗓子。人也瘦了，豬也瘦了。往年，攥個豬可費勁哪。今年，一伸手就把豬後腿攥住了。挺大一個殼郎，[1] 一擠牠，咕咚就倒了。摻假的餅子不好吃，可是蕭勝還是吃得挺香。他餓。

奶奶吃得不香。她從食堂打回飯來，掰半塊餅子，嚼半天。其餘的，都歸了蕭勝。

奶奶的身體原來就不好。她有個氣喘的病。每年冬天都犯。白天還好，晚上難熬。蕭勝躺在炕上，聽奶奶喝嘍喝嘍地喘。睡醒了，還聽她喝嘍喝嘍。他想，奶奶喝嘍了一夜。可是奶奶還是喝嘍着起來了，喝嘍着給他到食堂去打早飯，打摻了假的小米餅子，玉米餅子。

爸爸去年冬天回來看過奶奶。他每年回來，都是冬天。爸爸帶回來半麻袋土豆，一串口蘑，[2] 還有兩瓶黃油。爸爸說，土豆是他分的；口蘑是他自己採，自

1　方言，指架子豬，即長大後還未養胖的豬。
2　一種野生蘑菇。

己晾的；黃油是「走後門」搞來的。爸爸説，黃油是牛奶煉的，很「營養」，叫奶奶抹餅子吃。土豆，奶奶借鍋來蒸了，煮了，放在灶火裏烤了，給蕭勝吃了。口蘑過年時打了一次滷。黃油，奶奶叫爸爸拿回去：「你們吃吧。這麼貴重的東西！」爸爸一定要給奶奶留下。奶奶把黃油留下了，可是一直沒有吃。奶奶把兩瓶黃油放在躺櫃上，時不時地拿抹布擦擦。黃油是個啥東西？牛奶煉的？隔着玻璃，看得見它的顏色是嫩黃嫩黃的。去年小三家生了小四，他看見小三他媽給小四用松花粉撲痱子。黃油的顏色就像松花粉。油汪汪的，很好看。奶奶説，這是能吃的。蕭勝不想吃。他沒有吃過，不饞。

　　奶奶的身體愈來愈不好。她從前從食堂打回餅子，能一氣走到家。現在不行了，走到歪脖柳樹那兒就得歇一會兒。奶奶跟上了年紀的爺爺、奶奶們説：「只怕是過得了冬，過不得春呀。」蕭勝知道這不是好話。這是一句罵牲口的話。「嗳！看你這乏樣兒！過得了冬過不得春！」果然，春天不好過。村裏的老頭老太太接二連三地死了。鎮上有個木業生產合作社，原來打家具、修犁耙，都停了，改了打棺材。村外添了好些新墳，好些白幡。奶奶不行了，她渾身都腫。用手指按一按，老大一個坑，半天不起來。她求人寫信叫兒子回來。

爸爸趕回來，奶奶已經咽了氣了。

爸爸求木業社把奶奶屋裏的躺櫃改成一口棺材，把奶奶埋了。晚上，坐在奶奶的炕上流了一夜眼淚。

蕭勝一生第一次經驗什麼是「死」。他知道「死」就是「沒有」了。他沒有奶奶了。他躺在枕頭上，枕頭上還有奶奶的頭髮的氣味。他哭了。

奶奶給他做了兩雙鞋。做得了，說：「來試試！」——「等會兒！」吱溜，他跑了。蕭勝醒來，光着腳把兩雙鞋都試了試。一雙正合腳，一雙大一些。他的赤腳接觸了搪底布，感覺到奶奶納的底線，他叫了一聲：「奶奶！！」又哭了一氣。

爸爸拜望了村裏的長輩，把家裏的東西收拾收拾，把一些能應用的鍋碗瓢盆都裝在一個大網籃裏。把奶奶給蕭勝做的兩雙鞋也裝在網籃裏。把兩瓶動都沒有動過的黃油也裝在網籃裏。鎖了門，就帶着蕭勝上路了。

蕭勝跟爸爸不熟。他跟奶奶過慣了。他起先不說話。他想家，想奶奶，想那棵歪脖柳樹，想小三家的一對大白鵝，想蜻蜓，想蠍蠍，想掛大扁兒飛起來咯咯地響，露出綠色硬翅膀底下的桃紅色的翅膜……後來跟爸爸熟了。他是爸爸呀！他們坐了汽車，坐火車，後來又坐汽車。爸爸很好。爸爸老是引他說話，

告訴他許多口外的事。他的話愈來愈多，問這問那。他對「口外」產生了很濃厚的興趣。

他問爸爸啥叫「口外」。爸爸說「口外」就是張家口以外，又叫「壩上」。「為啥叫壩上？」他以為「壩」是一個水壩。爸爸說到了就知道了。

敢情「壩」是一溜大山。山頂齊齊的，倒像個壩。可是真大！汽車一個勁地往上爬。汽車爬得很累，好像氣都喘不過來，不停地哼哼。上了大山，嘿，一片大平地！真是平呀！又平又大。像是擀過的一樣。怎麼可以這樣平呢！汽車一上壩，就撒開歡兒了。它不哼哼了，「唰──」一直往前開。一上了壩，氣候忽然變了。壩下是夏天，一上壩就像秋天。忽然，就涼了。壩上壩下，刀切的一樣。真平呀！遠遠有幾個小山包，圓圓的。一棵樹也沒有。他的家鄉有很多樹。榆樹，柳樹，槐樹。這是個什麼地方？不長一棵樹！就是一大片大平地，碧綠的，長滿了草。有地。這地塊真大。從這個小山包一匹布似的一直扯到了那個小山包。地塊究竟有多大？爸爸告訴他：有一個農民牽了一頭母牛去犁地，犁了一趟，回來的時候母牛帶回來一個新下的小牛犢，已經三歲了！

汽車到了一個叫沽源的縣城，這是他們的最後一站。一輛牛車來接他們。這車的樣子真可笑，車轂轆

是兩個木頭餅子，還不怎麼圓，骨碌碌，骨碌碌，往前滾。他仰面躺在牛車上，上面是一個很大的藍天。牛車真慢，還沒有他走得快。他有時下來掐兩朵野花，走一截，又爬上車。

這地方的莊稼跟口裏也不一樣。沒有高粱，也沒有老玉米，種莜麥，胡麻。莜麥乾淨得很，好像用水洗過，梳過。胡麻打着把小藍傘，秀秀氣氣，不像是莊稼，倒像是種着看的花。

喝，這一大片馬蘭！馬蘭他們家鄉也有，可沒有這裏的高大。長齊大人的腰那麼高，開着巴掌大的藍蝴蝶一樣的花。一眼望不到邊。這一大片馬蘭！他這輩子也忘不了。他像是在一個夢裏。

牛車走着走着。爸爸説：到了！他坐起來一看，一大片馬鈴薯，都開着花，粉的、淺紫藍的、白的，一眼望不到邊，像是下了一場大雪。花雪隨風搖擺着，他有點暈。不遠有一排房子，土牆、玻璃窗。這就是爸爸工作的「馬鈴薯研究站」。土豆——山藥蛋——馬鈴薯。馬鈴薯是學名，爸説的。

從房子裏跑出來一個人。「媽媽——！」他一眼就認出來了！媽媽跑上來，把他一把抱了起來。

蕭勝就要住在這裏了，跟他的爸爸、媽媽住在一起了。

奶奶要是一起來，多好。

蕭勝的爸爸是學農業的，這幾年老是幹別的。奶奶問他：「為什麼總是把你調來調去的？」爸説：「我好欺負。」馬鈴薯研究站別人都不願來，嫌遠。爸願意。媽是學畫畫的，前幾年老畫兩個娃娃拉不動的大蘿蔔啦，上面張個帆可以當作小船的豆莢啦。她也願意跟爸爸一起來，畫「馬鈴薯圖譜」。

媽給他們端來飯。真正的玉米麵餅子，兩大碗粥。媽説這粥是草籽熬的。有點像小米，比小米小。綠盈盈的，挺稠，挺香。還有一大盤鯽魚，好大。爸説別處的鯽魚很少有過一斤的，這兒「淖」[3] 裏的鯽魚有一斤二兩的，鯽魚吃草籽，長得肥。草籽熟了，風把草籽颳到淖裏，魚就吃草籽。蕭勝吃得很飽。

爸説把蕭勝接來有三個原因。一是奶奶死了，老家沒有人了。二是蕭勝該上學了，暑假後就到不遠的一個完小去報名。三是這裏吃得好一些。口外地廣人稀，總好辦一些。這裏的自留地一個人有五畝！隨便刨一塊地就能種點東西。爸爸和媽媽就在「研究站」旁邊開了一塊地，種了山藥、南瓜。山藥開花了，南瓜長了骨朵兒了。用不了多久，就能吃了。

馬鈴薯研究站很清靜，一共沒有幾個人。就是爸

_____

3　　淖，爛泥地。

爸、媽媽，還有幾個工人。工人都有家。站裏就是蕭勝一家。這地方，真安靜。成天聽不到聲音，除了風吹莜麥穗子，沙沙地像下小雨；有時有小燕吱喳地叫。

爸爸每天戴個草帽下地跟工人一起去幹活，鋤山藥。有時查資料，看書。媽一早起來到地裏掐一大把山藥花，一大把葉子，回來插在瓶子裏，聚精會神地對着它看，一筆一筆地畫。畫的花和真的花一樣！蕭勝每天跟媽一同下地去，回來鞋和褲腳沾得都是露水。奶奶做的兩雙新鞋還沒有上腳，媽把鞋和兩瓶黃油都鎖在櫃子裏。

白天沒有事，他就到處去玩，去瞎跑。這地方大得很，沒遮沒擋，跑多遠，一回頭還能看到研究站的那排房子，迷不了路。他到草地裏去看牛、看馬、看羊。

他有時也去蒔弄蒔弄[4]他家的南瓜、山藥地。鋤一鋤，從機井裏打半桶水澆澆。這不是為了玩。蕭勝是等着要吃它們。他們家不起火，在大隊食堂打飯，食堂裏的飯愈來愈不好。草籽粥沒有了，玉米麵餅子也沒有了。現在吃紅高粱餅子，喝甜菜葉子做的湯。再下去大概還要壞。蕭勝有點餓怕了。

他學會了採蘑菇。起先是媽媽帶着他採了兩回，後來，他自己也會了。下了雨，太陽一曬，空氣潮乎

4　蒔弄，蒔花弄草，蒔花指栽種。蒔弄在這裏有研究把玩的意味。

乎的，悶悶的，蘑菇就出來了。蘑菇這玩意很怪，都長在「蘑菇圈」裏。你低下頭，側着眼睛一看，草地上遠遠地有一圈草，顏色特別深，黑綠黑綠的，隱隱約約看到幾個白點，那就是蘑菇圈。滴溜兒圓。蘑菇就長在這一圈深顏色的草裏。圈裏面沒有，圈外面也沒有。蘑菇圈是固定的。今年長，明年還長。哪裏有蘑菇圈，老鄉們都知道。

有一個蘑菇圈發了瘋。它不停地長蘑菇，呼呼地長，三天三夜一個勁地長，好像是有鬼，看着都怕人。附近七八家都來採，用線穿起來，掛在房檐底下。家家都掛了三四串，挺老長的三四串。老鄉們説，這個圈明年就不會再長蘑菇了，它死了。蕭勝也採了好些。他興奮極了，心裏直跳。「好傢伙！好傢伙！這麼多！這麼多！」他發了財了。

他為什麼這樣興奮？蘑菇是可以吃的呀！

他一邊用線穿蘑菇，一邊流出了眼淚。他想起奶奶，他要給奶奶送兩串蘑菇去。他現在知道，奶奶是餓死的。人不是一下餓死的，是慢慢地餓死的。

食堂的紅高粱餅子愈來愈不好吃，因為摻了糠。甜菜葉子湯也愈來愈不好喝，因為一點油也不放了。他恨這種摻糠的紅高粱餅子，恨這種不放油的甜菜葉子湯！

他還是到處去玩，去瞎跑。

大隊食堂外面忽然熱鬧起來。起先是拉了一牛車的羊磚來。他問爸爸這是什麼，爸爸說：「羊磚。」——「羊磚是啥？」——「羊糞壓緊了，切成一塊一塊。」——「幹啥用？」——「燒。」——「這能燒嗎？」——「好燒着呢！火頂旺。」後來盤了個大灶。後來殺了十來隻羊。蕭勝站在旁邊看殺羊。他還沒有見過殺羊。嘿，一點血都流不到外面，完完整整就把一張羊皮剝下來了！

這是要幹啥呢？

爸爸說，要開三級幹部會。

「啥叫三級幹部會？」

「等你長大了就知道了！」

三級幹部會就是三級幹部吃飯。

大隊原來有兩個食堂，南食堂，北食堂，當中隔一個院子，院子裏還搭了個小棚，下雨天也可以兩個食堂來回串。原來「社員」們分在兩個食堂吃飯。開三級幹部會，就都擠到北食堂來。南食堂空出來給開會幹部用。

三級幹部會開了三天，吃了三天飯。頭一天中午，羊肉口蘑臊子蘸莜麵。第二天燉肉大米飯。第三天，黃油烙餅。晚飯倒是馬馬虎虎的。

「社員」和「幹部」同時開飯。社員在北食堂，幹部

在南食堂。北食堂還是紅高粱餅子，甜菜葉子湯。北食堂的人聞到南食堂裏飄過來的香味，就說：「羊肉口蘑臊子蘸莜麵，好香好香！」「燉肉大米飯，好香好香！」「黃油烙餅，好香好香！」

蕭勝每天去打飯，也聞到南食堂的香味。羊肉、米飯，他倒不稀罕：他見過，也吃過。黃油烙餅他連聞都沒聞過。是香，聞着這種香味，真想吃一口。

回家，吃着紅高粱餅子，他問爸爸：「他們為什麼吃黃油烙餅？」

「他們開會。」

「開會幹嘛吃黃油烙餅？」

「他們是幹部。」

「幹部為啥吃黃油烙餅？」

「哎呀！你問得太多了！吃你的紅高粱餅子吧！」

正在咽着紅餅子的蕭勝的媽忽然站起來，把缸裏的一點白麵倒出來，又從櫃子裏取出一瓶奶奶沒有動過的黃油，啟開瓶蓋，挖了一大塊，抓了一把白糖，兌點起子，[5] 擀了兩張黃油發麵餅。抓了一把莜麥秸塞進灶火，烙熟了。黃油烙餅發出香味，和南食堂裏的一樣。媽把黃油烙餅放在蕭勝面前，說：

「吃吧，兒子，別問了。」

5　　兌，攙入。起子，發酵粉，或已發酵的麵團。

蕭勝吃了兩口，真好吃。他忽然咧開嘴痛哭起來，高叫了一聲：「奶奶！」

媽媽的眼睛裏都是淚。

爸爸說：「別哭了，吃吧。」

蕭勝一邊流着一串一串的眼淚，一邊吃黃油烙餅。他的眼淚流進了嘴裏。黃油烙餅是甜的，眼淚是鹹的。

一九八〇年三月

＊　汪曾祺（1920–1997），作家、戲劇家。著有《邂逅集》、《晚飯花集》、《茱萸集》、《逝水》、《蒲橋集》、《人間草木》等。

高曉聲

擺渡

　　有四個人到了渡口，要到彼岸去。

　　這四個人：一個是有錢的，一個是大力士，一個是有權的，一個是作家。他們都要求渡河。

　　擺渡人説：「你們每一個人，都要把自己最寶貴的東西分一點給我，我就擺。誰不給，我就不擺。」

　　有錢人給了點錢，上了船。

　　大力士舉舉拳頭説：「你吃得消這個嗎？」也上了船。

　　有權人説：「你擺我過河以後，就別幹這苦活了，跟我去做一點乾淨省力的事兒吧。」擺渡的聽了高興，扶他上了船。

　　最後輪到作家開口了。作家説：「我最寶貴的，就是寫作。不過一時也寫不出來。我唱個歌兒給你聽聽吧。」

　　擺渡人説：「歌兒我也會唱，誰要聽你的！你如實在沒有什麼，唱一個也可以，唱得好，就讓你過去。」

　　作家就唱了一個。

　　擺渡人聽了，搖搖頭説：「你唱的算什麼，還沒有他(指有權力的)説的好聽。」説罷，不讓作家上船，篙子一點，船就離了岸。

這時暮色已濃，作家又餓又冷，想着對岸家中，妻兒還在等他回去想辦法買米燒飯吃，他一陣心酸，不禁仰天嘆道：「我平生沒有作過孽，為什麼就沒有路走了呢？」

擺渡人一聽，又把船靠岸，說：「你這一聲嘆，比剛才唱的好聽，你把最寶貴的東西——真情實意分給了我。請上船吧！」

作家過了河，心裏哈哈笑。他覺得擺渡人說得真好，作家沒有真情實意，是應該無路可走的。

到了明天，作家想起擺渡人已跟那有權的走掉，沒有人擺渡了，那怎麼行呢？於是他就自動去做擺渡人。從此改了行。

作家擺渡，不受惑於財富，不屈從於權力；他以真情實意對渡客，並願渡客以真情實意報之。

過了一陣之後，作家又覺得自己並未改行，原來創作同擺渡一樣，目的都是把人渡到前面的彼岸去。

一九六九年六月二十四日口述

一九七九年七月至十二月寫下並修改

＊　高曉聲（1928–1999），作家。著有《李順大造屋》、《七九小說集》、《陳奐生》、《覓》、《新娘沒有來》等。

張潔

撿麥穗

在農村長大的姑娘，誰不熟悉撿麥穗這回事呢？

或許可以這樣說，撿麥穗的時節，是最能引動姑娘們幻想的時節。

在那月殘星稀的清晨，挎着一個空籃子，順着田埂上的小路，走去撿麥穗的時候，她想的是什麼呢？

等到田野上騰起一層薄霧，月亮，像是偷偷睡過一覺，重又悄悄回到天邊，方才挎着裝滿麥穗的籃子，走回自家破窰的時候，她想的又是什麼？

唉，她還能想什麼。

假如你沒有在那種日子裏生活過，你永遠不能想像，從這一棵棵丟在地裏的麥穗上，會生出什麼樣的幻想。

她拼命地撿哪、撿哪，一個麥收時節，能撿上一斗？她把這撿來的麥子換成錢，又一分一分地攢起來，等到趕集的時候，扯上花布、買上花線，然後她剪呀、縫呀、繡呀……也不見她穿，誰也沒和誰合計過，她們全會把這些東西，偷偷地裝進新嫁娘的包裹裏。

不過，真到了該把那些東西，從包裹裏掏出來的時候，她們會不會感到，曾經的幻想變了味？她們要嫁的那個男人，是她們在撿麥穗、扯花布、繡花鞋時幻想的那個男人嗎……多少年來，她們撿呀、縫呀、繡呀，是不是有點傻？但她們還是依依順順地嫁了出去，只不過在穿戴那些衣物的時候，再也找不到做它、縫它時的心情了。

　　這又算得了什麼，誰也不會為她們嘆上一口氣，誰也不會關心她們曾經的幻想，頂多不過像是丟失一個美麗的夢。有誰見過哪個人，會死乞白賴地尋找一個失去的夢？

　　當我剛能歪歪咧咧提着一個籃子跑路的時候，就跟在大姐姐身後撿麥穗了。

　　對我來説，那籃子太大，老是磕碰着我的腿和地面，鬧得我老是跌跤。我也很少撿滿一籃子，因為我看不見田裏的麥穗，卻總是看見螞蚱和蝴蝶，而當我追趕牠們的時候，籃子裏的麥穗，便重新掉進地裏。

　　有一天，二姨看着我那盛着稀稀拉拉幾個麥穗的籃子説：「看看，我家大雁也會撿麥穗了。」然後她又戲謔地問我：「大雁，告訴二姨，你撿麥穗做啥？」

　　我大言不慚地説：「我要備嫁妝哩！」

二姨賊眉賊眼地笑了，還向我們周圍的姑娘、婆姨們，擠了擠她那雙不大的眼睛：「你要嫁誰呀！」

是呀，我要嫁誰呢？我忽然想起那個賣灶糖的老漢。我說：「我要嫁給那個賣灶糖的老漢！」

她們全都放聲大笑，像一群鴨子一樣嘎嘎地叫着。笑啥嘛！我生氣了。難道做我的男人，他有什麼不體面的嗎？

賣灶糖的老漢有多大年紀了？我不知道。他額上的皺紋，一道挨着一道，順着眉毛彎向兩個太陽穴，又順着腮幫彎向嘴角。那些皺紋，給他的臉上增添了許多慈祥的笑意。

當他挑着擔子趕路的時候，他那長長的白髮，在他剃成半個葫蘆樣的後腦勺上，隨着顫悠悠的扁擔一同忽閃着⋯⋯

我的話，很快就傳進了他的耳朵。

那天，他挑着擔子來到我們村，見到我就樂了，說：「娃呀，你要給我做媳婦嗎？」

「對呀！」

他張着大嘴笑了，露出一嘴的黃牙。後腦勺上的白髮，也隨他的笑聲一起抖動着。

「你為啥要給我做媳婦呢？」

「我要天天吃灶糖哩。」

他把旱煙鍋子朝鞋底上磕着：「娃呀，你太小哩。」

「你等我長大嘛。」

他摸着我的頭頂説：「不等你長大，我可該進土啦。」

聽了他的話，我着急了。他要是死了，那可咋辦呢？我那淡淡的眉毛，在滿是金黃色絨毛的腦門上，擰成了疙瘩。我的臉，也皺巴得像是個核桃。

他趕緊拿塊灶糖，塞進了我的手裏。看着那塊灶糖，我又咧開嘴笑了：「你莫死啊，等着我長大。」

他又樂了，答應着我：「莫愁，我等你長大。」

「你家住啊噠？」

「這擔子就是我的家，走到哪噠，就歇在哪噠。」

我犯愁了：「等我長大，去哪噠尋你呀？」

「你莫愁，等你長大，我來接你。」

這以後，每逢經過我們村，他總是帶些小禮物給我。一塊灶糖、一個甜瓜、一把紅棗……還樂呵呵地説：「來看看我的小媳婦呀。」

我呢，也學着大姑娘的樣子——我偷見過——要我娘找塊碎布，給我剪了個煙荷包，還讓我娘在布上描了花。我縫呀，繡呀……煙荷包縫好了，我娘笑得

前仰後合，說那不是煙荷包，皺皺巴巴，倒像個豬肚子。我讓我娘給我收了起來，我說了，等我出嫁的時候，我要送給我的男人。

　　我漸漸長大了，到了認真撿麥穗的年齡。懂得了我說過的那些個話，都是讓人害臊的話。賣灶糖的老漢也不再開那玩笑——叫我是他的小媳婦了。不過他還是常帶些小禮物給我。我知道，他真的疼我呢。

　　我不明白為什麼，我倒是愈來愈依戀他，每逢他經過我們村子，我都會送他好遠。我站在土坎坎上，看着他的背影，漸漸消失在山坳坳裏。

　　年復一年，我看得出來，他的背更彎了，步履也更加蹣跚。這時，我真有點擔心了，擔心他早晚有一天會死去。

　　有一年，過臘八的前一天，我估摸賣灶糖的老漢，那一天該會經過我們村。我站在村口一棵已經落盡葉子的柿子樹下，朝溝底下的那條大路上望着，等着。

　　那棵柿子樹的頂梢梢上，還掛着一個小火柿子，讓冬日的太陽一照，更是紅得透亮。那個柿子，多半是因為長在太高的樹梢上，才沒有讓人摘下來。真怪，可它也沒讓風颳下來、雨打下來、雪壓下來。

路上來了一個挑擔的人。走近一看，擔子上挑的也是灶糖，人可不是那個賣灶糖的老漢。我向他打聽賣灶糖的老漢，他告訴我，賣灶糖的老漢老去了。

我仍舊站在那棵柿子樹下，望着樹梢上那個孤零零的小火柿子。它那紅得透亮的色澤，依然給人一種喜盈盈的感覺。可是我卻哭了，哭得很傷心。哭那陌生的、但卻疼愛我的、賣灶糖的老漢。

等我長大以後，我總感到除了母親以外，再也沒有誰像他那樣樸素地疼愛過我——沒有任何希求，也沒有任何企望的。

真的，我常常想念他，也常常想要找到我那個皺皺巴巴、像豬肚子一樣的煙荷包。可是，它早已不知被我丟到哪裏去了。

一九七九年十二月
二〇一〇年修訂

＊　張潔（1937–），作家。著有《方舟》、《祖母綠》、《沉重的翅膀》、《只有一個太陽》、《無字》等。

馮驥才

高女人和她的矮丈夫

一

　　你家院裏有棵小樹，樹幹光溜溜，早瞧慣了，可是有一天它忽然變得七扭八彎，愈看愈彆扭。但日子一久，你就看順眼了，彷彿它本來就應該是這樣子。如果某一天，它忽然重新變直，你又會覺得說不出多麼不舒服。它單調、乏味、簡易，像根棍子！其實，它不過恢復最初的模樣，你何以又彆扭起來？

　　這是習慣嗎？嘿，你可別小看了「習慣」！世界萬事萬物中，它無所不在。別看它不是必須恪守的法定規條，惹上它照舊叫你麻煩和倒楣。不過，你也別埋怨給它死死捆着，有時你也會不知不覺地遵從它的規範。比如說：你敢在上級面前喧賓奪主地大聲大氣說話嗎？你能在老者面前放肆地發表自己的主見嗎？在合影時，你能叫名人站在一旁，你卻大模大樣站在中間放開笑顏？不能，當然不能，甭說這些，你娶老婆，敢娶一個比你年長十歲，比你塊頭大，或者比你高一頭的嗎？你先別拿空話嗆火，眼前就有這麼一對——

二

她比他高十七厘米。

她身高一米七五,在女人們中間算作鶴立雞群了;她丈夫只有一米五八,上大學時綽號「武大郎」。他和她的耳垂兒一般齊,看上去卻好像差兩頭!

再說他倆的模樣:這女人長得又乾、又瘦、又扁,臉盤像沒上漆的乒乓球拍兒。五官還算勉強看得過去,卻又小又平,好似淺浮雕;胸脯毫不隆起,腰板細長僵直,臀部癟下去,活像一塊硬挺挺的搓板。她的丈夫卻像一根短粗的橡皮滾兒:飽滿,結實,發亮;身上的一切——小腿啦,腳背啦,嘴巴啦,鼻頭啦,手指肚兒啦,好像都是些溜圓而有彈性的小肉球。他的皮膚柔細光滑,有如質地優良的薄皮子。過剩的油脂就在這皮膚下閃出光亮,充分的血液就從這皮膚裏透出鮮美微紅的血色。他的眼睛簡直像一對電壓充足的小燈泡。他妻子的眼睛可就像一對糊裏糊塗的玻璃球兒了。兩人在一起,沒有諧調,只有對比,可是他倆還總在一起,形影不離。

有一次,他們鄰居一家吃團圓飯時,這家的老爺子酒喝多了,乘興把桌上的一個細長的空酒瓶和一罐矮墩墩的豬肉罐頭擺在一起,問全家人:「你們猜這像

誰?」他不等別人猜破就公布謎底,「就是樓下那高女人和她的矮爺們兒!」

全家人哄然大笑,一直笑到飯後閒談時。

他倆究竟是怎麼湊成一對的?

這早就是團結大樓幾十戶住家所關注的問題了。自從他倆結婚時搬進這大樓,樓裏的老住戶無不拋以好奇莫解的目光。不過,有人愛把問號留在肚子裏,有人忍不住要説出來罷了。多嘴多舌的人便議論紛紛。尤其是下雨天氣,他倆出門,總是那高女人打傘。如果有什麼東西掉在地上,矮男人去拾便是最方便了。大樓裏一些閒得沒事兒的婆娘們,就對着他倆這不相稱的背影指指畫畫。難禁的笑聲,憋在喉嚨裏咕咕作響,大人的無聊最能縱使孩子們的惡作劇。有些孩子一見到他倆就哄笑,叫喊着:「扁擔長,板凳寬……」他倆聞如未聞,對孩子們的哄鬧從不發火,也不搭理。可能為此,也就與大樓裏的人們一直保持着相當冷淡的關係。少數不愛管閒事的人,上下班碰到他們時,最多也只是點點頭,打一下招呼而已。這便使真正對他倆感興趣的人,很難再多知道一些什麼。比如,他倆的關係如何?為什麼結合在一起?誰將就誰?沒有正式答案,只有靠瞎猜了。

這是座舊式的公寓大樓,房間的間量很大,向陽

而明亮，走道又寬又黑。樓外是個很大的院子，院門口有間小門房。門房裏也住了一戶，戶主是個裁縫。裁縫為人老實；裁縫的老婆卻是個精力充裕、走家串戶、專好說長道短的女人，最喜歡刺探別人家裏的私事和隱秘。這大樓裏家家的夫妻關係、姑嫂糾紛、做事勤懶、工資多少，她都一清二楚。凡她沒弄清楚的事情，就要千方百計地打聽到。這種求知欲能使愚頑成才。她這方面的本領更是超乎常人，甭說察言觀色，能窺見人們藏在心裏的念頭，單靠嗅覺，就能知道誰家常吃肉，由此推算出這家的收入狀況。不知為什麼，六十年代以來，處處居民住地，都有這樣一類人被吸收為「街道積極分子」，使得他們的能力、興趣和對別人的干涉欲望合法化並得到發揮。看來，造物者真的不會荒廢每一個人才的。

儘管裁縫老婆能耐，她卻無法獲知這對天天從眼前走來走去的怪夫妻結合的緣由。這使她很苦惱。好像她的才幹遇到了有力的挑戰。但她憑着經驗，苦苦琢磨，終於想出一條最能說服人的道理：夫妻倆中，必定一方有某種生理缺陷，否則誰也不會找一個比自己身高逆差一頭的對象。她的根據很可靠：這對夫妻結婚三年還沒有孩子呢！於是團結大樓的人都相信裁縫老婆這一聰明的判斷。

事實向來不給任何人留情面，它打敗了裁縫老婆！高女人懷孕了。人們的眼睛不斷地瞥向高女人漸漸凸出來的肚子。這肚子由於離地較高而十分明顯。不管人們驚奇也好，質疑也好，困惑也好，高女人的孩子呱呱墜地了。每逢大太陽或下雨天氣，兩口子出門，高女人抱着孩子，打傘的事就落到矮男人身上。人們看他邁着滾圓的小腿、半舉着傘兒、緊緊跟在後面滑稽的樣子，對他倆居然成為夫妻，居然這樣形影不離，好奇心仍然不減當初。各種聽起來有理的說法依舊都有，但從這對夫妻身上卻得不到印證。這些說法就像沒處着落的鳥兒，啪啪地滿天飛。裁縫老婆說：「這兩人準有見不得人的事。要不他們怎麼不肯接近別人？身上有膿早晚得冒出來，走着瞧吧！」果然一天晚上，裁縫老婆聽見了高女人家裏發出打碎東西的聲音。她趕忙以收大院掃地費為藉口，去敲高女人家的門。她料定長久潛藏在這對夫妻間的隱患終於爆發了，她要親眼看見這對夫妻怎樣反目，捕捉到最生動的細節。門開了，高女人笑吟吟迎上來，矮丈夫在屋裏也是笑容滿面，地上一隻打得粉碎的碟子——裁縫老婆只看到這些。她匆匆收了掃地費出來後，半天也想不明白這夫妻之間到底發生了什麼事。打碎碟子，沒有吵架，反而像什麼開心事一般快活。怪事！

後來，裁縫老婆做了團結大樓的街道居民代表。她在協助戶籍警察挨家查對戶口時，終於找到了多年來經常叫她費心的問題答案——一個確鑿可信、無法推翻的答案。原來這高女人和她的矮丈夫，都在化學工業研究所工作。矮男人是研究所總工程師，工資達一百八十元之多！高女人只是一名普普通通的化驗員，收入不足六十元，而且出生在一個辛苦而賺錢又少的郵遞員家庭。不然她怎麼會嫁給一個比自己矮一頭的男人？為了地位，為了錢，為了過好日子，對！她立即把這珍貴情況告訴給團結大樓裏悶得難受的婆娘們。人們總是按照自己的思維方式去解釋世界，盡力把一切事物都和自己的理解力拉平。於是，裁縫老婆的話被大家確信無疑。多年來留在人們心裏的謎，一下子被打開了。大家恍然大悟：原來這矮男人是個先天不足的富翁，高女人是個見錢眼開、命好有福的窮娘兒們。當人們談到這個模樣像匹大洋馬卻偏偏命好的高女人時，語調中往往帶一股氣。尤其是裁縫老婆。

三

人，命運的好壞不能看一時，可得走着瞧。

一九六六年，團結大樓就像縮小了的世界，災難

降世，各有禍福，樓裏的所有居民都到了「轉運」時機。生活處處都是巨變和急變。矮男人是總工程師，迎頭遭到橫禍，家被抄，家具被搬一空，人挨過鬥，關進牛柵。禍事並不因此了結，有人說他多年來，白天在研究所工作，晚上回家把研究成果偷偷寫成書，打算逃出國，投奔一個有錢的遠親。把國家科技情報獻給外國資本家──這個荒誕不經的說法居然有很多人信以為真。那時，世道狂亂，人人失去常態，寧肯無知，寧願心狠，還有許多出奇的妄想，恨不得從身旁發現到希特勒。研究所的人們便死死纏住總工程師不放，嚇他、揍他，施加各種壓力，同時還逼迫高女人交出那部誰也沒見過的書稿，但沒效果。有人出主意，把他倆弄到團結大樓的院裏開一次批鬥大會；誰都怕在親友熟人面前丟醜，這也是一種壓力。當各種壓力都使過而無效時，這種做法，不妨試試，說不定發生作用。

那天，團結大樓有史以來第一次這樣熱鬧。

下午研究所就來了一群人，在當院兩棵樹中間用粗麻繩扯了一道橫標，寫着那矮子的姓名，上邊打個叉；院內外貼滿口氣咄咄逼人的大小標語，並在院牆上用十八張紙公布了這矮子的「罪狀」。會議計劃在晚飯後召開，研究所還派來一位電工，在當院拉了電

線，裝上四個五百燭光的大燈泡。此時的裁縫老婆已經由街道代表升任為治保主任，很有些權勢，志得意滿，人也胖多了。這天可把她忙得夠嗆，她帶領樓裏幾個婆娘，忙裏忙外，幫着刷標語，又給研究所的革命者們斟茶倒水，裝燈用電還是從她家拉出來的呢！真像她家辦喜事一樣！

晚飯後，大樓裏的居民都給裁縫老婆召集到院裏來了。四盞大燈亮起來，把大院照得像夜間球場一般雪亮。許許多多人影，好似放大了數十倍，投射在樓牆上。這人影都是肅殺不動的，連孩子們也不敢隨便活動。裁縫老婆帶着一些人，左臂上也套上紅袖章，這袖章在當時是最威風的了。她們守在門口，不准外人進來。不一會兒，化工研究所一大群人，也戴袖章，押着高女人和她的矮丈夫，一路呼着口號，浩浩蕩蕩來了。矮男人胸前掛一塊牌子，高女人沒掛。他倆一直給押到台前，並排低頭站好。裁縫老婆跑上來說：「這傢伙太矮，後邊的革命群眾瞧不見。我給他想點辦法！」說着，帶着一股衝動勁兒扭着肩上的兩塊肉，從家裏抱來一個肥皂箱子，倒扣過來，叫矮男人站上去。這樣一來，他才與自己的老婆一般高，但此時此刻，很少有人對這對大難臨頭的夫妻不成比例的身高發生興趣了。

大會依照流行的形式召開。宣布開會，呼口號，隨後是進入了角色的批判者們慷慨激昂的發言，又是呼口號。壓力施足，開始要從高女人嘴裏逼供了。於是，人們圍繞着那本「書稿」，唇槍舌劍地向高女人發動進攻。你問，我問，他問；尖聲叫，粗聲吼，啞聲喊；大聲喝，厲聲逼，緊聲追……高女人卻只是搖頭。真誠懇切地搖頭。但真誠最廉價；相信真誠就意味着否定這世界上的一切。

　　無論是脾氣暴躁的漢子們跳上去，揮動拳頭威脅她，還是一些頗具心計的人，想出幾句巧妙而帶圈套的話問她，都給她這懇切又斷然的搖頭拒絕了。這樣下去，批判會就會沒結果，沒成績，甚至無法收場。研究所的人有些為難，他們擔心這個會開得虎頭蛇尾；乘興而來，敗興而歸。

　　裁縫老婆站在一旁聽了半天，愈聽愈沒勁。她大字不識，對什麼「書稿」毫無興趣，又覺得研究所這幫人說話不解氣。她忽地跑到台前，抬起戴紅袖章的左胳膊，指着高女人問：

　　「你說，你為什麼要嫁給他？」

　　這句突如其來的問話使研究所的人一怔。不知道這位治保主任的問話與他們所關心的事有什麼奇妙的聯繫。

高女人也怔住了。她也不知道裁縫老婆為什麼提出這個問題。這問題不是這個世界所關心的。她抬起幾個月來被折磨得如同一張皺巴巴枯葉的瘦臉，臉上滿是詫異的神情。

　　「好啊！你不敢回答。我替你說吧！你是不是圖這傢伙有錢，才嫁給他的？沒錢，誰要這麼個矮子！」裁縫老婆大聲說。聲調中有幾分得意，似乎她才是最知道這高女人根底的。

　　高女人沒有點頭，也沒搖頭。她好像忽然明白了裁縫老婆的一切。眼裏閃出一股傲岸、嘲諷、倔強的光芒。

　　「好，好，你不服氣！這傢伙現在完蛋了，看你還靠得上不！你心裏是怎麼回事，我知道！」裁縫老婆一拍胸脯，手一揮，還有幾個婆娘在旁邊助威，她真是得意到極點。

　　研究所的人聽得稀裏糊塗。這種弄不明白的事，就索性糊塗下去更好。別看這些婆娘們離題千里地胡來，反而使會場一下子熱鬧起來。沒有這種氣氛，批判會怎好收場？於是研究所的人也不阻攔，任使婆娘們上陣發威。只聽這些婆娘們叫着：

　　「他總共給你多少錢？他給你買過什麼？說！」

　　「你一月二百塊錢嫌不夠，還想出國，美得你！」

「鄧拓是不是你們的後台？」

「有一天你往北京打電話，給誰打的，是不是給
『三家村』打的？」

會開得成功與否，全看氣氛如何。研究所主持批
判會的人，看準時機，趁會場熱鬧，帶領人們高聲呼
喊了一連串口號，然後趕緊收場散會。跟着，研究所
的人又在高女人家搜查一遍，撬開地板，掀掉牆皮，
一無所獲，最後押着矮男人走了，只留下高女人。

高女人一直待在屋裏，入夜時竟然獨自出去了。
她沒想到，住在大院門房的裁縫家雖然閉了燈，裁縫
老婆卻一直守在窗口盯着她的動靜。見她出去，就
緊緊尾隨在後邊，出了院門，向西走過了兩個路口，
只見高女人穿過街，在一家門前停住，輕輕敲幾下門
板。裁縫老婆躲在街這面的電線杆後面，屏住氣，瞪
大眼，好像等着捕捉出洞的兔兒。她要捉人，自己反
而比要捉的人更緊張。

喀嚓一聲，那門開了。一位老婆婆送出個小孩。
只聽那老婆婆説：

「完事了？」

沒聽見高女人説什麼。

又是老婆婆的聲音：

「孩子吃飽了，已經睡了一覺。快回去吧！」

裁縫老婆忽然想起，這老婆婆家原是高女人的託兒戶，滿心的興致陡然消失。這時高女人轉過身，領着孩子往回走，一路無話，只有娘倆的腳步聲。裁縫老婆躲在電線杆後面沒敢動，待她們走出一段距離，才獨自怏怏地回家了。

第二天一早，高女人領着孩子走出大樓時眼圈明顯地發紅，大樓裏沒人敢和她說話，卻都看見了她紅腫的眼皮。特別是昨晚參加過批鬥會的人們，心裏微微有種異樣的、虧心似的感覺，扭過臉，躲開她的目光。

四

矮男人自批判會那天被押走後，一直沒放回來。此後據消息靈通的裁縫老婆說，矮男人又出了什麼問題，進了監獄。高女人成了在押囚犯的老婆，落到了生活的最底層，自然不配住在團結大樓內那種寬敞的房間，被強迫和裁縫老婆家調換了住房。她搬到離樓十幾米遠孤零零的小屋去住，倒也不錯，省得經常和樓裏的住戶打頭碰面，互相不敢搭理，都挺尷尬。但整座樓的人們都能透過窗子，看見那孤單的小屋和她孤單的身影。不知她把孩子送到哪裏去了，只是偶爾才接回家住幾天。她默默過着寂寞又沉重的日子，不過三十多歲，從容貌看上去很難說她還年輕。裁縫老婆下了斷語：

「我看這娘兒們最多再等上一年。那矮子再不出來，她就得改嫁。要是我啊——現在就離婚改嫁，等那矮子幹嗎，就是放出來，人不是人，錢也都沒了！」

過了一年，矮男人還是沒放出來，高女人依舊不聲不響地生活。上班下班，走進走出，生着爐子，就提一個挺大的黃色的破草籃去買菜。一年三百六十五天，天天如此⋯⋯但有一天，矮男人重新出現了。這是秋後時節，他穿得單薄，剃了短平頭，人大變了樣子，渾身好似小了一圈兒，皮膚也褪去了光澤和血色。他回來徑直奔樓裏自家的門，卻被新戶主、老實巴交的裁縫送到門房前。高女人蹲在門口劈木柴，一聽到他的招呼，唰地站起身，直怔怔看着他。兩年未見的夫妻，都給對方的明顯變化驚呆了。一個枯槁，一個憔悴；一個顯得更高，一個顯得更矮。兩人互相看了一會兒，趕緊掉過頭去。高女人扭身跑進屋去，半天沒出來；而他蹲在地上拾起斧頭劈木柴，直把兩大筐木塊都劈成細木條，彷彿他倆再面對片刻就要爆發出什麼強烈而受不了的事情來。此後，他倆又是形影不離地一起上班，一起下班回家，一切如舊。大樓裏的人們從他倆身上找不出任何異樣，興趣也就漸漸減少。無論有沒有他倆，都與別人無關。

一天早上，高女人出了什麼事。只見矮男人驚慌失措地從家裏跑出去。不一會兒，來了一輛救護車，

把高女人拉走了。一連好些天，那門房總是沒人，夜間燈也關着。二十多天後，矮男人和一個陌生人抬一副擔架回來，高女人躺在擔架上，走進小門房。從此高女人便沒有出屋。矮男人照例上班，傍晚回來總是急急忙忙生上爐子，就提着草籃去買菜。這草籃就是一兩年前高女人天天使用的那個。如今提在他手裏便顯得太大，底兒快蹭地了。

轉年天氣回暖時，高女人出屋了。她久久沒見陽光的臉，白得像刷一層粉那樣難看，剛剛立起的身子東倒西歪。她右手拄一根竹棍，左胳膊彎在胸前，左腿僵直，邁步困難，一看即知，她的病是腦血栓。從這天起，矮男人每天清早和傍晚都攙扶着高女人在當院遛兩圈。他倆走得艱難緩慢。矮男人兩隻手用力端着老婆打彎的胳膊。他太矮了，抬她的手臂時，必須向上聳起自己的雙肩。他很吃力，但他卻掬出笑容，為了給妻子以鼓勵。高女人抬不起左腳，他就用一根麻繩，套在高女人的左腳上，繩子的另一端拿在手裏。高女人每要抬起左腳，他就使勁向上一提繩子。這情景奇異、可憐，又頗為壯觀，使團結大樓的人們看了，不由得受到感動。這些人再與他倆打頭碰面時，情不自禁地向他倆主動而友善地點頭了……

五

高女人沒有更多的福氣在矮小而摯愛她的丈夫身邊久留。死神和生活一樣無情。生活打垮了她，死神拖走了她。現在只留下矮男人了。

偏偏在高女人離去後，幸運才重新來吻矮男人的腦門兒。他被落實了政策，抄走的東西發還給他了，扣掉的工資補發給他了。只剩下被裁縫老婆佔去的房子還沒調換回來。團結大樓裏又有人眼盯着他，等着瞧他生活中的新聞。據說研究所不少人都來幫助他續弦，他都謝絕了。裁縫老婆說：

「他想要什麼樣的，我知道。你們瞧我的！」

裁縫老婆度過了她的極盛時代，如今變得謙和多了。權力從身上摘去，笑容就得掛在臉上。她懷裏揣一張漂亮又年輕的女人照片，去到門房找矮男人。照片上這女人是她的親姪女。

她坐在矮男人家裏，一邊四下打量屋裏的家具物件，一邊向這矮小的闊佬提親。她笑容滿面，正說得來勁，忽然發現矮男人一聲不吭，臉色鐵青，在他背後掛着當年與高女人的結婚照片；裁縫老婆沒敢掏出姪女的照片，就自動告退了。

幾年過去，至今矮男人還是單身獨居，只有周

日，從外邊把孩子接回來，與他為伴。大樓裏的人們看着他矮墩墩而孤寂的身影，想到他十多年來一椿椿事，漸漸好像悟到他堅持這種獨身生活的緣故……逢到下雨天氣，矮男人打傘去上班時，可能由於習慣，仍舊半舉着傘。這時，人們有種奇妙的感覺，覺得傘下有長長一大塊空間，空空的，世界上任什麼東西也填補不上。

刊於《上海文學》一九八二年第五期

＊ 馮驥才（1942–），作家、畫家、民間藝術工作者。著有《高女人和她的矮丈夫》、《珍珠鳥》、《三寸金蓮》、《俗世奇人》等。

賈大山

杜小香
——夢莊記事之二十二

　　我們剛到夢莊的時候，每個周末的下午，可以不去下地勞動，大家坐在一起念念報紙，隊裏也給記工。那是我們學習的日子，也是我們休息的日子。

　　一天下午，我們正念報紙，大上掉下一隻籃子。抬頭一看，南院的房檐上，站着一個皮膚稍黑，但挺耐看的姑娘，她朝我們一笑，就從房上下去了。——那是我們隊上賣豆腐的老杜的最小的女兒，名叫小香。

　　小香來了，來拿她的籃子。小香平時不愛打扮，那天她穿了一件乾淨的淺花褂子，顯得很鮮亮，身上還有一股淡淡的香胰子[1]味兒。我放下報紙説：

　　「小香，上房幹什麼呀？」

　　「晾一點蘿蔔片兒。」

　　「籃子怎麼掉了？」

　　「颳的，風颳的。」

　　她看看天，自己先笑了，那天沒有風。

　　我們讓她坐下玩一會兒，她不坐，一副拿了籃子立刻就走的樣子。可是她又不走，一雙明亮而又歡喜的

---

[1]　香胰子，即香皂。

眼睛，一個一個地看着我們，像是尋找一件稀罕東西：

「他哩？」

「誰呀？」

「武松，你們的武松。」

我明白了，她是來看葉小君的。我們到達夢莊的那天晚上，村裏舉辦了一個聯歡晚會，我們演出了三個節目：一個大合唱，一個小合唱，最後葉小君說了一段山東快書——《武松打虎》。他說得並不太好，又沒駕鴦板伴奏，卻博得了一陣又一陣的掌聲，樂得人們大呼小叫。說完一段，不行，又說了一段。於是小君成了一顆明星，村裏的姑娘、媳婦們，都想瞻仰他的風采，生產隊長派活時，也喊他「武松」。

我告訴她，小君回城去了，明天就回來。她說：

「聽說他還會拉胡琴？」

「會，他還會吹橫笛兒。」

「他真行呀，能編那麼多的詞句，編得又快又順嘴兒，一眨眼一句，一眨眼一句……」

我們都笑了。我告訴她，那些詞句，不是小君現編的，而是有人寫好了的，小君是背過了；我又告訴她，那寫詞的叫作者，小君是表演者。她認真地聽着，不住地點頭，像是獲得了一種新的知識，懂得了一個深奧的道理。

那年收了秋，以我們下鄉知青為主體，村裏成立了俱樂部。我們白天勞動，黑夜排戲。白天勞動是拉土，把地裏的黃土，一車一車地拉到村裏去，堆積在一個地方，明年墊圈積肥用。拉土並不累，一人駕轅子，十幾人乃至二十幾人拉索子，悠悠晃晃，好似散步。但我覺得冬天的拉土，苦於夏日的鋤地——夏日鋤地，地頭再長也有盡頭。拉土就不同了，只要歲月沒有窮盡，地裏的黃土沒有窮盡，我們就沒有完成任務的時候，一天又一天，一趟又一趟的。只有到了黑夜，我們才能換了乾淨的衣服，集合到俱樂部裏，新鮮一下自己，娛悅一下自己。若干年後讀《聖經》，〈創世紀〉中寫道：天、地、人，青草樹木、飛鳥昆蟲，以及白天和黑夜，都是神創造的。我覺得那位神的最大功績，是他創造白天的時候，沒有忘了創造黑夜。假如沒有黑夜，我們在夢莊那些年，該是怎麼度過啊！

　　我們的節目並不精采，但很招人喜愛。演出的時候，舞台前面的廣場上，廣場後面的土坡上，以及周圍的房上、樹上，全是人！小香總是在舞台西側靠前一點的地方，放一條板凳，站上去觀看（板凳上還有兩個姑娘，一左一右，她在中間）。她看演出的時候，微微仰着下巴，張着嘴，眉眼都在用着力氣。我在台上拉着二胡，望着她那專注的表情，天真地想：我們的

祖先，莫非料到日後有個小香，才發明了管弦鑼鼓，歌舞百戲？

那年臘月，村裏不少青年人，要求參加俱樂部，小香也報了名。小君是俱樂部的導演，一定要考考他們，以防濫竽充數。小君嘴冷，小香剛剛唱了一句歌，他便笑了，他說她嗓門不小，五音不全，唱歌不行，賣豆腐可以。

我看見，小香出了俱樂部的門，躲在一個角落裏，嗚嗚哭起來了。——那麼冷天！

小香不看我們排戲了。

也不看我們演出了。

她在街上看見我們，裝作沒看見。

小香沒有文藝的天才，但她一直愛好文藝。那年農曆三月三，吳興村接了一台戲，她是黑夜也看，白天也看的。

劇團走了，她失蹤了。

村人傳言，小香跟着戲子跑了。

她的父親並不着急，因為劇團到了北孫村——小香有個姑姑，是那村裏的。

過了六七天，她才回來了。我們問她幹什麼去了，她説：

「我呀，看戲去了啊。」

「這麼些天，你在哪裏吃飯？」

「我小香，能沒地方吃飯？」

「你在哪裏睡覺？」

「我小香，能沒地方睡覺？」

她沒提她的姑姑，她說她和劇團裏的一個坤角，
拜了乾姊妹，最後把臉兒一仰，說：

「我呀，文藝界裏有親戚！」

刊於《當代人》一九九六年第三期

＊　賈大山（1943-1997），作家。著有短篇小說〈取經〉、〈花市〉、
〈夢莊記事〉、〈古城〉等。

張承志

紅花蕾

很久以前我就注意到：在烏里雅斯山東側，在大道連續拐了三個彎曲的地方，有一塊三葉草灘。每年夏季天氣轉熱以後，那兒總是密密地開出一大片紅玻璃一樣鮮豔的小花。眯着眼睛、順着地面看去，斜陽映射中的這些花連成薄薄一層，像塊碩大的紅玻璃一樣，閃閃發光，把這片少見的三葉草地襯得格外好看。

多少年來，我總是在夏季吆喝着單馬的輕便雙輪車穿過這片草灘，去烏里雅斯送貨。那兒是最偏僻的一個牧業生產隊，不用說商業網點，就連大隊部辦公室，也只是一個行蹤不定的、六塊木牆撐起的氈包。每年春末化雪以後，我就忙着收拾車子和馬具，等翻漿的土地曬硬了，我就趕上馬車，把茶磚、燒酒、布匹和日用百貨運到那兒賣上幾天，同時，也收購藥材、羊毛、乾蘑和旱獺、狐狸皮。

當一個人寂寞地坐在貨箱上顛簸的時候，我只能眯着開始昏花的老眼打盹兒，或者隨便想起一支簡單的舊曲子，沒頭沒腦地哼些心裏想到的詞兒，給自己，給駕車的黃鬃馬，給死去的朋友聽。不過，每年

當車子穿過荒涼的戈壁和鹼地，駛進那片暗綠的三葉草灘的時候，我的精神就會振奮起來。我仔細地欣賞着、察看着那些火紅的花瓣。如果花期遲遲未到，我就耐心地研究那些紅珍珠般的小花蕾，看它們是否汁水飽滿，估算它們開花的時間。

習慣在這片草灘上駐夏的只有一家放駱駝的牧人。那駱駝倌是我的老朋友，不過他常常因為燒酒和那幾十頭喜歡四處遊蕩的駱駝而整月地出門。所以，在我卸下黃鬃馬，跨進牧駝人的小氈包時，通常只能看見一個老太婆和一個黑眼睛的小女孩守在家裏。

黑眼睛的小女孩名叫巴達瑪，她總是赤着腳，穿着一件變成土黃色的白色單袍子，奔過來喊我：「老爺爺！」可以說，我也是看着她長大的：九年前，三葉草開紅花的時候，我看見老兩口戰戰兢兢地從遙遠的克什克騰抱養了剛剛半歲的她；後來，我又看見她奶聲奶氣地在紅花叢中爬着叫嚷，最後是看見她蹦蹦跳跳地、揮着一根短鞭子追趕駝羔。八九年過去了。我習慣了在穿過這裏時，順手揪揪她的小辮子。每年夏天，當我駕車走着，看見了那片薄薄的、鮮紅的花兒的時候，總是想到：唔，巴達瑪又長大一歲囉……

記得去年這裏已是一片緋紅。那是一個雨後的早

晨，巴達瑪赤着腳迎面奔來，搭我的馬車去烏里雅斯新蓋的學校去上學。她的小腳丫又黑又髒，沾着潮濕的草葉和駝糞。我問她説：

「巴達瑪，你赤着腳丫去讀書嗎？怎麼，沒有鞋子？」

「有一雙靴子，」她怯生生地説，「很大，也很重。額吉説，等我滿十三歲的時候，正好穿它去親戚家玩⋯⋯」

我沒有再問。但我發現：這小姑娘一直偷偷地想用袍襟遮住黑黑的腳丫。

有她搭車，我的路途就變得富有生氣了。她會快活地哼些莫名其妙的歌兒，也會突然從車上蹦下來，去撲趕一隻蝴蝶。有時她激動地拉住我：「老爺爺！看，燕子！」那時，我會看見一隻墨藍羽毛的鳥兒正在那紅紅的花層上面低低地掠過。

那時烏里雅斯小學校已經有了四間草秸土蓋的房子，緊挨着新蓋的牧業隊辦公室。我在收購或是賣貨的時候，總少不了和孩子們打打交道。誰都可以想像，這個五光十色的小貨攤是多麼強烈地吸引着這些窮鄉僻壤的兒童。下了課，巴達瑪有時會久久地坐在我身旁，小手支着下巴，注視着攤子上的文具、手帕和頭巾、鞋襪，還有水果糖。

我抓起幾塊糖球丟過去：「喏，巴達瑪，吃吧！」

巴達瑪一塊塊地拾起糖球，捧在手心裏，小心翼翼地還給我。她認真地說：「不行，老爺爺！老師昨天教給我們，只許幫助您幹活兒，不許動您的東西。」

我的臉頰滾燙。我懷疑連滿臉的花鬍子也燒得發紅。我支支吾吾地說：「唔，嗯，你這個老師，嗯，他說得也對……其實，糖球吃多了牙齒會壞……」

後來，駱駝倌來了。他剛掏出一卷鈔票，我就對他吼起來：「你呀，太不像話啦！難道給孩子買雙鞋也不成麼？你看巴達瑪光着小腳丫在草地上跑。」

牧駝人醉醺醺地看着巴達瑪，好像第一次見到這女孩似的。他把那卷紙幣丟過來：「那麼，老夥伴，你數數這錢。如果……買完一塊茶磚，三條煙卷，還有兩瓶子那種貼金紙的酒，還夠買鞋的話，就買一雙吧！」

我拿給他茶磚後，只抓了兩條煙和兩瓶低廉的、沒有金紙商標的酒給他。這樣，我用硬扣下的錢，給巴達瑪精心挑選了一雙黑條絨的帶絆小女鞋。還剩下兩角多錢，我給巴達瑪買了糖球。

巴達瑪興奮得滿臉通紅。她緊緊抱着那雙新布鞋，看看她阿爸，又看看我。她挑出一塊糖球捏在手心裏，剩下的全放進了阿爸的馬褡子。

等駱駝倌走了以後，她撲到我的腿上，把一塊發黏的、剝了紙的糖球塞進我的嘴裏。

可能我當時深深地受了感動。因為從那以後，我就沒有再隨便吃過賣的食品。而以前，我當了二三十年售貨員，隨手往嘴裏扔點什麼早成了不值得一提的小習慣。

——那都是去年的事了。

去年烏里雅斯山的積雪要比今年融化得晚，可是這片綠得發藍的三葉草地上，紅玻璃般的小花卻比今年開放得早。今年草地上滿布着的只是沾着露水的小小紅花蕾。

從很遠的地方，我就看見了牧駝人的氈包。等我的小馬車靠近它時，一個小姑娘張開雙臂，歡呼着朝我奔來，白袍子在傍晚的清風中翻飛着。

「我一直盼着你來呢，老爺爺！」巴達瑪快活地拉着我的手，「你明天就開始賣東西麼？」

「是的，小巴達瑪。」我揪揪她的小辮子，「今晚趕到烏里雅斯，明天開始賣。怎麼？你的鞋子穿破了？」

「不，新新的！你看。」她抬起腳給我看。鞋子剛剛洗過，黑絨絨的鞋面又新又乾淨。我知道，她一定會很愛惜地穿的。

「巴達瑪，不坐我的小馬車去上學麼？」

「不，學校沒有上課……不過，明天我要去找你。你知道嗎？我一直等着你。我想買一件東西。」

這次，我只能獨自一人坐在貨箱上，數着道旁草梢上的紅花骨朵兒，慢慢地朝烏里雅斯淡藍色的山影前進了。數着，走着，有時也看見白肚皮、藍翅膀的燕子掠過雙輪馬車的兩側。不知為什麼，我心裏湧起一絲微忽的悵惘。

第二天，巴達瑪來了。她迫不及待地跑到我的攤子旁看了一會兒。很快，她抬起頭來，眼睛閃着喜悅的光。

「果然有！」她叫道，「我知道，你一定會給我帶來的！」

說罷，她把一隻圓鼓鼓的小口袋遞給我：「喏，這是錢。」

我打開小口袋：是夾着草棍兒的羊毛。在我用秤和算盤給她算錢的時候，巴達瑪告訴我，這些羊毛是她從很遠的牧場上拾來的，她一直想用自己掙的錢買一件心愛的東西。從去年有了新布鞋以後，她看見一小撮羊毛就撿起來。但牧駝人的營盤上沒有羊。於是她常常跑到很遠的草場上去，有時一次只能拾到一點點。

「就是那片開紅花的草地的盡頭，知道那兒嗎？」她問。

「怎能不知道呢？喏，一共兩塊六角錢。說吧！巴達瑪，你一直想要的寶貝是什麼？」

「漂亮的花襪子！」

哦，是這樣。剛穿上一雙新鞋的女孩子，一定會盼望一雙鮮豔美麗的花襪子。這是多麼簡單的道理喲。然而，無論是我還是那個牧駝人都忘了這一點。我們使它成為小巴達瑪心中的秘密，而小巴達瑪為了它奮鬥了一年。

襪子是尼龍的，顏色像湖水一樣蔚藍，織着雪白的浪花。巴達瑪立刻穿上了它，然後再穿上那雙黑絨布鞋。她欣喜地低着頭，望着腳尖，走開幾步，又退回來。

「巴達瑪，」我蠻有興致地看着她，「還剩下三角錢。你打算買點什麼呢？」

「還剩三角嗎？」她側着頭想了一會兒，「那麼，再買塊手錶。」

我哈哈大笑起來，近來，牧民們買手錶的多起來了，尤其是那些一心盤算着出嫁的姑娘們。巴達瑪一定常常看見她們炫耀自己的錶。但在她天真的想像中，手錶遠不及花襪子珍貴。

我費了很大勁兒才使巴達瑪明白了這些。最後，我建議她買兩個練習本，因為她正在學習。

「不，」巴達瑪搖搖頭，「我有很多練習本，可是沒有用——老師走了。」

「老師走了？去哪裏？」我想起了去年巴達瑪從她老師那兒受到的嚴格教育。

「一個去拉——拉木龍？是嗎？去看神。另一個在烏里雅斯大山裏。聽我阿爸說，等下雪的時候，老師可以從那兒拉回整整一車乾蘑菇和獺子皮。」

噢，一個去甘肅拉卜楞金瓦寺朝拜活佛，一個在山裏掙錢。

「那麼，學校呢？是放假還是派來新老師？」我問道。

「還不知道。」巴達瑪神情有些憂鬱，「我也許再不上學了。阿爸從去年就在生氣呢。他說：算啦！女孩子還讀什麼書！」

我沉吟了一下：「沒關係，我去找你阿爸罵他。不過……你喜歡讀書嗎？」

「喜歡。老師說過，我是個聰明的孩子，將來一定會像一朵盛開的巴達瑪花！」

我沉默了。

我揉搓着手裏的三角錢硬幣。我覺得它分量不

輕。這是一年來一個十歲小姑娘的追求，是她美好的夢。讓她用它買些什麼呢？我費勁地思索着。這時，巴達瑪問道：

「老爺爺，買一隻手錶要很多很多羊毛嗎？」

我突然看見了一個熟悉的影子。那是一個悅耳動聽的音符，一個帶着清潤迷人的香味兒的幻象。我心裏一亮：

「巴達瑪！你想念——不，你愛你的老師嗎？」

「嗯。」她使勁地點點頭。

我從貨攤上拿起剛剛被我發現的一件東西。那是紅藍兩色的鉛筆。在燙金的「花蕾牌」三個字旁，印着一枝頸子長長的花蕾。我想了想，遲疑地問道：

「那麼，你願意給老師買一點禮物嗎？」

巴達瑪叫起來：「當然！當然願意！」

「那麼，巴達瑪！」我急急地說，「你買下這種紅藍鉛筆送給你的老師吧！一支送到烏里雅斯山裏，另一支我們想辦法帶到拉卜楞大寺。」

小姑娘欣喜地接過筆來，撫着筆上印着的花兒。「真好，老師一定會高興的。不過，」她抬起明亮的眼睛，「這筆上的花兒沒有草原上的美，我去那塊開紅花的草地上採兩枝吧，然後用羊毛線把它們拴在筆上送給老師！」

「你想得真好，巴達瑪。記住，要採那種像紅珍珠一樣的花骨朵兒！」

「老爺爺，我明天清早就去採！」……

第二天我們就捎走了這兩份禮物。過了幾天，我也結束了今年在烏里雅斯的工作，裝好了雙輪馬車返回。

晨霧剛剛從大地上散去，我的黃鬃馬就已經馳進了那片藍幽幽的三葉草灘。遠遠望去，牧駝人的氈包上面正升起縷縷炊煙。輕馬車節奏均勻地跑着。一會兒，我滿意地看見巴達瑪又張開雙臂，歡叫着朝我跑來。

「你一直要等到明年才來嗎，老爺爺？」她問我。

「是的，咱們又要分手啦。」我說。

風兒輕撩着這孩子的額髮。我感覺到她的小手正緊緊地、濕乎乎地拉着我的手。我的心裏湧起一陣潮水，一陣對這小女孩和長滿紅花蕾的草地的眷戀。

滾滾而去的草浪載着風兒，筆直地朝天邊吹去。我想到她的兩位老師。當那年輕的一個擦着汗水，那年老的一個放下經卷，手裏拿起一枝鮮紅的花蕾的時候，他們一定會久久朝這裏眺望。隨着歲月飄逝，人世浮沉，將來他們還會繼續慢慢地體味這禮物的珍貴。

那時巴達瑪也許已經是一位美麗的姑娘。她會穿着繡着金銀花邊的雪白袍子，戴着玲瓏剔透的晶瑩手錶，像盛開的蓮花一樣朝我們微笑……

　　黃鬃馬嘶鳴起來。太陽已升入高空。再見了，神奇的三葉草地。再見吧，我的小巴達瑪，你使我帶走了這麼美好的感受。

　　我覺得，我也應該留給巴達瑪一點什麼。可是送她什麼呢？我苦苦思索了很久。最後，我走進這片綠得發藍的草灘裏，挑選着，比較着，最後，我選中了一株。我小心地把它採下來，捧到巴達瑪面前。

　　這是一株沾着露水的紅花蕾。

一九八一年八月

＊　　張承志（1948–），作家、學者。著有《北方的河》、《黑駿馬》、《心靈史》等。

阿成

春雨之夜

　　從黃昏開始，雨就一直在下。這晚秋的雨喲，一下起來就是沒完沒了。隔着窗戶，借助路燈的光，可以清楚地看到雨下得還真是不小。街上的行人很少。我住的這個地方比較偏僻，偶爾有車輛唰地駛過，然後又是一街的雨腳。

　　就在此刻，怪怪的，鄭板橋的「春風放膽來梳柳，夜雨瞞人去潤花」的詩句竟忽來腦海。我雖然無處潤花，但夜雨思人呵。便決定去見見老駝。我穿上外衣，拿上雨傘，下樓。到街上我才發現，這雨比我在窗前看到的還要大。我擎着雨傘，順着街邊，慢慢地走着。春風不小哇，人得需極力地弓着身子朝前走才行。前邊那家食雜店二十四小時營業。平時我經常去這家食雜店買東西。一個人住就是這樣，臨時想起來要買什麼東西，就到他那兒去，也可以給老闆打個電話，讓夥計把啤酒、紅腸、方便麵送上樓來。店老闆了解我這個單身漢(他也有一段這樣的經歷)，不錯，我們之間已經建立了很好的信譽，一切都不是問題。

　　我推門進去，老闆吃了一驚，説，上帝(他信洋

教），兄弟，打個電話不就結了嗎，我讓夥計給您送上去呀。

我説，不用，我打算買點兒東西去看一個朋友。

這家食雜店雖然不大，但包羅萬象，似乎人類需要的東西他這兒都有。真讓人發愁。

老闆問，打算弄點兒什麼？

我瞅了瞅熟食櫃枱，斟酌着説，買個醬肘子……

他説，肘子可不太新鮮，你來松仁兒小肚吧，剛送來的。

我説，我這個朋友愛吃肉。五香小肚沒有問題是吧？

老闆説，再放兩天也沒事兒。

説着，我眼前出現了老駝吃肉時那副津津有味的樣子，看他吃肉的樣子讓人開心哪。

我説，再來兩根紅腸吧。

老闆問，瘦的還是肥的？

我説，肥的。

老闆説，懂了。看來這是個吃磕兒（吃貨）。啤酒嗎？

我説，不，白酒。

老闆説，噢，您的這位朋友還是個喝白酒的主兒呢。高度的？

我說，沒錯兒。

兀然間，我心生自豪了。

老闆問，來一般的還是……

我說，高級的他也喝不習慣。

老闆說，明白了，這才是真正的喝酒人呢。

我問，有「兩撇胡」（大前門牌香煙）嗎？

老闆笑着說，給您留着哪。

說着，老闆哈腰從櫃枱下面取出一條「兩撇胡」遞給我。

我說，再拿兩個打火機。

老闆笑着說，您可真細心哪。

我說，我這哥們兒經常丟打火機，看他渾身亂翻找打火機的樣子，不舒服。

老闆笑了起來，說，嗨，現如今的男人呀，就剩這麼點兒優點嘍。

然後，老闆將這些東西一一地放在塑料袋裏，又套上了一個塑料袋，說，嗨，這雨呀，恐怕要下上一夜嘍。您這是去看什麼樣的朋友啊？看來今晚您是不打算回來了吧。

我點點頭，敬了個舉手禮，走了。

像往常一樣，他也回了一個舉手禮，說，慢走啊，這雨天。

我説，謝謝。

……

我順着馬路繼續往前走。其實我可以打一輛出租車。真就是奇怪了，平時要想打一輛出租車非常困難，可現在一輛又一輛地從我身邊駛過去。但我始終沒下決心坐的士。我不知道自己這是怎麼了。是啊，春風春雨，我想一個人走走。

我是求開鎖認識老駝的。沒錯兒，那也是個春風春雨的夜晚，在那個令人感慨的季節裏，我將鑰匙鎖在家裏了，只好打電話向派出所求助。不到十分鐘，我就聽到樓下響起了破摩托車的聲音。這個開鎖人上樓梯的聲音很沉重，似乎是一個巨人。我心想，這個開鎖匠是個大塊頭吧？沒想到，出現在我面前的是個穿着一件斗篷式雨衣的瘦小駝子。為什麼用這麼大的力氣上樓呢？不可思議，不可思議。他一邊喘着粗氣，一邊仔細地檢驗我的身份證件。

我揶揄地説，師傅，這才三樓就累成這樣啊？

他氣喘吁吁地説，殘疾人嘛。

説着，他掏出一個小巧工具插到鑰匙眼兒裏，只用了兩秒鐘，門鎖就叭的一聲開了。

他説，妥啦。

我説，神速哇，比我用鑰匙開還快。來，抽支煙。

他叼上煙卷兒後，開始渾身亂摸找打火機。

我說，我這兒有。並替他把煙點着。

他美美地吸了一口之後，迅速地看了看煙卷兒的牌子，說，喲，我說哪，「兩撇胡」。你也抽這種煙？

我說，對呀。

他說，別看這煙便宜，可市面上不好買呀。

我說，還行。有朋友。

他立刻忸怩地說，真哪？如果方便……

我笑了，說，要煙不要錢，對吧？

他說，嗨，別人給我「中華」，我不抽不是裝孫子，是抽不慣哪。我就認這「兩撇胡」。

我說，沒問題。

說着，我請他進屋，給他拿煙。

他環視着我的房間說，喲，知識分子呀？

我說，狗屁。

他感慨地說，別這麼說，我就敬重有知識的人。

我取出兩條煙，又掏出開鎖錢一併給他，說，我以前是卡車司機，後改行的。現在後悔已經來不及了。

他拿着煙有點兒不好意思地說，這不太好吧……

我伸出大拇指稱讚他說，你的開鎖技術可真神了。

他說，嘻，我要是個賊呀，那就……

我立刻說，所向披靡。

說着，我們兩個人大笑起來。

就是從那以後，我們成了無話不談的朋友了。

　　我一邊在雨中走一邊想，平心而論，在這個千萬人口的大都市裏，一個人能有幾個真正的朋友呢？然後，我又粗略地算了算，這一晃，認識老駝差不多也有十年的光景了。只是兩個人見面的機會不多，嗨，都不是閒人哪。不過，這絲毫不影響我們之間的友誼。是啊，有些朋友是受時間限制的，就像看一場電影，電影結束了，不但故事結束了，友誼也結束了。我和老駝不是，我們哪怕一兩年不見一次面，但見面的時候卻依然是無話不說的朋友。更有趣的是，我們都能清楚地記得上次見面時我們的話題是從哪兒結束的，見面之後，還能把這個話題重新接起來聊。

　　春風入夜，感覺涼到肋骨了。不覺之中，我走出了城市的中心區。影影綽綽，前面就是老駝住的那個貧民區了。是啊，他好像一生下來就住在貧民區，之後再也沒有離開過那一片櫛比鱗次的平房，重床疊架的平房，被一條條逼仄的胡同彎曲纏繞的平房。是啊，城市裏到處都是人生故事啊。

　　老駝之所以成為「老駝」，是因了他的駝背，他的真實姓名反倒被人們遺忘了。是啊，就是這駝背，

讓他一輩子也沒說上媳婦。一次他自嘲地對我說，兄弟，我這婚哪都零散着結了。我當然知道這「零散着結」是怎樣的故事，怎樣的情景，怎樣的滋味。我也曾偶然遇見過幾次被老駝稱為「安全的女人」，我困惑地側過身去，讓某個凌亂的女人從身邊一閃而過。是啊是啊，老駝終究是個奔五十歲的男人哪。

老駝不但是一個技巧之人，也是一個極聰明、極健談的人。如果說有什麼缺欠的話，那就是他的駝背了。而且背駝得很厲害。在他三十多歲的時候，即一個男人的「鋼季」時代，就已經向您鞠躬樣地駝了。他的臉色是石灰膏色的，一點點血色也沒有，但他的眼珠子卻像黑玻璃一樣明亮，且充滿了幽火般的活力。吃驚當中，你不得不對他刮目相看。

老駝自打駝着走進這個光怪陸離的社會，就開始靠開鎖技術為那些「遺忘」的人們服務、謀生了。在這座偌大的城市裏總有一些糾結忘魂的人，不是把鑰匙落在家裏，就是將孩子鎖在了屋子裏。這時候，老駝便像一個巫師似的出現了。或者正是因了老駝一生都專注於微孔奧秘，才「積累」成這種臉色的吧。在我看來，能把鎖研究明白通透的人即便不是神，也是巫啊。老駝經營的開鎖服務，是在當地派出所、公安局登了記，備了案的。在那些穿警服的人看來，這個灰臉的駝子無疑是一個可以信賴的人。

我盡量在人行道的中央走。記得老駝曾對我說過：我從不靠牆根走，以免踩着哪個鬼魂的腳。他煞有介事地對我說，鬼魂都是靠牆根走的，那是他們的通道。我知道這很荒誕，但此後還是遵循不輟。

　　春雨之下，我走的速度並不快，我知道今天晚上我可能不回來了，還是慢慢地走吧。慢慢走，不僅可以充分地享受夜春雨和夜春風的滋潤、美妙，還可以讓皺巴巴的心情被這慢板的、清脆的韻律漸漸地熨平。自從老婆提前謝世之後，我一個人的生活就是這樣子，似乎所有的匆忙，所有的忙碌，所有的衝動，所有的憤懣與爭鬥都停滯下來，並變得如此地一文不值。家也不再是家了，只是一個棲身的窩。但不管怎麼說，我還是能夠找到女人的。就是老駝說的那種「安全的女人」。儘管這種事來去匆匆，亦真亦幻，是認真不得的。聽我這樣說，老駝指着我說，你這人有點兒怪。

　　上一次見面，我們的話題就是從女人結束的。我告訴他，我只喜歡普通的女人，那些不普通的女人，我從來是敬而遠之。老駝說，可我也沒看到哪一個不普通的女人來找你。我忍不住大笑着說，說得好。他說，那些不普通的女人也不想找普通的男人，是吧？我說，你說得對極了——我記得我們的話題是從這兒結束的。然後我就拱手告辭了。老駝身邊的女人自然

是一些普通的女人，只是他的「普通」和我的「普通」並不一樣，他的普通多是一些俗不可耐的女人，但對老駝來説這就足夠了。這樣的女人在他那兒住上一兩個晚上，或者十幾天，然後就消失了，一點音信也沒有。想起來，再到他這裏來，兩個人好像什麼都沒有發生一樣。這些女人和老駝既沒有初戀，也沒有失戀。老駝過的就是這樣的日子。一次我去他那兒，見屋子裏一地的煙頭，老駝佝僂着身子坐在那兒不停地吸煙，一臉的沮喪。那個身材剽悍的女人見有人來，立刻抓起外衣離開了。我問，怎麼了老駝？受挫啦？老駝扔掉了煙頭，並用腳使勁地將它碾滅説，有成功就有失敗的時候嘛，有問題嗎？我説，沒問題，很正常。寶馬也有熄火的時候。

謝天謝地，總算「磨蹭」到了。這個貧民區仍舊是七十年代的景象。是啊，儘管你是從那個年代走出來的，但現在你已然是個外來人了，你所熟悉的是外來人的熟悉，外來人的親切，外來人的久違，感慨，也是外來人的感慨了。當你走進這裏，兀然間空間就被置換掉了，讓環境、味道都發生了微妙的變化……雨落在石板路上，落在房頂上，落在凹處的積水中，叮叮咚咚，儼然一組來自天宮的音樂，在給我這個夜行人做清脆的彈奏。身邊所有的房檐兒都在垂着忽明忽暗的雨簾。撐着傘走在其中真是感受非凡。我想，

正是這樣的曼妙世界才讓老駝眷戀且不捨離去的吧。

　　到了老駝的家，門鎖着。是啊，他可能又去給哪個遺忘者開鎖去了。這樣的雨天是一個容易讓人遺忘鑰匙的日子。我將食品袋掛在門把手上，站在門口那兒點了一支煙，等了一會兒之後，不知道為什麼心裏兀然發虛了，難道是擔心鄰居誤以為我是一個賊嗎？當然，擔心是不必要的，你畢竟不是一個賊。可為什麼會有這樣一種古怪的心理呢？我記得一個在公安做事的朋友曾講過這樣一個故事，當單位丟了東西以後，保衛科的人來了，那些被詢問的人當中準會有一兩個人臉紅。他們並不是賊，但心理脆弱。是啊，我就是這樣一個心理脆弱的人。這是從什麼時候開始的？是參加工作以後嗎？

　　我決定到街上去。

　　在街上，我去了那個公共候車亭，那裏可以避雨。候車亭空空蕩蕩，沒有人在雨夜裏候車。有時候，一輛路過的車看見我站在那兒，反而加大油門貼了過來，猛地將地上的積水唰地濺到我的身上。在寂靜的雨夜裏，這樣的惡作劇短暫而有趣。是啊，人人都需要一點快樂。年輕的時候我開公交車，當車進入站台後，我會空轟幾腳油門，讓廢氣濺到某個候車姑娘的裙子上。這濺上的油點子是洗不掉的。想到這兒，我不覺嗤嗤地笑了起來。

看了看手錶，一個小時過去了。雨還在下着。我自言自語地說，真是渾球。雖說我有耐心等待，但是，是什麼樣的鎖開起來這樣地費工夫？要知道老駝可是個開鎖專家呀，他幾乎把世界上所有的鎖都研究透了。照說，他應當去造鎖而不是開鎖。當然，這就像汽車修理工一樣，他們從來就沒想過自己去造一輛汽車。老駝也是，他只想着怎樣才能把失了鑰匙的鎖「叭」一下打開。他說，兄弟，那「叭」的聲音真是美妙極了。但他卻從沒想過去製造一把外人永遠也打不開的鎖。大抵是上帝在分工時就關閉了技巧人這樣的欲望吧，讓這些人一生一世都踏踏實實地工作在自己的崗位上。這就是命啊。

春風帶雨，颳到臉上涼絲絲的。我突然想到，萬一老駝從後院的門進來，而我卻在這兒傻等着呢。想到這兒，又立刻轉身往院子裏走。

當我回去的時候，門上仍然落着鎖，那個食品袋還掛在門把手上。我想，總之他會回來的。除了開鎖他沒地方去。百無聊賴之中，我開始研究門上的那個大鎖頭。非常奇怪，老駝從來不用暗鎖鎖門，而是用這樣一把老式的大鎖頭。不知道這是一種風度還是一種老派的堅守。總之，他是一個有個性的夥計。這時候，我聽到了腳步聲。我以為是老駝回來了，但見到的卻是另外一個人。這個人一手打着傘，一手用手電

光在我臉上晃着。他的手電光太刺眼了，恐怕是新換的電池吧。

他問我，你找誰呀？

我穩了穩神說，老駝。

怎麼，鑰匙丟啦，開不開家門了？

我說，不。我是老駝的朋友。

噢，朋友，太好了。

聽說我是老駝的朋友，他似乎很高興。

我問，請問，您是……

他說，我是房東。

我一愣，略感吃驚地問，房東，誰的房東？

他說，老駝的房東啊。

我說，這麼說，老駝的房子是租您的？

他說，沒錯兒，他沒告訴你呀？

我嘟囔着說，我還一直以為是他自己的房子呢。

他說，開什麼玩笑，多年來他一直租我的房子。

我說，噢。

他問，你們多長時間沒見了？

我想了想，說，恐怕小兩年了吧。

他說，看來你是啥也不知道哇。

我說，怎麼啦？老駝出事了？

他說，不是出事，是死了。

我不覺大吃一驚，什麼？死了？

他說，你真不知道哇？

我說，我真不知道。什麼病啊？

他說，糖尿病嘛。這些年，他一直靠胰島素活着，可是，打那種玩意兒得有錢撐着才行。你知道，開鎖這個行業……按說，這也不應當算是什麼行業，生意寡淡。可他又不會幹什麼別的。

我說，我怎麼沒發現他有病呀。

他說，嗨，別看他是個駝子，也有自尊哪。

我頻頻地點頭說，是啊是啊……

他說，對了，先生，老駝生前跟我說過，他死後會有人來替他付他欠我的房租……

我說，什麼？他是這樣說的嗎？

他說，對呀。我今天就是過來看看，萬一有人來，或者給他留了條，我好打電話聯繫一下。沒想到，這麼巧，碰見了。

我問，他欠你多少錢？

他說，我這兒有他的欠單。

說着，他掏出欠單遞給了我。我看欠單的時候，他一邊用手電替我照着亮，一邊半開玩笑地說，你可別說你刷卡……

我說，不，我帶着現金哪。

然後，我一邊付錢一邊說，你就相信他的朋友會替他付帳？

他説，絕對相信。老駝是一個誠實的人。我信任他，多少年來我就信任他。我知道就是這人死了也會遵守諾言。這不，您就來了。

我説，謝謝。

他看了看門把手上的食品袋問，怎麼，你還想和他喝一盅？

我説，我是這麼想的。看來，我只能把這些東西當作祭品了。

説完，我也為自己這突如其來的想法愣了一下。然後，我將食品袋裏的熟食和酒煙取出來，擺放在門前。噢，差點兒忘了，還有打火機。擺放好之後，我默默地站了一會兒，天地良心，腦子裏一片空白。

須臾，我説，好了，我走了。

房東戀戀不捨地看着那些東西説，你是老駝的朋友是吧？

我説，沒錯兒，老駝的朋友。

刊於《作家》二〇一五年第一期

＊　阿成（1948–），原名王阿成，作家。著有《趙一曼女士》、《年關六賦》、《馬屍的冬雨》等。

王璞

捉迷藏

　　我想，沒一個人小時候沒玩過捉迷藏這遊戲吧？你也許不知道跳房子是怎麼回事，你也許沒玩過蹺蹺板，不曾下過跳棋或軍棋，但是一定玩過捉迷藏。這一點我敢肯定。因為，捉迷藏不需要任何道具，可以在任何場所、任何時間、跟任何孩子玩，最重要的是，它非常好玩。

　　有一次我跟一位抱怨自己沒有童年的男人聊天，聊着聊着，我突然打斷他的怨訴道：

　　「你玩過捉迷藏嗎？」

　　他一愣，隨即臉上綻開了天真的笑容：

　　「當然玩過啦！」他說。接着，沒等我問下去，就說了他小時候某次玩捉迷藏的故事。

　　這樣的經驗我有過很多次。即便是現如今生活在高樓大廈的孩子，也是會玩捉迷藏的。所以，也可以跟他們聊捉迷藏的事，在這一話題找到共同語言。我兒子在他把遊戲當作生活主要內容的兒童時代，每逢把所有的玩具都玩膩了，跑到我身邊呻吟着說「我沒東西玩了，我怎麼辦」時，我就說：「咱們玩捉迷藏吧！」

這正是他所盼望的回應，他笑了。我倆立即在屋子裏就地玩了起來。那些和兒子一道在家裏玩捉迷藏的日子，現在回想起來，仍然是非常值得留戀的時刻。可我幾乎忘了，我小時候是從何時開始突然中斷玩捉迷藏。

每個人一生都有這樣的時刻吧，就是不再玩捉迷藏了。這標誌着他開始進入成年。但很多人都把這樣的時刻忽略了。有些人是有意的，有些人是無意的。

我大概屬於後者。

這天，我打開電視，上面正放着一部警匪片。那一刻的畫面是：一名十來歲的小男孩正向警察述說先前遭遇的事，「我正跟傑克玩，他藏在樹叢裏，我去找他，就在我看見他的時候……」

接着的畫面如下：兩個孩子，小的只有五六歲，他從樹叢後面探出驚恐的臉，看着那個在另一棵樹後面出現的大孩子。而在他們不遠處，停着一輛汽車，車上一個男人正舉槍對住自己的太陽穴。

這時我覺得在身體的最深處，有個東西被撥動了一下，我甚至聽見了「咔啦」一下的聲響，就像幽靜的夜裏，窗外有個什麼東西掉落到樹叢中，細微而清晰。我繼續把這電視看下去，但情節是如何發展的我已經不大關心了，後面要發生的事似乎我早已知道了

一樣，就好像這部電影是我自己的創作，一切都了然於心。不過，出於慣性或惰性，我不想動彈，還坐在那裏看下去。

「原來……原來……」我這樣想着。但省略號後的話一時填補不出來，沒法順暢地到達恍然大悟的終點，只是搖搖晃晃，原地兜着圈子，向那個方向張望。

兒子走了過來，落坐在另一張沙發上，和我一道看電視。他和我一樣一聲不吭，不過我知道他看得很投入，因為他目不轉睛地盯着熒屏，嘴巴還微微張開，這樣一副有點弱智的傻樣一向令我遺憾，但也無可奈何。我的兒子只是個智力普通的孩子，雖然萬般不情願，我還是只得面對這個現實。

後來他終於問了：「前面都說了些什麼？這小孩怎麼變成這樣了？」

他今年十五歲了，提的問題還與五歲時沒什麼兩樣，我該怎麼回答他呢？

我的回答讓我自己也吃了一驚，我道：「說的是個捉迷藏的故事。一切都從一次捉迷藏開始。」

就在這一刻，驀地，我一下子想起來，我十三歲那年，最後一次玩捉迷藏的事情。

沒錯，那年我是十三歲。我十三歲時，本是個快樂的女孩。

我的家庭應當屬於那種沒趣、但也沒風沒浪的小康之家。我父親在一家中等規模的工廠做倉庫保管員。我母親的工作性質與他相同，不過聽上去要高尚得多，她在一個區級工人文化宮做圖書館管理員。我是他們的獨生女。那是上世紀六十年代，那年月還根本沒有計劃生育這回事，所以，獨生子女的身份往往要打上疑問號。他們多半是領養的，再不就是父母身體有毛病。或者根本沒解釋，在人們眼中是個永遠的謎。但我卻沒有這樣的問題。因為我父母在我很小的時候就已向我說明：我不是他們親生的，我是母親方面一位表親的孩子。我的親生父母生下我沒有一個月就雙雙遇上車禍。但是，養父母對我說，親生不親生沒有什麼不同，只要爸爸媽媽愛你就好了。

　　我很贊同他們這一觀點。因為跟周遭那些有親生父母的孩子比起來，我從來沒有羨慕他們的感覺，相反，我常常暗自慶幸。那些多兒多女的家庭，經濟狀況往往堪憂，一家人吃什麼東西都互相虎視眈眈地打量着，生怕自己的一份少了。而且那些家庭的父母，脾氣也格外暴躁似的，動不動就高聲叫罵，甚至大打出手，把孩子看成自己的出氣筒。

　　我家情況則完全不同。我父母的收入雖然不高，但只有我這一個孩子，他們雙方又都沒老人需要供

養。住在東城的姥姥，解放前開過飯莊，解放後雖然公私合營，姥爺也去世了，但她有點積蓄，住在當幹部的舅舅家，衣食無憂之餘，有時還給我們一點補貼。來我們家走走從不空手，總要拿上點糖果點心什麼的。即使三年困難時期，我們家的飯桌上也總有兩三樣菜，飯呢雖然也跟別人家一樣分開來蒸，但我若是嚷着不夠，母親總是從她碗裏撥出點給我。雖然她這樣做的時候，不時會嘆着氣自言自語：「你將來對我有這一半好我就心滿意足了。」但這一點也沒影響我接受她饋贈的快樂情緒，記得我總是漫不經心、高高興興地回應：「我對你比這要好一倍呢！」

我從來沒挨過他們的打。我父親雖然脾氣不大好，但從來沒對我發作過。他情緒不好時，就一個人喝悶酒。有一段時間到處都買不到酒，他就以茶代酒，一杯接一杯地喝着，一直喝到家裏兩個熱水瓶都空了，母親又早上床睡了，他就罵一聲「媽媽的」，把空杯子砰的一聲狠狠蹾到桌子上。最嚴重的一回，杯子被他蹾破了，裂成了兩三片，發出巨大的聲響。但嚇得最厲害的是他自己。我們還沒反應過來，他已經收拾好了碎片，把它們包在報紙裏扔進了垃圾桶。那時我已躺到了床上，我從沒關嚴的門縫裏窺見他驚慌的臉，一閃而過。

由於家裏沒玩伴，我常常跑出去找胡同裏的小孩玩。我們那個大院裏住有十多家人，孩子眾多，其中跟我年齡相近的女孩子就有七八個，我們通常在傍晚時聚到一起，玩各種興之所至的遊戲。

　　我從來不是一個靈活機敏的孩子，在各種遊戲中，從來沒佔過上風，似乎總是屬於為別人的輝煌喝采的一類。我不是不願意充當這樣的角色，其實能夠在人群裏吶喊歡呼、分享別人的快樂，也是一件開心事。然而，那些遊戲大多是要分邊來玩的，就是説分成處於競爭狀態的兩組。而每次分邊時，像我這種角色就有些尷尬了。因為我屬於被人挑剩、需要附加條件才能為別人所接受的一群。比如選人的兩組往往討價還價，「我們可以要甲，但你們得要乙」云云。

　　如此這般，我往往發現自己成了一件搭頭。就像菜市場買一份新鮮翠綠的黃瓜必須要搭配的一堆爛白菜。爛白菜當然也有它的價值所在，但做爛白菜的滋味卻不好受。有人想過身為爛白菜者的滋味沒有？可以肯定的是，那些快樂的、玩瘋了的女孩子們沒想到過；就連我自己，在那開心時刻，不好受的滋味也不是那麼強烈。只是在遊戲過後，回想起來，才多少有點忿忿然，不服氣。你把它看作一種滲透到心底裏的傷害，也未嘗不可。

我能十分肯定的還有一點：我心裏一直是有一股要揚眉吐氣的願望的，只是沒有能力將其實現。無論怎樣努力，也沒辦法趕上那些心靈手巧、腰身敏捷的女孩子。她們天生受到上天眷顧，漂亮，活潑，大方，玩什麼都如魚得水，得心應手，讓我這類笨拙女孩只有臣服膜拜的份。那些得天獨厚的女孩，她們也許從來沒想到，我們在歡笑着為她們鼓掌時，心裏也是有着得到同樣掌聲的渴望的。

　　我想，正是這樣的一份暗中渴望，使我特別愛玩捉迷藏。

　　這是因為，首先，捉迷藏不用分邊玩。這就免去了我被人當成搭頭的屈辱。此外，捉迷藏是一種個人行為，無論是捉的人，還是藏的人，都是獨自行動，沒有在眾目睽睽之下被大家評頭品足之虞。我後來才發現，羞怯乃是妨礙我靈巧自如的最大障礙。事情只要不在眾人目光之下完成，我就能做得比較好一點。所以每次捉迷藏，我就得以大顯身手。若讓我充當找的人，我總能把那些小夥伴一一從她們躲藏之處捉出來；充當藏的人，我也能藏得十分巧妙，讓那些苦苦尋找的傢伙最後只好哇哇大叫着認輸：「出來吧出來吧死猴子，算你贏了好不好？」

　　捉迷藏者的勝利就是這樣，不在眾目睽睽之下進

行，也就沒有被眾人喝采的光榮。反而會被對方嘲罵一番。由於每次尋找者都不一樣，我就算贏了十次，在個別的人看來也只贏了一次，而且因為每一次把我尋出來都大費周章，先被尋出來的人自然而然都變成了尋人者的同盟，只希望快把我找出來好開始下一輪遊戲。她們因為自己的失敗，不僅有意無意忽視我的勝利，還讓我總覺得夥伴們沒有充分注意我在這方面的天分。

十三歲那年那個沒有月亮的傍晚，大家決定玩捉迷藏，一定也是在我的慫恿下吧？我記得很清楚的是，那天的參加者空前地少，只有四個人。不過少而精，另三個人一向被我看成自己的死黨。我至今記得她們的名字：二毛、小婭和蘇蘇。

除了蘇蘇比我小一歲外，其他二人和我同歲。二毛還是我的同班同學，她就屬於那種得天獨厚的女孩，玩什麼都高人一籌，人又長得美麗，校體操隊和乒乓球隊都搶着要她參加，以至於那兩位領隊老師當眾吵了起來，成為學生們私下的笑柄。我卻只為二毛感到驕傲，並為同班同學中只有我能稱呼她小名而暗暗自豪。我認為自己是她最好的朋友，常常為自己各方面與她差距太大而苦惱。所以，那天傍晚，一看見來玩的人這麼少，天又這麼黑，我就立即提議捉迷藏。

二毛有點猶豫，她道：「去哪玩呢？快下雨了吧？」

我立刻道：「去我媽那裏。」

我媽那裏就是工人文化宮圖書館。圖書館已經好幾天不開放了，説是搞運動。那天下午吃過中飯，我媽就出了門，説要上姥姥家請舅舅幫忙寫大批判稿，出門時她還囑咐了我一句：「今晚我多半不回來吃飯了，待會兒你把鍋裏的花卷自己蒸蒸吃吧。」我注意到了她沒有帶上圖書館的鑰匙。那串鑰匙掛在門後面的掛鉤上。

我把這情況跟大家一説，她們都十分興奮。本來興致不高的小婭和蘇蘇也來了勁，尤其是二毛，她最愛看書，平時只能在我帶領下，站在圖書館的櫃枱外朝深不可測的書庫探頭探腦，現在呢，居然有機會隨心所欲地到裏面去捉迷藏！這裏面竟帶有某種探險的性質了。

起先一切都十分順利，可以説順利得太不可思議了。我們一路長驅直入，從文化宮後門到圖書館竟然沒碰到一個人。當然，我們沒從門口進去，而是照例從後牆那兒一個洞口鑽了進去。不過平時在籃球場或劇場那兒總會碰到一兩個人的，那天竟然一個人影也沒見到。但我們太興奮了，根本沒對這種反常現象問

一聲為什麼，就悄悄開了圖書館的門，在那靜僻的書庫裏歡天喜地、不管不顧地玩了起來。

當然我是大贏家。本來我對捉迷藏就有天分，加上這天佔了地利人和的優勢。這地方她們都沒來過，我可不止一次跟着我媽在裏面進進出出。書庫比起家來大得太多，但對於一個從小就在裏面轉悠的孩子來說，就不算什麼了。長大以後我知道，那其實是個很小的書庫，全部的書架加起來也沒有二十排。我曾仔細數過。我甚至熟悉每一道書架上擺放什麼類型的書，就連書架後面隱秘的角落，我也都熟悉。我媽忙工作時，我已經把所有的角角落落都勘察過了。

我的勝利終於令大家厭倦乃至氣憤了。先是小婭叫了起來：「不公平不公平！我不要玩了！」

蘇蘇也附和，「算你冠軍行了吧！我要上廁所了。」

趁二毛還沒表態，我忙説：「最後一盤。你們三個人找，我一個人藏，這總公平吧？」

她們有點勉強地答應了。我説「勉強」，只是我事後的判斷，當時我可沒感覺到，如若當時就感覺到，也許就不會發生以後的一切了。也許我就同意就此結束遊戲回家。當時，我太興奮了，根本無暇注意別人的感受，這也給了我教訓，使我以後每做一件事都要

再三徵詢每個參與者的意見，直到大家都不耐煩了為止，這也是我至今一事無成的原因之一。

還是回過來說捉迷藏吧。一待確定她們看不見我了，我以閃電般快速的動作藏到一個我早已想好的角落，那是最後一排書架後面一間放雜物的小儲藏室，兩米見方，其中的奧妙是裏面有個入牆櫃，上面吊了把其大無比的銅鎖。此刻說到這裏，我還彷彿能看見鎖上的綠斑，那使它看上去好像掛在那裏已經千秋萬代了似的，發出一股歲月的霉味。不過，我可知道那把鎖是虛掛在那裏的。

我像平時那樣鑽到櫃子裏，把櫃門拉上，這套動作我平時已做過好多次，我知道如何讓那把鎖在櫃門關上之後回復原位，就像從來沒人動過一樣。櫃子裏很大很舒服，裏面甚至有個棉墊，可以坐在上面，靠着櫃壁，以逸待勞。

我聽見她們三個人在屋子裏來回奔跑，搜索，議論，一會兒分頭行動，一會兒集中商討。開始還有點興奮，漸漸就不耐煩了，腳步變得疲沓。我也有點着急，心裏暗暗希望她們像平時一樣叫嚷出投降的話來。而就在這時，她們站到了壁櫃前。

我聽見她們疑惑的聲音：「如果不在這裏面，就沒別的地方了。」二毛說。二毛不愧是二毛。

小婭提出了異議，「這上面這麼大一把鎖，她怎麼可能進去？」

這問題顯然考住了大家。她們沉默了會兒，大概在考察那把鎖的真假。這沉默也許只延續了幾十秒，但我覺得它有一世紀那麼長。四下裏這麼靜，我聽見自己的心跳，我甚至聽見她們的心跳。我真怕她們不管三七二十一，抓住櫃門就拉，打破這虛假的障礙。讓我頃刻之間變成失敗者，只得忍受她們的奚落。

可是，不知這把鎖上有什麼地方令她們懼怕，總之她們就是下不了決心抓住它拉一下。突然，我聽見二毛叫着我的名字道：「毛妹，你要是在裏面你就快出來，你不出來我們就走了。我們要回家睡覺了。算我們打平了好不好？」

我愣住了，我沒料到她們會開出這樣無賴的和平條件。

但我沒有慎重考慮的時間，因為這時蘇蘇帶着哭腔道：「我要上廁所，我真的要上廁所了！」

「走！」小婭道，「也許她藏到外面去了。」

「也對，」二毛附和道，「毛妹這人有時很狡猾的。」

她們說着就跑了，簡直沒給我一點改變主意的時間。我還沒對所發生的事情反應過來，她們亂糟糟的

腳步聲已經消失在門外。從此沒再回來，事實上，她們從此就從我的生活中消失了。

過去了這麼多年，我們互相之間從來沒就當晚所發生的事解釋、說明、澄清。是她們防備她們走了之後我從圖書館溜出來，因而把門從外面鎖上，之後又忘了這事，還是她們回來後打不開門又相信我躲在了外面，只好一溜煙回了家呢？兩種可能性之中，我寧可相信第一種。因為如果我相信第二種，就沒法解釋為何她們回家之後，就沒想到上我家去看看我到底回沒回家，如果發現我沒回家，告訴我父母一聲，讓他們去找人。然而，就算我相信第一種，我也沒法原諒她們，怎麼可以把好朋友關在那麼一個黑暗地方，然後一個個安然無事回了家，一聲不響，照吃照睡。

不過，和我父母在這件事上的表現相比，她們的行為就不足為奇了。

那天夜裏在圖書館那個黑暗無比的書庫，我在心裏一遍遍呼喚的主要是他們，我一直到最後都相信他們會來找我，一直到第二天有人來開了門，我從書庫裏溜了出來時，都相信他們正在找我，為了我而焦慮萬狀，徹夜無眠。可是，當我回到家裏，看到的是家中一切都依然如故，父親好像跟平時一樣去上班了，煤爐上坐着他沒喝完的稀飯，餐桌上放着他吃剩下的

鹹菜和饅頭，用紗罩罩着。母親背對着門在床上躺着。當我走進屋子，她只是回過頭看了我一眼，我注意到她眼睛紅紅的，臉色蒼白，頭髮蓬亂，便怯生生地叫了她一聲：「媽。」我想她只要一開始罵我，問我昨晚去了哪兒，讓她急成這樣，我就撲到她懷裏，放聲大哭，發誓永遠愛她，誰知她說出來的話卻是：「你姥姥死了。」

我感到身體裏什麼東西嘭的一聲響，斷了。也許是一夜沒睡好，太疲倦的緣故，我好害怕自己會就此一下子癱倒下來，所以我重重坐到旁邊一把椅子上，對母親的話沒作出半點回應。

她又說一句：「姥姥死了，是給他們打死的。」

我聽見自己遙遠的聲音：「哦。」就是這樣輕輕的一句話，在那一刻，姥姥的慘死比起我昨夜的傷痛竟然如此微不足道，就是這樣淡淡的一句話。

後來我才知道，那天夜裏發生了許許多多的事，那是我們這座都城的傷心之夜，許多人家遭遇了不幸，許多居民在這一天慘遭殺戮。那是一九六六年八月二十四日。

但是，即使我在後來得知姥姥慘死的細節，我也沒能理解我父母對我失蹤一夜不理不睬的冷漠，正如他們未能理解我對姥姥之死的冷漠。從那天起，我第

一次意識到自己是一個養女。我想，大概就從那天以後，我不再叫他們爸爸媽媽，而改用了「老爹」「老娘」這種玩世不恭的稱呼。

後來，很久，我一直感到奇怪的是，無論我父母，還是二毛她們，都好像從來沒想到要對那一夜發生過的事做一點解釋、說明。對了，我有過一次機會跟小婭了解真相。那是事情發生十多天之後，有一天傍晚，我參加學校的一場大批判會回家，在胡同口上碰到小婭，她正孤零零站在那裏，好像在等人。我走過去拍了她肩膀一把，「小婭！」我叫道，正想把心裏懸了這些天的疑惑吐出口，猛然一下卻看見她朝我望過來的一雙眼睛，那麼亮！亮得像發高燒的病人。不，主要是裏面閃灼的神色對我來說太陌生，太恐怖，太遙遠，我以為那是怨恨。她不想理我。為什麼？！我一點也不認識她了。湧上喉頭的話頓時縮回了肚。我生氣地後退了一步，轉身跑了。

後來我知道了她家發生的事，我才意識到，當時她眼睛裏閃灼的不是怨恨，是恐懼。如果我跟她說話，她會高興的，那麼一切也許就真相大白了。但我沒機會糾正我的錯誤。不久，她被送進了精神病院。

至於二毛，那天以後好些天連她人影也見不到，再次見到她是在校門口，我跟一群同學一起，突然看

見她一個人從對面走來，我正想上去跟她打招呼，走在我旁邊的同學惡狠狠地朝她叫了一句：「狗崽子！」頓時，我看見對面兩道劍樣的目光射向我。我心中一凜，也以更冷的目光反射過去。她便低下頭匆匆走了。我再沒見過她，人家告訴我，她父母都進了牛棚，她被她家阿姨帶去了南方。

我父母去世的時候，我都不在他們身邊，通過曲曲折折的渠道我得知他們的遺言，兩個人不約而同都說了一句話：「到底不是親生的。」

顯然，到死他們都不明白我們互相之間變得這麼疏遠的原因，正如我也不明白他們。

這就是我最後一次玩捉迷藏的故事，現在我把它講給我兒子聽，希望他對其中的意義比我明白得多一點。

刊於《收穫》二〇一二年第一期

＊　王璞（1950–），作家。著有《女人的故事》、《送父親回故鄉》、《呢喃細語》等。

史鐵生

合歡樹

　　十歲那年，我在一次作文比賽中得了第一。母親那時候還年輕，急着跟我說她自己，說她小時候的作文作得還要好，老師甚至不相信那麼好的文章會是她寫的。「老師找到家來問，是不是家裏的大人幫了忙。我那時可能還不到十歲呢。」我聽得掃興，故意笑：「可能？什麼叫可能還不到？」她就解釋。我裝作根本不再注意她的話，對着牆打乒乓球，把她氣得夠嗆。不過我承認她聰明，承認她是世界上長得最好看的女的。她正給自己做一條藍地白花的裙子。

　　二十歲，我的兩條腿殘廢了。除去給人家畫彩蛋，我想我還應該再幹點別的事，先後改變了幾次主意，最後想學寫作。母親那時已不年輕，為了我的腿，她頭上開始有了白髮。醫院已經明確表示，我的病情目前沒辦法治。母親的全副心思卻還放在給我治病上，到處找大夫，打聽偏方，花很多錢。她倒總能找來些稀奇古怪的藥，讓我吃，讓我喝，或者是洗、敷、熏、灸。「別浪費時間啦！根本沒用！」我說，我一心只想着寫小說，彷彿那東西能把殘廢人救出困

境。「再試一回，不試你怎麼知道會沒用？」她說，每一回都虔誠地抱着希望。然而對我的腿，有多少回希望就有多少回失望，最後一回，我的胯上被熏成燙傷。醫院的大夫說，這實在太懸了，對於癱瘓病人，這差不多是要命的事。我倒沒太害怕，心想死了也好，死了倒痛快。母親驚惶了幾個月，晝夜守着我，一換藥就說：「怎麼會燙了呢？我還直留神呀！」幸虧傷口好起來，不然她非瘋了不可。

後來她發現我在寫小說。她跟我說：「那就好好寫吧。」我聽出來，她對治好我的腿也終於絕望。「我年輕的時候也最喜歡文學，」她說。「跟你現在差不多大的時候，我也想過搞寫作，」她說。「你小時候的作文不是得過第一？」她提醒我說。我們倆都盡力把我的腿忘掉。她到處去給我借書，頂着雨或冒了雪推我去看電影，像過去給我找大夫、打聽偏方那樣，抱了希望。

三十歲時，我的第一篇小說發表了，母親卻已不在人世。過了幾年，我的另一篇小說又僥倖獲獎，母親已經離開我整整七年。

獲獎之後，登門採訪的記者就多，大家都好心好意，認為我不容易。但是我只準備了一套話，說來說

去就覺得心煩。我搖着車躲出去,坐在小公園安靜的樹林裏,想:上帝為什麼早早地召母親回去呢?迷迷糊糊的,我聽見回答:「她心裏太苦了。上帝看她受不住了,就召她回去。」我的心得到一點安慰,睜開眼睛,看見風正在樹林裏吹過。

我搖車離開那兒,在街上瞎逛,不想回家。

母親去世後,我們搬了家。我很少再到母親住過的那個小院兒去。小院兒在一個大院兒的盡裏頭,我偶爾搖車到大院兒去坐坐,但不願意去那個小院兒,推說手搖車進去不方便。院兒裏的老太太們還都把我當兒孫看,尤其想到我又沒了母親,但都不說,光扯些閒話,怪我不常去。我坐在院子當中,喝東家的茶,吃西家的瓜。有一年,人們終於又提到母親:「到小院兒去看看吧,你媽種的那棵合歡樹今年開花了!」我心裏一陣抖,還是推說手搖車進出太不易。大夥就不再說,忙扯些別的,說起我們原來住的房子裏現在住了小兩口,女的剛生了個兒子,孩子不哭不鬧,光是瞪着眼睛看窗戶上的樹影兒。

我沒料到那棵樹還活着。那年,母親到勞動局去給我找工作,回來時在路邊挖了一棵剛出土的「含羞草」,以為是含羞草,種在花盆裏長,竟是一棵合歡樹。母親從來喜歡那些東西,但當時心思全在別處。

第二年合歡樹沒有發芽，母親嘆息了一回，還不捨得扔掉，依然讓它長在瓦盆裏。第三年，合歡樹卻又長出葉子，而且茂盛了。母親高興了很多天，以為那是個好兆頭，常去侍弄它，不敢再大意。又過一年，她把合歡樹移出盆，栽在窗前的地上，有時念叨，不知道這種樹幾年才開花。再過一年，我們搬了家。悲痛弄得我們都把那棵小樹忘記了。

與其在街上瞎逛，我想，不如就去看看那棵樹吧。我也想再看看母親住過的那間房。我老記着，那兒還有個剛來到世上的孩子，不哭不鬧，瞪着眼睛看樹影兒。是那棵合歡樹的影子嗎？小院兒裏只有那棵樹。

院兒裏的老太太們還是那麼歡迎我，東屋倒茶，西屋點煙，送到我跟前。大夥都不知道我獲獎的事，也許知道，但不覺得那很重要；還是都問我的腿，問我是否有了正式工作。這回，想搖車進小院兒真是不能了。家家門前的小廚房都擴大，過道窄到一個人推自行車進出也要側身。我問起那棵合歡樹。大夥說，年年都開花，長到房高了。這麼說，我再看不見它了。我要是求人背我去看，倒也不是不行。我挺後悔前兩年沒有自己搖車進去看看。

我搖着車在街上慢慢走，不急着回家。人有時候只想獨自靜靜地待一會兒。悲傷也成享受。

　　有一天那個孩子長大了，會想到童年的事，會想起那些晃動的樹影兒，會想起他自己的媽媽，他會跑去看看那棵樹。但他不會知道那棵樹是誰種的，是怎麼種的。

九八四年十一月

＊　史鐵生（1951–2010），作家。著有《務虛筆記》、《我的丁一之旅》、〈合歡樹〉、《我與地壇》、《病隙碎筆》、《記憶與印象》等。

劉慶邦

種在墳上的倭瓜[1]

　　清明節快要到了，地下的潮氣往上升，升得地面雲一塊雨一塊的。趁着地氣轉暖，墒情[2]好，猜小想種點什麼。猜小沒認準種哪一樣，絲瓜葫蘆倭瓜，鳳仙花牽牛花葵花，只要能發芽能開花能結果，種什麼都行。猜小去年就萌生了種東西的願望，因沒找到合適的地方，雙手空空的也沒有種子，就把時機錯過了。今年無論如何，她不能讓自己的願望再落空。

　　猜小家所在的院子是不小，差不多有一個打麥場的場面子大。可院子是幾百年的老宅，地上砌的，地下埋的，都是碎磚爛瓦，猜小想開一小塊地方，實在開不出來。院子裏住着五六戶人家，不光人多腳多，院子裏無處不踩到，還豢養的有豬有羊，有雞有鴨，就算埋下的種子能發出芽兒來，還不夠豬拱雞叨的。去年初夏的一個傍晚，猜小發現，在離她家的那棵老椿樹不遠的地方，在嵌在地上的磚頭縫兒裏，竟冒出一個小小的椿樹芽兒。不用説，這是老椿樹派生出來

1　這裏指南瓜。
2　墒情，指土壤濕度的情況。

的後代。剛冒出的椿樹芽兒是紫紅色的，在夕陽的映照下，簡直就像一朵小花兒。猜小高興壞了，她想，要不了三年五年，這個小椿樹芽兒就會躥得大高，長成一棵像模像樣的椿樹。高興歸高興，猜小可不敢聲張。她四下裏打量了一下，見豬呀羊呀都在院子裏活動。牠們的鼻子很尖，耳朵很靈，倘是她一不留神，把椿樹芽兒的消息說出去，讓豬和羊知道了就不好了。她找來一塊瓦片，把小椿樹芽兒扣在了下面。瓦片瓦楞着，壓不住椿樹芽兒，像是給椿樹芽兒蓋了一座帶穹頂的小房子，這樣，那些嘴長貪吃的傢伙也許就找不見椿樹芽兒了。猜小打算明天早上去坑邊砍來一些刺棵子，扎在椿樹芽兒周圍，形成一圈兒刺籬笆，把椿樹芽兒長期保護起來。令猜小大為失望的是，第二天一大早，她到冒出椿樹芽兒的地方一看，椿樹芽兒連個影兒都不見了。她看出這事是豬幹的，瓦片被豬拱到了一邊，生長椿樹芽兒的那塊地方也被豬的硬嘴掘了起來，掘得底朝天。豬一點事都不懂，猜小對豬能有什麼辦法！新生的椿樹芽兒活活被糟蹋，心疼之餘，猜小得出一個教訓，看來院子裏什麼都不能種，種了也是白種。

出了村莊，四周的肥田沃土倒是不少，一大塊連着一大塊，一馬平川，猜小踮起腳尖都望不到邊。可

那些土地都是生產隊的，都是公家的，猜小家連一分一釐的土地都沒有。誰想在公家的土地上種下一點屬於自己的東西，那是萬萬使不得的，輕了，人家說你有資本主義思想；重了，人家會讓你在社員大會上鬥私批修，誰不害怕呢！是的，世界之大，竟沒有猜小播下一粒種子的地方。愈是這樣，猜小愈急於找地方種下一點什麼。好比蜜蜂採蜜，遍地的花朵盡牠去採，牠往往不着急，在無花可採的情況下，牠才急得亂飛。猜小並不是為了收穫什麼，她就是想親手種點東西試一試。作為以稼穡為生的農人家的女兒，猜小的遺傳基因裏似乎就帶有播種的願望和本能，到了一定年齡，她自然而然地就想種點什麼。她現在所處的年齡段，還夠不着掙工分，隊裏還不許她到大田裏去種植和收割。而各家的自留地幾年前就被隊裏收走了，她自己想種什麼又找不到地方。這時候的猜小被稱為空兒裏的人，她只能到坑邊或河坡裏拾拾柴，割割草，放放羊。

這天午飯前，娘收拾了一個紙筐，讓猜小領着弟弟，到爹的墳前，給爹燒點紙。猜小半路上把紙筐看了看，裏面沒有白饅，沒有豬肉，沒有炸麻花，什麼供品都沒有，也沒有炮，只有一疊發黃的草紙。猜小懂得的，這些草紙代表的是錢，在清明節前夕，娘讓

她和弟弟給他們的爹送錢來了。盛殮爹的桐木棺材是長方形的，埋成了墳就成了圓的。猜小聽村裏的大人說過，棺材好比是地，墳堆好比是天，地是方的，天是圓的，所謂天圓地方。爹病死好幾年了，猜小每年都領着弟弟來兩三次。頭一年，爹的墳是新墳，墳上光禿禿的，什麼都沒長。新墳與舊墳還有一個區別，新墳不安墳頭，要等到第二年清明節上墳時才能放上墳頭。一看到爹的新墳，猜小就傷感頓生，禁不住想哭。第二年就好些了，爹墳上長滿了青青的東西。那些東西都是一些草本植物，有細葉的，也有寬葉的，有拖秧子的，也有長棵子的。盛夏時節，有的植物開了花。花兒不大，也不豔，就那麼星星點點，淺淺淡淡。在猜小的眼裏，花兒不分大小淺淡，再小再淡也是花兒呀！到了秋天再來看，墳上的漿漿瓢的果子炸開了，從裏面飛出一團團絮狀的白花。蒲公英雪白的絨球球也長成了，稍有風吹，就散成一片霧狀的白花。猜小聽說過花圈，但沒有看見過。在猜小的想像裏，花圈應該是白花攢成的。猜小沒錢給爹買花圈，這麼多的「白花」，就算是女兒給爹的花圈吧！

猜小在爹的墳前把紙點燃，說：爹，我和弟弟給您送錢來了，您起來拾錢吧！她本來應該讓弟弟隨着她，把類似的話也說上一遍。但她今天沒要求弟弟

說，她説時把弟弟捎帶上就行了。別看弟弟是個男孩子，可弟弟的心似乎比她的心還重。前些次，她一讓弟弟説，弟弟一開口就哽咽得厲害，眼淚就嘩嘩流。這次儘管她沒讓弟弟説，她看見弟弟的眼淚已包得滿滿的，嘴角也在顫抖。這個弟弟呀！燒完了紙，她和弟弟沒有馬上離開，在爹的墳前墳後站了一會兒。這塊地裏種的是麥子，麥子已起身了，綠得遍地白汪汪的，一眼望不到邊。老鴰[3]在麥地上方低飛，一落進麥地就看不見了。回過眼來再看爹的墳，墳上已冒出不少草芽芽兒，有的鵝黃，有的紫紅。過不了幾天，爹的墳上又是一片新綠。這讓猜小心裏一動，墳上既然能長草，難道就不可以種點別的什麼嗎！爹活了幾十年，死後佔了這麼一小塊地方，在爹的墳上種點什麼，別人總不會不允許吧！這麼想着，猜小的主意就打定了。東找西找沒找到種東西的地方，她今天沒特意找，好地方反而一下子呈現在眼前。她不認為這個主意是自己想起來的，而是爹告訴她的。她彷彿看見，爹像生前一樣微笑着對她説：猜小，你想學着種東西，就到爹墳上種吧！

有了種東西的地方，下一步就該找種子了。她家裏沒有什麼種子，給隊裏種菜園的一位老爺爺有各種

3　　烏鴉

各樣的種子。這天下午，老爺爺在菜園裏種瓜，猜小一直在旁邊看。老爺爺問她想種瓜嗎？她點點頭。老爺爺說：倭瓜好種，皮實，給你一顆倭瓜種，你去種着玩吧！老爺爺從盛倭瓜種的瓦碗裏捏起一顆倭瓜種，放進她手心裏去了。倭瓜種上已拌了草木灰，糙乎乎的有點發黑。可猜小如獲至寶，雙手捧着倭瓜種就回家去了。她到灶屋裏找到一隻有豁口的瓦碗，把倭瓜種子輕輕放進碗底，又拿起一把鏟草用的鐵鏟子，馬上到墳地裏去種倭瓜。走到院口，看到村街上有人走動，她又折回來了。這樣端着倭瓜種子，被人看見了怎麼辦？別人要是問起來，她將如何回答？第一次種倭瓜，是她的一樁秘密事情，她要秘密地進行，不想讓無關的人知道。她拎起一隻荊條筐，把盛倭瓜種的瓦碗放進筐裏，蓋上自己的上衣，裝作下地割草的樣子，才來到爹的墳前。爹死後，再也沒有挪過地方，下大雨在這裏，下大雪也在這裏，比一棵樹待得還牢穩。猜小有時候做夢，夢見爹已經走得很遠了，走得無影無蹤，她急得不行，到處找爹都找不見。醒來一想，爹還在村南的墳地裏待着，哪兒都沒去。

猜小不能把倭瓜種在墳的半腰，那裏有坡度，沒法兒給倭瓜澆水，一澆水就流走了。更不能種在墳半腰的理由是，猜小聽大人說過，墳上方放的墳頭就是

爹的頭，墳堆就是爹的身子，她哪能隨便在爹的身上挖坑種倭瓜呢，要是那樣的話，爹不知會疼成什麼樣呢！猜小在墳腳前面選了一塊兒空地，把倭瓜種在那裏了。耩麥子的耩到墳跟前，要提起耬腿繞一下，這樣，麥苗就不會貼着墳長，每座墳的墳前墳後都會留下一小塊空地。這塊空地也是留給祭祀的後人跪倒磕頭的地方。猜小坐在地上，用小鐵鏟把那塊空地翻了一遍。地的表面是乾的，一翻開就是濕的，有一股子甜草根的甜氣。翻開的濕土裏有白色茅草根，有紅色的小蚯蚓，還有蟲蛹子的空殼，等等。猜小把這些東西都揀出來了，把土鏟得細細的，恐怕比用細籮籮出的麵都細。她學着老爺爺種瓜的樣子，把整好的細土中間挖一個小坑，捏起那顆倭瓜種子，嘴兒朝下肚子朝上地按下去。她剛要給倭瓜種封上土，猛聽見天空中有老鴰叫了一聲，她嚇得一驚，趕緊雙手上去，把倭瓜種捂住了。她雙手捂着寶貝似的倭瓜種，臉卻仰得高高的，看着天上飛的一隻老鴰。老鴰往哪邊轉，她的臉跟着往哪邊轉。猜小知道，老鴰嘴饞得很，討厭得很，不管人們埋下什麼種子，在發芽之前，牠都要趀摸[4]來趀摸去，想辦法把種子淘出一部分吃掉。

---

[4]　找尋

瓜田裏，育秧田裏，為啥要豎起一些穀草人兒呢，就是為了嚇唬老鴰，為了防止老鴰偷吃。她對老鴰說：老鴰，老鴰，我什麼都沒種，你走吧！老鴰轉了兩圈兒，飛走了。猜小抓緊時間，趕緊把倭瓜種用土封上了，還用手拍了拍，把土拍實。為了把種倭瓜的地方偽裝起來，她抓了一把去年的乾草葉子，撒在濕土上面。猜小還是不放心，她看見老鴰又飛過來了，這次不是一隻，是好幾隻。猜小懷疑，多飛來的幾隻老鴰是剛才飛走的那隻老鴰喊來的，這使猜小的警惕性又提高了幾分。地裏是沒有豬羊和雞鴨，但對老鴰這些穿一身黑衣服的老賊也不能不小心。她先給老鴰說好話：老鴰，你們下來，我跟你們商量點事兒。不見老鴰下來，她就有些生氣，命老鴰滾，滾得遠遠的。她對老鴰喊道：你們要是不滾，我就打死你們，把你們嘴裏塞上老鴰毛，讓你們下一輩子還托生成老鴰！這樣喊着，她還把自己的上衣一下一下衝老鴰甩。她要讓老鴰看清楚點，她是一個大活人，而不是一個穀草人，她要比穀草人管用得多。也許猜小的示威真的起了作用，那些老鴰挺[5]了幾圈就飛走了。老鴰們飛得不算很遠，牠們飛着飛着，翅膀一仄楞，[6]就落進麥子地

---

[5]　盤旋
[6]　傾斜

裏去了。猜小認為，這是老鴇們暫時埋伏起來了，等她一走，説不定那些狡猾的傢伙會重新飛回來。猜小採取與老鴇同樣的辦法，也藏進麥壟裏埋伏起來。她不是趴着躺，是仰着躺，這樣可以隨時觀察天上的動靜，老鴇要是一起飛，她馬上就會發現。還好，直到太陽漸漸地落下去了，老鴇們沒有再飛回來。猜小估計，天一黑，老鴇們的眼睛就看不清亮了，牠們想找種倭瓜的地方也找不到了。

猜小埋下了倭瓜種子，就等於埋下了一份希望，心上就有了牽掛。趁着到地裏割草拾柴，猜小每天都去爹的墳前看她的倭瓜，太陽出來時看一次，太陽落山前還要再看一次。每去一次，她都要替倭瓜種子算一下，算算倭瓜種子走到哪一步了。頭一天，她算着倭瓜種子正在吸收水分和養分，把身子吸得白白胖胖的，肚子漸漸地鼓起來。第二天，她算倭瓜種子正在伸懶腰，舒服得胳膊腿兒直抖，嘴也張開了，似乎在説：哎呀，真痛快呀！只要倭瓜種子的小嘴兒一張開，它就該生根了。第三天，她算着倭瓜種子的根已扎到土裏去了，根的主莖又粗又結實，根部生着許多觸角一樣的鬍子。倭瓜種子在扎根的同時，它的芽兒也形成了，根和芽兒的出發時間相同，走的方向卻不同，一個是向下扎，一個是往上頂。第四天，她算着

倭瓜的芽兒該冒出來了，一大早就往墳地裏跑。早上公雞叫，鳥叫，桃花開滿了樹，村子裏是很熱鬧的。她什麼都不聽，都不看，只想着她的倭瓜，腳步有些急匆匆的。有個和她差不多大小的女孩兒，問她什麼東西丟了。她說沒有呀，什麼東西都沒丟。女孩兒說：我看你慌裏慌張跟找魂兒一樣，還以為你的魂兒丟了呢！猜小說：你的魂兒才丟了呢！猜小一來到爹的墳前，就彎腰低頭往地上瞅。奇怪呀，種倭瓜的地方，種進去什麼樣，現在還是什麼樣，一點動靜都沒有。猜小想，可能是倭瓜種子走得慢，她算得快，她算到倭瓜種子的前面去了。她對自己說：不要着急，再等等，再等等。又等了一天，種倭瓜的地方還是沒有動靜。這下猜小有些沉不住氣了，難道是她種倭瓜的方法不對，倭瓜種子生氣了，故意不往活裏長。她試了幾試，想把土扒開，看看倭瓜種子到底怎樣了。但她到底沒有扒。這點道理她還是懂得的，不論什麼種子，只要一埋進土裏，發不發芽兒就全憑它了。你倘是心急，不等芽兒鑽出地面就剝開土層看究竟，弄不好就傷了幼芽兒的元氣和根本，最終把立足未穩的幼芽兒毀掉。土層動不得，猜小就伏下身子，把耳朵側向地面，想聽聽下面有沒有什麼動靜。她聽見土層下面絲絲攘攘的，像是有一些絮語。但她分不清是土

地在跟倭瓜種子説話，還是倭瓜種子在跟土地説話，抑或是小麥的根鬚來串門。小麥的根鬚歷來善於串門，從秋到冬，從冬到春，它串門總是串得很遠。這樣聽了一會兒，猜小就想起了爹。倭瓜種在地下，爹也在地下，爹跟倭瓜種住得又這麼近，為何不向爹打聽一下倭瓜種的情況呢？女兒的事，不求爹幫忙還求誰呢？於是猜小懇切地跟爹説了一番話，請爹幫她看看，倭瓜種子到底走到哪一步了。要是倭瓜種子走得太慢，她請爹幫着催一催，請倭瓜種子走得快一點。猜小沒聽見爹説話，但她彷彿看見爹點頭了，她説一句，爹就點一下頭。是呀，女兒求爹辦的事兒，爹哪會不答應呢！

　　猜小説了請爹幫忙的第二天，也是倭瓜種子種下去的第六天，她又迫不及待地看她的倭瓜去了。這天早上露水很大，空氣濕漉漉的，似乎一伸手就能抓出一把水來。大田裏更是潮濕，每個打了苞兒的麥穗兒的頂葉上，都掛着一粒晶亮的水珠兒。猜小兩手分着麥穗往墳前走，走了幾步，鞋就成了濕的，褲子也被露水打濕了半截。她心裏説，倭瓜的芽兒不會還不出來吧？來到墳前，她的眼睛一亮，馬上瞪大了。倭瓜芽總算頂破土層，發了出來。倭瓜的兩瓣新芽兒還合着，沒張開。因為倭瓜種子的硬殼還在它頭上頂着，

硬殼的上頭還帶着一點濕土。這樣子很像一個娃娃，頭上戴着一頂帽殼兒。猜小高興得心口跳得騰騰的，她手捂胸口對倭瓜芽兒說：我的娘，你總算出來了，你把我急死啦！按猜小的心情，她很想和倭瓜芽兒親一親，可倭瓜芽兒嬌嫩得很，親不得，碰不得，似乎連對它吹口氣都不行。那麼，猜小只有蹲下身子，久久地對倭瓜芽兒看着。看了一會兒，猜小的眼睛就濕了，她想，這都是虧了有爹的幫忙啊，不然的話，倭瓜芽兒還不一定能出來呢！

　　猜小到別的地方折來一些刺枝子，一根一根插在倭瓜芽兒周圍。那些刺枝子上的刺都是又長又尖利，老鼠碰到它，就把老鼠的爪子扎破；老鴰碰到它，就把老鴰的眼睛扎瞎。猜小正插着刺枝子，太陽照過來了。太陽像是突然間照過來的，照得她背上一熱。她禁不住抬頭往麥地裏一看，刹那間麥葉上的每粒露水珠似乎都變成一顆小太陽。成千上萬的太陽一起放光，麥田裏一下子變得明晃晃的。她平着看過去，麥田又像是很大的湖面，一片白茫茫。猜小低下頭來繼續插刺枝子時，一件重大的事情發生了，倭瓜芽兒頂部的硬殼脫落了，落在了旁邊的地上。這是猜小親眼看見的，倭瓜的兩瓣新芽兒像是奮力一掙，接着像是發出一聲巨響，那兩片連在一起的硬殼往上蹦了一

下，就訇然落在地上。小雞娃兒剛從雞蛋殼裏掙出來時，雞蛋殼裏是帶血的。猜小把倭瓜種子的硬殼從地上撿起來，想看看硬殼裏帶不帶血。還好，硬殼裏乾乾淨淨的，一點血絲都不帶。硬殼一落地，倭瓜的兩瓣新芽兒就徐徐地打開了，像打開的兩扇門一樣。倭瓜芽兒的莖是玉白的，芽瓣兒是翠綠的。在陽光的照耀下，猜小看見倭瓜的芽瓣兒透明如翡翠，上面還走着一道道白色的花紋，真是美麗極了。

倭瓜一旦發芽兒，長起來就快了，可以説它一天一個樣，每天都有新變化。倭瓜開始長葉了，它的葉子一天比一天擴大，直到擴大得跟碗面子一樣。倭瓜開始抽莖了，它的莖毛茸茸的，像是長滿了小刺。莖的最前端，還探出一些鬚子。這些鬚子好比人的手，是攀援用的。鬚子顫顫的，略帶一點卷曲，它遇到什麼，就抓住什麼。遇到草棵子，它就抓住草棵子，一時遇不到什麼，它就抓住地上的土坷垃。猜小不讓倭瓜的鬚子往麥地裏走，麥地是公家的，它不能佔公家的地盤。再説，它的鬚子要是纏在麥莖上，到時候麥子一割，就把它傷害了。猜小牽住倭瓜的鬚子，把它往爹的墳上引導。她就是要讓倭瓜的大葉子罩滿墳頂，在炎熱的夏季到來的時候，權當她為爹打了一把綠色的遮陽傘。正是倭瓜每天都有的新變化，給猜小

的每一天都帶來新的快樂，她不止一次在心裏説：種點東西真好！種倭瓜真不錯！猜小的快樂還在於，她又有了新的盼頭，倭瓜展葉了，拖秧子了，下一步，她就該盼着倭瓜開花了。

倭瓜種在爹的墳上，猜小不能把倭瓜交給爹不管。她為倭瓜施肥，澆水，沒有一天不為倭瓜操心。因為有了倭瓜，她對天氣也關心起來。太陽太好了，她怕曬着倭瓜‧連着下了兩天雨，她又擔心倭瓜葉子見不到陽光會發黃。這天午後，一場大雨剛停，她就踏着泥巴看她的倭瓜去了。他們這裏的泥巴又深又吸腳，是有名的黃膠泥。猜小沒法穿鞋，就光着腳丫子在泥裏水裏蹚。路兩邊的塘裏水都滿了，蛤蟆叫得哇哇的。蛤蟆每叫一聲，脖子兩邊的氣泡兒就鼓一下。猜小不喜歡蛤蟆，蛤蟆都是雨來瘋，雨水愈大，它們愈高興，叫得愈厲害。猜小把每片水淋淋的倭瓜葉子都看了一遍，沒發現有什麼發黃的跡象。相反，那些得了雨水的大葉子綠得像潑了墨一樣，精神相當抖擻。檢查到莖梢兒剛發出的小嫩葉時，猜小才發現了問題，嫩葉上面爬着三兩隻小膩蟲。小膩蟲極小，比寄生在人身上的虱子還小，而且小膩蟲的顏色跟倭瓜嫩葉的顏色差不多，要是不仔細觀察，很難發現牠們。膩蟲雖小，牠們的危害性卻不小。據説膩蟲的繁

殖力很強，一長十，十長百，過不了幾天，整棵倭瓜秧子上就會爬滿膩蟲。膩蟲專吸倭瓜的汁子，把倭瓜的汁子吸完了，倭瓜就會枯萎。這個問題讓猜小如臨大敵，頓時緊張起來。她想把膩蟲捏死，又不敢捏，墊着倭瓜的小嫩葉捏膩蟲，豈不是把小嫩葉也傷着了。她鼓起嘴巴，對着膩蟲吹，把膩蟲吹落了，再撿起來捏死。別看膩蟲的肚子鼓鼓的，也就是吃了個水飽，她一捏，一拈，膩蟲就化為烏有。猜小知道這不是根治膩蟲的辦法，要想徹底消滅膩蟲，必須在倭瓜的秧子和葉子上撒上一些草木灰。這一招兒，她也是跟那位種菜園的老爺爺學來的。她回家用籃子盛了一些草木灰，把倭瓜從根到梢兒撒了一遍，心裏才踏實了。

當倭瓜秧子分了好多叉兒，差不多罩滿了爹的墳頂時，麥子黃梢兒了，進入了收割期。大人們起早貪黑地去割麥，猜小拎上荊條筐，扛上竹箄子，到收過麥的地裏去拾麥。麥穗、麥秧、麥葉，猜小什麼都要。她往箄子把兒上拴上一個繩套，把繩套套在腰裏，拉着抓地的箄子，呼呼到地這頭，呼呼到地那頭。她的小臉兒曬得紅紅的，鬢角的汗水把頭髮都濕得打了綹兒。連秧帶葉，猜小差不多每天都能拾一到兩筐麥子。這天，猜小聽說隊裏要割爹的墳所在地的那塊麥子，人家剛動手割，她就要往地裏走。隊長讓

她拾麥子到別的地裏拾去，這塊地剛開始割，不許拾麥子的小孩子進地。猜小說，她不是拾麥子，是到地裏看看她爹的墳。隊長說：你爹的墳有什麼可看的，你不去看它也跑不了。猜小有話不好說，她是擔心有人把她的倭瓜當成野生的，割麥割滑了手，順便給倭瓜秧子一鐮，要是那樣的話，她的倭瓜可就慘了。娘也在這塊地裏割麥，她最知道猜小的心思，對猜小說：你放心到別的地裏拾麥子吧，沒人動你的倭瓜。這塊地的麥子剛收完，猜小就來了。猜小遠遠地就看見，她的倭瓜還在。麥子收走後，一篷綠傘似的倭瓜被爹的墳堆舉着，顯得格外突出。這樣突出也好也不好，她又擔心有的拾麥子的孩子看見這麼好的倭瓜心癢，對倭瓜動手動腳。她繞着倭瓜拾麥子，不敢離倭瓜太遠。看見兩個男孩子拾麥子拾到了倭瓜跟前，她趕緊拉着笆子過去了。一個男孩子說：倭瓜！另一個男孩子說：看看結倭瓜沒有？他們正扒拉倭瓜葉子，猜小過來了，對他們喝了一聲：別動！一個男孩子嚇得一愣，說：動動怎麼了？猜小反問：你說動動怎麼了，沒看見那是我爹種的倭瓜嗎？另一個男孩子把眼珠翻白了一下，說：沒聽說過，埋在墳裏的人還能種倭瓜？猜小說：你聽說過什麼？你沒聽說過的多着呢！我告訴你們，你們要是敢動我爹的倭瓜，我爹就

饒不了你們！兩個男孩子大概被唬住了，他們互相看了看，沒敢再說什麼，接着拾麥子去了。

麥子收走之後，這塊地還沒來得及休息一下，又被隊裏種上了高粱。高粱還沒有長高，倭瓜就開花了。先是一朵兩朵，後來一下子開了好幾朵。倭瓜花的朵子真大呀，一朵花就有一大捧。猜小見過木槿花。木槿花的花朵就夠大了，跟倭瓜花一比，就顯不着木槿花了。倭瓜花的顏色是金紅色，不是金黃色。金紅色顯得更厚實，好像金子的成色更足一些。再加上綠葉一托，陽光一照，大老遠地就能看見倭瓜花明晃晃的，好像爹的身上戴滿金花，閃着金光。猜小想起有一年夏天，爹摘了一朵開紅了的石榴花，給她綁在了小辮子上。她的小辮子朝天，爹綁的石榴花也朝天。爹把她打扮成一朵石榴花，她跑到哪兒，石榴花就開到哪兒。爹給她綁石榴花，她趁爹在樹蔭下睡覺時，抱住爹的頭，也給爹綁石榴花。無奈爹的頭髮太短，石榴花怎麼也綁不上。好在爹裝作睡得很香，任她把爹的頭髮揪來扯去，爹一點也不反對，一直配合着她。後來她想出了一個好主意，把石榴花的花把兒插在爹的耳朵眼兒裏了，一個耳朵眼兒插一朵，兩個耳朵眼插兩朵。爹起來了，明知兩邊的耳朵裏插着花，卻不把花取下來，還對猜小出怪樣，可把猜小喜

壞了。娘讓爹把石榴花取下來。爹笑着說：我幹嗎取下來，我還等着耳朵兩邊結兩個大石榴呢！這樣想着，猜小彷彿又看見了爹，她禁不住站在開滿倭瓜花的墳前輕輕喊：爹，爹！不見爹答應，她才想起爹已經走了好幾年了，爹永遠不會答應她的呼喚了。但猜小不甘心似的，仍喊：爹，我……是猜小呀，您起來看看咱的倭瓜花兒吧！這樣喊着，猜小的眼淚就下來了。她雙手正捧着一朵倭瓜花，大滴的眼淚叭叭地落在花盞裏，落在同樣金紅的花蕊上。花盞上有寶藍色的水牛，花蕊上有褐色的蜜蜂，突然有碩大的淚珠落下來，牠們不知發生了什麼事，趕緊知趣似的離開了。

這棵倭瓜結得不是很多，只結了一個倭瓜。種菜園的老爺爺看見了猜小，問她的倭瓜種得怎樣了。猜小顯得有些不好意思，說她種的倭瓜只結了一個倭瓜。老爺爺說，種在墳上的倭瓜都一樣，因為地勁太大，瓜秧子太旺，瓜葉太稠，倭瓜就不容易坐紐兒。老爺爺安慰猜小，說好瓜不要多，一個頂三個，猜小第一次種倭瓜，能結一個大倭瓜就不錯了。

按形狀分，倭瓜有好多種。有枕頭倭瓜、棒槌倭瓜、水桶倭瓜、燈籠倭瓜，還有磨盤倭瓜。猜小的倭瓜扁扁的，圓圓的，看樣子屬於磨盤倭瓜。這個倭瓜長得是夠大的，它扁着雖然頂不上磨盤的面積大，圓

着卻比磨盤厚得多，誰也不敢把它看扁了。猜小怕人發現了她的倭瓜，就把倭瓜上蓋一層乾草。乾草本來把倭瓜蓋得嚴嚴實實的，過兩天再去看，倭瓜把乾草頂薄了，頂開了，倭瓜的大肚子露了出來。猜小只好再為它蓋上一層乾草。

秋天來了，高粱紅了，猜小的倭瓜也成熟了。熟透的倭瓜是金紅色的，跟倭瓜花的顏色一樣，通體閃着金光。猜小找了一根木棍，預備了一根繩子，讓弟弟跟她到爹的墳上去抬瓜。弟弟以為猜小姐姐又帶他去給爹燒紙，神情馬上變得沉重起來。到了墳地，弟弟才知道姐姐是讓他幫着抬瓜。弟弟表現得很自負，他不讓姐姐動手，自己把瓜貼在肚子上，漲紅着臉，一氣把倭瓜抱回家去了。

倭瓜在屋裏放着，一冬天都沒吃。到了大年除夕，娘才把倭瓜搬出來，端放到屋當門的供品桌上當供品。

娘的做法很讓猜小感動，她明年還要種倭瓜。

二〇〇一年一月十日

於北京和平里

*　劉慶邦（1951–），作家。著有《斷層》、《遠方詩意》、《平原上的歌謠》等。

賈平凹

一位作家

東邊的高樓是十三層，西邊的高樓也是十三層，南邊是條死胡同，北邊又是高樓，還是十三層。他家房在那裏，前牆單薄，後牆單薄，方正得像從高樓上拋下的一個紙盒，黝黑得又像是地底下冒出的一塊丛石。樓上人說住在這裏樂哉，他也說樂哉；樓上人見他樂哉了而又樂哉，他見樓上人瞧他樂哉而樂哉，也便越發樂哉。他把樓不叫樓，叫山；三山相峙，巍巍峨峨，天晴之夜往上望去，可謂「山高月小」。樓上人稱他房亦不為房，叫潭；遇着雨季，三層樓以下水霧迷茫，直待雨住，水仍流瀉不止，可謂「水落石出」。

他曾買過電視機，可方位太不好，圖像總是模糊，只好忍痛割愛轉賣了。但錶是走得極準的：十一點零五分，太陽準時照來；三點二十四，太陽準時便歸去。他會充分利用這天光地熱：花盆端出來，魚缸端出來，還有小孩的尿布，用竹竿高高挑起，那雖然並不金貴，但在他的眼裏，卻是幸福的旗子。

他從來不奢華，口很粗，什麼都能吃，胃是好極好極的。只是嗜好香煙如命，一天一包，即使傷風感冒也吸吐不止。因為煙吸得多了，口裏無味，便喜食

辣子，麵條裏要有，稀飯裏也要有，當然麵條最好，但願年年月月如此。再就是愛書，坐下看，睡下看，走路也看，眼睛原本好好的，現在戴了眼鏡，一圈一圈的，像個酒瓶底。於是，別人送他一副對聯：「片片麵，麵片片，專吃麵片；書本本，本本書，專啃書本。」他看了，也不惱，說是兩句都是一個「專」字，不符合對仗，下聯該改成「盡」字為妙。

他極善的心性，妻子亦善極。結婚五年，誰也不嫌棄這所房子。白日一個勺把，夜裏一個枕頭；愛情固然親密，生活提供他們的這點地方，窄小得也只能親密。房內是分為三處的：北牆下一張桌子，那是他的世界，獨來獨往。牆上貼名畫，桌邊堆書籍報刊：普希金的也有，舒婷的也有，曹雪芹的也有，王蒙的也有。有的紅藍墨筆畫滿圈圈道道；有的打開，久而不合。紙被灰塵浸得昏黃。桌上一銅錢厚灰土，但一個小三角潔淨異常：一角是經常放紙，兩角是經常擱肘。東牆角是一台縫紉機，那是妻的天下。要是縫補，腳在下踩，手在上拉，她是機器的主人。縫完了，補完了，機頭放下，台布鋪好，壓一塊光光亮亮的玻璃，下放她的照片，他的照片，她和他的接班人的照片：全都着色，紅是潤紅，白是嫩白。西牆下一個小櫃，那是兒子的王國，文有畫冊，武有手槍，積

木、魔方塞得狼藉。諸侯割據，三國鼎立，誰也不能侵犯誰，只有南牆下一張大床上，和平共處，至親至善。可惜光線太暗了，他刮鬍子要到門外，妻梳頭髮要開燈對鏡。他便叫來紙糊匠，將頂棚如煙囪一般直扎而上，上邊揭瓦嵌塊玻璃，算是天窗。從此房子明亮，卻如站在井口往下看，幽幽一片神秘，但確實更像是坐井觀天，天是一塊方鏡。白日，太陽照下，光束一柱，兒嚷道要爬柱而上；夜晚，一家吃飯，星月在鏡中，他就來個「舉杯邀明月」，三杯便醉。

　　什麼都可滿足，只是時間總覺不夠。白日十二個小時，他要辦成幾瓣：要給吃喝，要給兒子，要給工作，要給寫作。早晨妻為兒子穿戴，他去巷口挑水，小米稀飯常常便溢了鍋。吃罷飯，妻工廠遠先走了，他洗鍋涮碗，送兒子到幼兒園。兒子不肯去，橫說豎勸，軟硬兼施，末了還得打屁股，一路鈴聲不停，一路哭聲不絕。晚上回來，車後捎了菜，飯他卻是不做的，衣服他也是不洗的，進門就坐在桌前寫。紙是一張一張地揭，煙是一根一根地抽，「文章無根，全憑煙熏」。這真理他是信的。妻接了兒子回來，大聲不出，腳步輕移，開爐子，擀麵條，熱騰騰地撈上一碗了，卻不叫他名，偏讓兒喊爸。吃罷飯，一個又是寫，一個去洗衣；寫好了，他愛哼秦腔，卻走腔變

調，兒説是拉鋸呢。妻讓念念他的著作，他繪聲繪色，念畢了，妻説「不好」，他便沉默，若説「好」字，他又滿臉得意，説是知音，過去「嘣」的一聲，飛吻一口。兒子嫉妒，也要叫吻他，立時爸吻了娘再吻兒：一個快樂分成三個快樂也！

天天在寫，月月在寫，人變得「形如餓鬼」了。但稿子一篇一篇源源不斷地寄出去了，又一篇一篇源源不斷地退回來了。編輯不覆信，總是一張鉛印退稿條，有時還填個名姓，有時則名姓也不填。妻説：「你沒後門吧？」他説：「這不同幹別的事！」一臉清高。妻再説：「人家都千兒八百有稿費，你連個鉛字都印不出。」他倒動氣了：「寫作是為了錢？！」妻要又説一句：「你怕不是搞這行的料？」他答一聲：「哪裏！」卻再不言語了。到了床上，還在構思，如臨產的婦女，輾側不已。妻就貓兒似的悄然，他不忍了，黑暗裏還在説：「你要支持我哩……」

他眼泡常是紅腫的，那是熬夜熬的，他嘴唇常是黑黃的，那是抽煙抽的。衣雖然骯髒，但稿件上卻不允有半個黑墨疙瘩，臉雖然枯瘦，但文中人物卻都盡極俊美；甚至他一切不修邊幅，但要求兒子、妻子卻要時興。妻説這是怪毛病，他説：我是缺少的太多了，我也是需要的太多了。他羨慕別人發表了作品，

更眼紅別人作品得獎。他有時很傷感，偷偷抹了淚。但他又相信自己，因為風聲、雨聲、國事、家事，他裝了一肚子故事。要歌唱，但沒有一把琴；要演說，又沒有講台，只有這支筆寫出來給自己看，給世人看。但是稿件發表不了，他苦惱，妻更焦心，妻便是他第一個讀者，也是他最後一個讀者；讀者雖少，但總算有了讀者，他心裏安妥了許多。

可憐的是人到了中年，上有父母，年紀都大了；下有兒子，正是淘氣時候。月初發工資，他要算着開支：第一件事是給老家郵十元，第二件是給兒子買玩具，承上啟下，這是雷打而不動。再是為他買稿紙，再是為她購化妝品。他呢，一輛自行車，除了鈴不響渾身都響；一件夾克，翻過來也是穿，翻過去也是穿。老母常接來，吃不起魚蝦，就買豬頭；一個蒸饃，夾半個豬耳朵，雙手遞在娘手裏。夫妻兩個說不上是舉案齊眉，倒也是頭上是天，各頂一半，有了也去吃螃蟹，沒了就燒麵疙瘩湯，心裏快活，喝口涼水也是甜的。他們老聽見樓上的一對夫妻打架，鞋子、枕頭從窗口飛下來。他們不明白，那家電視機有，洗衣機有，打的什麼架？更有聽說某某「長」的老婆空虛無聊而自殺了，便要談說幾天，百思不得一解。

世人都盼星期天，他也盼星期天。世人星期天

上大街，逛公園，他星期天關門就寫作。寫得累了，對着方鏡看看天，再對着窗子看看樓的山。山上層層有涼台，台台種花草，養魚鳥，城市的大自然都壓縮在一個涼台上了。有的洗了被單掛着，他想像那是白雲：雲臥而不散，深處必有人家。有的辦家庭舞會，他醉心是仙樂從天而降，吟出一句：「我欲乘風歸去，又恐瓊樓玉宇，高處不勝寒。」當層層涼台都坐了人，老的，少的，男的，女的，他就樂得嗤嗤笑，說像是麥積山的佛龕。他走出門來，樓上有認識的，一上一下寒暄幾句；不認識的，給他一個笑臉兒，他還一個笑臉兒。有的問：「還在寫嗎？」答：「還在寫。」就有人勸他別受苦，他哼一聲，進屋把門關了。他幹不了投機倒把，又不會去炸油條做生意，讓他在家閒着？樓上樓下的女人他都看了，沒一個有他妻子漂亮；巷口巷尾的撲克攤上，妻子也看了，從沒他的身影：是是非非不沾身，公安局人來了心不驚。一個美麗，一個高尚，合二為一，光榮門第。

坐小車的不到他房子來，這是肯定的。但三朋四友卻踩破了門：有做工的，有跑堂的，有賣菜的，有開車的。來了，有酒且酌，無酒且止，賓主坐列無序，談笑天空地闊。這個講他工廠裏一個好的書記，那個罵街道一個流氓潑皮；說起天下大事，哪兒豐收

了，眉飛色舞，哪兒受災了，一臉愁雲。直談到零時交節，客人走了，彌一屋煙霧，留一地煙蒂，妻也不惱，他也不煩，拉開稿紙又寫起來。大的故事寫長篇，小的素材寫小品。北京的大出版社也敢投，市報的「刺蝟」欄也往上投；發不發是編輯的事，寫不寫他有責任。要不對不起三朋四友，也對不起自己的良心。常常一寫一夜，妻子也得了毛病：不開燈倒睡不着，不聞煙倒鼻不通。

最大的樂趣是稿件往外投，信封嚴嚴實實地糊，郵票端端正正地貼，夫妻到郵局去，讓兒子拿着往郵筒裏塞。塞進去了，塞進了三顆撲騰騰跳躍的心。於是，大馬路顯得寬廣，行人臉上都笑笑的，他抱了兒子就前邊跑，妻便咯咯地後邊追。穿大街，過小道，鑽胡同，繞窄巷，到了家門口。進門包餃子吃吧，他剁餡，她擀皮；一個說這篇稿件能發表，一個說先不敢聲張漏了氣；一個說發表了稿費買個沙發，一個說沙發太貴買藤椅。兒子問：爸爸掙錢了嗎？做娘的說：爸爸是生活上的小人，道德上的偉人，經濟上的窮光蛋，精神上的大富翁。兒子聽不懂，問爸爸是幹什麼工作？回答是「作家」。「作家！作家！」兒子喊起來，外邊人都知道了。慢慢傳開，都傳說這裏有一個下班回來「坐家」的人。有懂行的，說此人不可小瞧，

現在是搞業餘寫作，說不定將來真成氣候，要去作協工作呢。樓上幾個老太太便如夢初醒，但卻癟了嘴：哦，原來是個「做鞋」的？！

一九八二年十二月十八日
作於靜虛村

＊　賈平凹（1952–），作家。著有《商州》、《浮躁》、《秦腔》、《商州散記》等。

曹文軒

小尾巴

一

珍珍是個奇怪的女孩。

珍珍早在媽媽肚子裏蜷成一團的時候,就已是一個奇怪的女孩了:出生的日子都過去一個多月了,她還賴在媽媽的肚子裏,說什麼都不肯出來。又等了一個半月,直等到全家人的心揪得發緊,她才「哇」的一聲,滑到了這個世界。

奶奶對媽媽說:「你等着吧,這個丫頭,十有八九是個黏人的丫頭。」

被奶奶言中了,珍珍從出生的那一天開始,就像一張膏藥黏上了媽媽。無論是白天還是黑夜,一分鐘都不能離開媽媽的懷抱,一旦離開,就哭得翻江倒海、天昏地暗。那哭聲,世上罕見,着實讓人受不了、挺不住——是往死裏哭呀!就見她兩眼緊閉,雙腿亂蹬,「哇哇」大哭,有時哭聲被噎住,那一口氣好似一塊石頭從高山頂上滾向深不見底的深淵,直沉下去、直沉下去⋯⋯最後聲音竟歸於一片死寂,讓人覺

得從此不能回轉了，可就在人幾乎要陷入絕望時，那哭聲終於又回來了，先是小聲，好似在遙遠的地方，然後一路向高，最後大悲大哀波瀾壯闊。

在高潮處這樣地哭了一陣，那哭聲再度被噎住，直嚇得奶奶一個勁地顛動她，不住地拍她的後背，嘴中連連呼喚：「寶寶！寶寶！……」

最後，大人幾乎要累垮了，她也沒有力氣再哭了，或是在奶奶懷裏，或是在搖晃着的搖籃裏，抽抽噎噎地睡着了。以為她是睡着了，但，過不一會兒又再度哭泣起來，彷彿哭泣是她一輩子要做的事情，她必須得去完成。

媽媽不在時，珍珍的哭泣總是將全家人搞得提心吊膽、心煩意亂。奶奶急了，會在她的小屁股上輕輕地拍打幾下：「哭！哭！哭不死呢！」

等媽媽終於回來了，還要有一次小小的高潮：她一個勁地鑽在媽媽的懷裏，不是抽泣，就是大哭，想想哭哭。媽媽緊緊抱住她，輕輕地抖動着，用手拍打着她的後背：「媽媽不是回來了嗎？媽媽不是回來了嗎？媽媽回來了呀！」媽媽把乳頭塞到她嘴裏，她一邊抽泣着，一邊吮吸着。可是剛吮吸了幾口，把奶頭吐了出來，又很委屈地哭起來，好像在向媽媽訴説：「你怎麼能丟下我呢？」

珍珍會走路了。

但珍珍不像其他會走路的孩子，一旦會走路了，就覺得了不起，就興奮得到處跑，讓大人在後面不住地追攆，而總是抱着媽媽的腿，要麼就牽着媽媽的衣角。即使被什麼情景吸引住了，也是走幾步就回頭看一眼媽媽，生怕自己走遠了就看不見媽媽，生怕媽媽在她走開時趁機走掉。

再大一些時，珍珍雖然不再總抱住媽媽的腿、牽着媽媽的衣角，但卻總是跟在媽媽的身後，形影不離。媽媽去茅房，她跟着去茅房；媽媽去河邊洗菜，她跟着去河邊；媽媽下地幹活，她跟着到地裏……媽媽一走動，她就跟着走動。無論媽媽怎麼哄她，嚇唬她，甚至要揍她的屁股，都無法阻止珍珍的跟路。

珍珍是媽媽的小尾巴——甩也甩不掉的小尾巴。

二

田家灣是個窮地方。

當年，媽媽要嫁到田家灣時，外公外婆很不樂意。但媽媽堅持要嫁到田家灣。外公外婆拗不過媽媽，只好隨媽媽，但外婆卻把話說在了前頭：「吃苦、受罪，日後可怪不得別人。」

田家灣雖然窮，但確是個漂亮的地方。到處是

水，到處是樹木，有船，有橋，有魚鷹，天空的鳥都比別的地方多，比別的地方美麗，叫得也好聽。

媽媽在田家灣過得很開心。

回外公外婆家時，外公外婆總會在與媽媽說到田家灣的情景時，禁不住嘆一口氣。外婆還會說到媽媽出嫁前同村的那些「如今日子都過得很好」的姐妹們：「前些天，玲子從蘇州回來了，是和她男人開車回來的。玲子有福氣，嫁了一個好地方，嫁了一個好男人。」「秀秀去南方了，聽說是在一個鞋廠裏做工，她男人做茶葉生意，很有本事，在那邊買了大房子，說要接她娘老子過去住呢。」「還有芳芹⋯⋯」

每逢這時，媽媽總是笑笑，起身道：「天不早了，我該回田家灣了。」

路上，媽媽總是想着這些姐妹們的昨天與今天，想着想着，媽媽感到有片濃厚的雲，從心裏沉沉地飄過。當她終於走回田家灣，看到田家灣的河流、樹木時，心頭才是清爽爽的淡藍天空。

爸爸去遙遠的南方打工去了。

媽媽在家種莊稼。媽媽對爸爸說，她要種出這世界上最好的莊稼。

可是，媽媽現在卻被珍珍死死地纏住了。珍珍是纏在媽媽身上的藤蔓。媽媽走到哪，珍珍就跟到哪，

轟不走，攆不走，哄不走，打不走。媽媽總不能很快地下地幹活兒——珍珍在她身後跟着呢！媽媽快走，她就快走；媽媽慢走，她就慢走；媽媽停住腳步，她也停住腳步；媽媽回過頭來攆她回家，她就趕緊掉頭往回跑，可等到媽媽再往前走時，她又掉轉頭跟上了。

媽媽當然可以猛跑，那樣，她是可以把小尾巴甩掉的，可是她又擔心珍珍被甩掉後掉到河裏。這地方到處是河，橫七豎八的河，大大小小的河。還有，珍珍見不到她了，就會哭，哭得背過氣去。

媽媽傷透了腦筋。

奶奶，還有姑姑們，本來都可以幫助媽媽帶珍珍，可珍珍只願意跟着媽媽一個人，媽媽才是她要纏的樹。媽媽若是在家中，珍珍能看到媽媽的身影，倒還可以再跟着奶奶和姑姑們，可是，媽媽只要一出門，就誰也留不住她了，彷彿媽媽這一出門就永遠也回不來了似的。

那就帶上吧，帶上就是麻煩，她一會兒說餓了，一會兒說渴了，一會兒說身上癢癢，一會兒說要屙屁屁，一會兒又耷拉下腦袋要睡覺了，弄得媽媽總不能聚精會神地幹活，動不動就要停下手中的活兒來對付她。

有隻蜻蜓飛來，落在了草葉上。

「媽媽，」珍珍跑到媽媽身邊，「那邊，有隻蜻蜓。」

「知道了。」媽媽正在埋頭鋤草。

「我要。」珍珍指了指那邊。

「自己捉。」

「我捉不住。」

「那就拉倒。」

珍珍掉頭向那邊看了看，又看了看媽媽，見媽媽只顧埋頭幹活，根本不理她，只好自己走向那邊。

一隻很漂亮的蜻蜓，深紅色的，像玻璃做的，正安靜地停在草葉上。

珍珍躡手躡腳地走上前去，同時伸出手，大拇指和食指捏成像要一口啄下去的雞嘴巴。

距離蜻蜓還只有一根筷子長的距離了，珍珍的心「撲通撲通」地跳，跳得能讓她聽得清清楚楚。她慢慢地掉頭看了一眼媽媽：媽媽頭也不抬地在幹活兒。她又把頭慢慢轉回來，面對着蜻蜓。

「雞嘴巴」一寸一寸地伸向蜻蜓。

眼見着就要捏住蜻蜓尾巴了，牠卻輕盈地飛了起來。

珍珍仰望着牠。

牠在空中像一片柳葉飛舞着，忽高忽低，忽近忽遠，卻總在珍珍的眼前。

不一會兒，牠又落在了草葉上，並且就是剛才牠落下的那片草葉。

珍珍又掉頭去看媽媽：媽媽根本不抬頭。

只有這樣，媽媽才能種出這世界上最好的莊稼。

珍珍再一次將手指捏成雞嘴狀，開始了新一輪捕捉。

蜻蜓還是在「雞嘴巴」離牠的尾巴只剩一根筷子長的距離時飛上了天。

接下來，這樣的情況重複了四五次。蜻蜓很淘氣，一直沒有飛遠。珍珍看到，飛在天上的蜻蜓好像有兩次歪了一下腦袋在看她。那樣子彷彿在對珍珍說：「小姑娘，你是捉不到我的。」

當蜻蜓再一次落在草葉上時，珍珍沒有再去捉，而是跑到了媽媽的身邊。她揪住媽媽的衣服：「媽媽，給我捉蜻蜓。」媽媽不理她，她就不停地說——說的時候，不時地向蜻蜓歇腳的那邊看一眼。

「你煩死人了！」媽媽生氣地扔下鋤頭，拉着她的手，「在哪兒？」

「那！」

珍珍指引着媽媽向蜻蜓走去。

可是，這一回，蜻蜓卻早早起飛了，並且頭也不回地飛過莊稼地，飛過蘆葦叢，往大河那邊飛去了。

珍珍還死死地抓住媽媽的手。她想，蜻蜓還會回來的。

媽媽惦記着那一地的活兒呢，扒開她的小手，轉身幹活兒去了。

珍珍連忙追了上去：「我要蜻蜓嘛！我要蜻蜓嘛！……」

媽媽理也不理。

珍珍停住了：她看到池塘裏有一隻深綠色的青蛙蹲在一小片淡綠色的荷葉上。那情景很生動，這才暫且放過媽媽。

田野上的珍珍，就這樣糾纏着媽媽，打擾着媽媽，讓一心一意想幹活兒，想種出這世界上最好的莊稼的媽媽分心，分神，分力。媽媽很煩惱，媽媽很無奈。媽媽心裏說：「我怎麼生了這麼一個怪孩子呢？」

最讓媽媽煩惱的是：珍珍在田野上，玩着玩着就睡着了。媽媽不得不停下手裏的活來照料她。若是太陽光強烈，天熱，媽媽得抱着她找塊陰涼的地方讓她躺下。若是風大，天涼，媽媽就得找塊可以避風的地方讓她躺下，還要將自己身上的外衣脫下，給她做褥子，做被子。珍珍一旦睡着，就像死過去一樣，軟手軟腳，怎麼折騰她，也不能使她醒來。媽媽說，這時把她扔到大河裏，她也不會醒來。那麼，媽媽就趁珍珍熟睡時專心致志地幹活兒吧，可是媽媽的心裏總是

擔心着：她會不會着涼呀？會不會有蛇鑽到她的衣服裏呀？會不會被螞蟻咬呀？……珍珍香噴噴地睡着，但媽媽卻始終心神不寧。

若只是這樣，也就罷了，可她總是因為睡着了給媽媽帶來更大麻煩、更大煩惱：

她坐在田埂上看水渠裏幾條小魚在游，看着看着，瞌睡蟲侵襲她來了，她身子開始搖晃、搖晃……忽然，一頭栽倒在水渠裏．隨着「撲通」一聲水響，傳來珍珍驚恐的哭聲。媽媽一驚，扔下工具就往水渠跑。媽媽把珍珍從水渠裏撈了上來，然後緊緊地抱在懷裏，不住地説着：「珍珍別怕呀！珍珍別怕呀！……」媽媽撩起清水給珍珍洗去臉上、手上的爛泥後，只好暫且丟下地裏的活兒，抱着她往家走：全身衣服都濕了，得趕緊換下。

路上，媽媽不時地回頭看一眼莊稼地：一地的活兒呢！

媽媽不禁狠狠地抱緊珍珍：我的小祖宗啊！

有一回，珍珍因睡在大樹下着了涼，發了兩天高燒，害得媽媽不得不整日整夜地守着她，而那時，平整好的水田，正等着媽媽插秧呢！

媽媽日夜惦記着的就是這世界上最好的莊稼。媽媽用手指戳着珍珍的鼻子：「媽媽真的不想要你了！」

可，珍珍死死地揪住了媽媽的衣角……

三

地裏的活兒不忙時，比如麥子、稻子成熟之前，比如萬物沉睡的冬季，媽媽還會到離家不遠的地方去打工。媽媽對爸爸說，多少年後，她想在田家灣蓋一座最好的房子，她想時不時地將外公外婆接過來住些日子。

但珍珍怎麼可能讓媽媽痛痛快快地出去打工呢？下地幹活兒帶上也就帶上了，外出打工時總不能也還帶上吧？

眼見着珍珍一天一天地長大，卻不見她有能離開媽媽的意思，絲毫也沒有。

村裏的孩子們，總是不肯受父母的管束，四處遊蕩，看到珍珍卻總是跟在媽媽身後，就會停止玩耍，有節奏地叫喊着：

珍珍是條跟路狗，
媽媽走，她也走，
媽媽回頭，她回頭，
嗷！嗷！
狗狗狗，狗狗狗，
刮個鼻子，羞羞羞，
羞！羞！
羞羞羞！

珍珍扯了扯媽媽的衣角。

媽媽扭頭看着她。

珍珍指了指又蹦又跳的孩子們：「媽媽，他們羞我！」

媽媽說：「知道羞呀？知道羞就別跟着我呀！」

珍珍鬆開了媽媽的衣角，站在那裏，一副困惑的樣子。

媽媽往前走去了。

珍珍扭頭一看媽媽已經走出去很遠，立即追趕了上去。

媽媽只能長長地嘆息一聲。

現在，媽媽有了一個很好的打工機會。距離田家灣七八里地的油麻地中學要利用暑期學生不在校的時間，翻修四十間校舍，工程隊需要幾十個雜工，而攬下雜活兒的是田家灣的喬三。媽媽肯吃苦，幹活兒不惜力，田家灣盡人皆知。媽媽對喬三一說，喬三立即答應。只一件事讓喬三有點擔心：「你走得開嗎？你們家珍珍怎麼辦？」媽媽想了想說：「會有辦法的。」喬三說：「那好吧。能掙不少錢呢！」

出發的頭天晚上，媽媽和奶奶小聲商量怎樣才能躲過珍珍的眼睛，悄悄離開田家灣。奶奶說：「躲好躲，躲過了，她會嚎呀！」

媽媽說：「嚎就嚎吧，嚎也嚎不死！」

奶奶搖了搖頭：「我就怕她嚎呢！她嚎得你心發慌。那可憐勁兒，讓人吃不消。」

「狠狠心。」

「我就怕狠不下心。」

「這份活兒是份好活兒。」媽媽說，「我捨不得丟了。」

奶奶說：「那你就去吧，我哄她。她也該離得開你了，總不能到該找婆家了，還傍着你吧？」

媽媽笑了起來：「世上少有。」

媽媽在珍珍面前裝成若無其事的樣子。可是她發現珍珍的眼睛深處閃動着疑惑。媽媽已試驗過許多次了：只要她一有出門的心思，珍珍馬上就會感覺到，結果是，幾乎沒有一次能夠順利擺脫掉她的。

上床睡覺之前，珍珍一直緊緊地跟在媽媽的身後，彷彿媽媽馬上就要出門似的。

上床睡下之後，珍珍一直摟着媽媽的脖子，遲遲沒有入睡。夜裏，還驚醒了幾回。醒來時，更緊地摟着媽媽的脖子，要過很長時間，雙手才慢慢地鬆開。

天剛亮，媽媽開始小心翼翼地將壓在珍珍脖子底下的胳膊抽出，小心翼翼地下了床。媽媽要趁珍珍還在熟睡的時候上路，去油麻地。

奶奶起得更早。今天，她要和媽媽密切配合，保

證媽媽能夠順利上路。奶奶已做好一切準備，最糟糕的情形也都想到了。

媽媽很快完成了上路之前的一切事情，躡手躡腳地走到臥室門口，探頭往床上看了看，見珍珍一動不動地睡着，對奶奶一笑，躡手躡腳地離開了。

媽媽立即上路。她回頭看了一眼，見路上空無一人，心情從未有過地輕鬆——在此之前，她只要走在路上，後面必定有個小尾巴跟着。

可是，剛走了一里地，她就聽到了珍珍的哭喊聲，回頭一看，只見珍珍只穿一件小褲衩，光着身子向她跑了過來。

媽媽決心不理珍珍，大步流星地往前走，但堅持沒有多久，還是禁不住掉轉身去，朝珍珍大步走來。

這回，媽媽真的生氣了，很生氣。

珍珍一見媽媽向她走來，扭頭就往回跑。

媽媽不但沒有站住，還向珍珍大步追來。

媽媽與珍珍之間的距離在不住地縮短。

珍珍聽見了媽媽「吃通吃通」的腳步聲，撒丫子往回跑着。

媽媽還是沒有罷休。媽媽有着強烈的想狠狠揍一頓珍珍的欲望。

眼見着媽媽馬上就要一把抓住珍珍，珍珍被一塊

凸起的土塊絆了一下，摔倒了，未等媽媽反應過來，她就骨碌骨碌地滾到了河裏。

媽媽大吃一驚，剛要準備下河去撈珍珍，只見珍珍已經從水裏冒出，並雙手死死抓住了一叢蘆葦。媽媽熟知這裏的河灘並不陡峭，較為平緩，斷定她能自個兒爬上岸來，狠了狠心，丟下她，掉轉頭走她的路去了。

爬上岸的珍珍，並未因媽媽如此決絕的態度從而放棄跟路，依然不屈不撓地向媽媽追去。

媽媽堅持着，決不回頭看她。

走了一陣，路過一片林子，媽媽禁不住從一棵大樹的背後回頭去看了一眼：珍珍像一隻水淋淋、亮閃閃的兔子。

那一刻，媽媽的心軟了。

奶奶抓着珍珍的衣服追趕了過來。

媽媽朝珍珍走來。

珍珍沒有掉頭逃跑，而是站在那兒，望着走過來的媽媽哭泣着。

奶奶已經跑到了珍珍身邊，一邊給她換去濕漉漉的小褲衩，一邊心疼地說：「你這個死丫頭呀！」她看了一眼媽媽，「我就去餵豬食這一會兒工夫，她下床跑了出來。也不知道，她怎麼能跑這麼快！也怪了，她

怎麼就知道你往北走呢？怎麼就不往南追你呢？」

媽媽給珍珍撩了撩沾在額頭上的頭髮，對她說：「跟奶奶回去吧。」

珍珍搖了搖頭。

奶奶拉了拉珍珍。

珍珍扭動着身子。

媽媽估計到今天難以讓珍珍妥協，嘆息了一聲，對奶奶說：「要麼，我今天還是帶上她吧。」

奶奶對珍珍說：「媽媽要幹活兒，你不能礙手礙腳的。」

珍珍乖巧地點了點頭。

奶奶輕輕拍了拍珍珍的後腦勺：「我這輩子，就沒有見過這種孩子！」

珍珍高高興興地跟在媽媽身後，一口氣走了八里地，沒吭一聲。

「誰讓你跟着的呢！」媽媽在心裏説。

一天下來，快收工時，工程隊的頭問：「那個小女孩是誰家的？」

媽媽説：「是我的孩子。」

工程隊的頭説：「這工地上，是不能有孩子的。」

「我們家珍珍很聽話的。」

「聽話也不行，不耽誤活兒是不可能的。」他對筋

疲力盡的媽媽說，「今天，你陪她上了三趟廁所；她在那邊樹下睡着了，你至少跑過去看了她兩回。還不包括你給她喝水、撓癢癢、脫衣服。我大概沒有說錯吧？還有，你看看，這工地上有推土機、攪拌機，到處都是危險，絕不是孩子能來的地方。」工程隊的頭看了一眼珍珍，「這小丫頭，長得倒是很體面。」

第二天，媽媽沒有再到油麻地中學的工地上打工。再說，路也稍微遠了點兒……

四

秋天，稻子成熟了，鋪天蓋地的金黃，天空很乾淨，陽光也是金色的，天上地上，金色與金色輝映，整個世界都金光閃閃的。

珍珍家的莊稼是不是這個世界上最好的，難說，但一定是田家灣長得最好的，沉甸甸的稻穗，狗尾巴一般藏在稻葉裏，一副不顯山露水的樣子。走過珍珍家稻田的人，看到這片稻子，都會禁不住停下腳步觀看一番，然後在嘴裏或是在心裏說一句：「這稻子長得——好！」

在遠方打工的爸爸，每個月都會將一筆錢寄回家中。

在媽媽的心中，早有了一座房子——田家灣最漂亮的房子。

媽媽雖然黑了，瘦了，但媽媽總是唱着歌，聲音不大，彷彿只是唱給小尾巴聽的。

小尾巴聽不懂，常問：「媽媽，你唱的是什麼呀？」

媽媽忙，沒空搭理她，只是敷衍她一句：「你長大了，就懂了。」

開鐮收割，稻子捆成捆運回打穀場，脫粒，曬乾，拿出一部分運到糧食加工廠去，將稻子變成銀光閃閃的大米。

第一袋大米，送給了外婆家。

新米，很香。一碗新米粥，在村東頭端着，香味能飄到村西頭。

外婆很高興，端着新米粥，在村裏到處走。人們嗅着鼻子，最後把目光落在外婆手中的碗上。外婆笑了：「新米粥，是閨女家長的稻子，第一袋新米先送給我們老兩口了。聽閨女説，她家今年的收成好得很。」外婆的眼睛眯成縫，臉上放着光。

媽媽留下足夠的稻子之後，決定把剩餘的稻子通通賣給糧食收購站。

糧食收購站在油麻地。

這一回，媽媽順利地擺脱了珍珍。這一天，媽媽起得更早——天還黑着，媽媽就悄悄起床了。媽媽走的是水路。她撐了一隻船，裝了自家的稻子，從河上往油麻地去了。

賣糧食很麻煩，船上船下，跑來跑去的。遇到人多，要排隊，還不知排到啥時候。說什麼，也不能帶上珍珍。

　　真的被媽媽估計到了：糧食收購站的碼頭上，停了無數隻大大小小賣糧的船，上百號人在排隊。看着長不見尾的隊伍，媽媽想掉轉頭回去，可是轉念一想，今天好不容易甩掉了珍珍，就堅持了下去。

　　賣完糧食拿到錢，已是下午四點多鐘。

　　數了又數，滿臉的喜悅。她決定到鎮上商店給珍珍和奶奶買件衣服。就在她準備往鎮上商店走時，姑姑匆匆趕來了，一臉驚慌，滿額頭汗珠滴答滴答往下流，上氣不接下氣地問媽媽：「珍⋯⋯珍珍⋯⋯來⋯⋯來了嗎？」

　　媽媽一驚：「沒有呀！」

　　姑姑說：「她⋯⋯她人不知跑⋯⋯跑到哪兒去了？」

　　「啥時候的事？」

　　「吃⋯⋯吃完中午飯，她一上午，都⋯⋯都在哭，一直哭⋯⋯哭到中午，才總算不⋯⋯不哭。奶奶以為，她⋯⋯她總算過⋯⋯過去了，就⋯⋯就沒有緊⋯⋯緊看着她。一轉眼的工夫，她⋯⋯她人就不見了⋯⋯」

「找了嗎？」

「到處都找了。連她外婆那邊都……都去過了……」姑姑快要哭起來了。

媽媽急了，竟毫無道理、沒頭沒腦地在糧站周圍找了起來。

早蒙了頭的姑姑就跟着她。

媽媽又要往鎮上跑，姑姑腦袋稍微清醒了一些：「嫂，看樣子，她沒有跑到油麻地。」

「沒有準兒。」媽媽說，「我不管去哪兒，她好像都能知道。」

在油麻地鎮上，媽媽和姑姑逢人就問：「見過一個小姑娘嗎？六歲，大眼睛，雙眼皮，長睫毛，缺了一顆牙……」她們還比劃着珍珍的身高，臉形。

被問的人都搖搖頭。

眼見着太陽一點一點地落下去，姑姑說：「我們還是趕緊回田家灣吧。說不定，那邊已經找到她了呢？」

媽媽和姑姑輪流撐船，以最快的速度回到了田家灣。

船還沒有靠岸，就有許多人站在了岸上。見船上只有媽媽和姑姑兩人，一個個神情沉重起來。

「找到珍珍了嗎？」媽媽的聲音有點兒顫抖。

岸上的人都搖搖頭。

船一靠岸，媽媽就跳上了岸，發瘋似的往家跑。一路上，她不住地呼喚着：「珍珍！珍珍！……」

　　奶奶因為奔跑，加上極度的恐慌，已經癱坐在院門口的地上。

　　很多人寬慰奶奶和媽媽，說不要着急，總能找到的。但人們在說這些寬慰的話時，顯得很沒有底氣。他們已經四面八方地找過了，把估計珍珍可能會去的地方都找過了。這一帶，到處是河流，每年都會有不少的孩子落水身亡。談論孩子落水而亡的事，幾乎成了家常便飯。珍珍不會游泳。人們的眼前是總是平靜而詭譎無情的河流。如果珍珍是往糧站方向去的，那麼——有人在心裏計算了一下，一共要走十一座大大小小的橋，其中還有一座獨木橋，萬一，掉下橋去呢？

　　天說晚就晚了。天一晚，人們的心情更加沉重、愁慘起來。

　　出去尋找的隊伍一撥一撥地回來了，沒有一撥帶回好消息。

　　媽媽一直在哭泣，到了這會兒，聲音已經嘶啞，漸漸變弱。好幾個婦女一直抓住她的胳膊，盡說些安慰的話。

　　「也許，她走遠了點，被別人家暫且收留了。」

　　這句話，也許是對媽媽最好的安慰了。

夜漸漸深了，人們一一散去，珍珍家就剩下了珍珍一家人和一些親戚。所有的人都沒有吃飯，甚至沒有喝一口水，天又涼了起來，一個個都累了，蜷着身子，東倒西歪、很不踏實地睡着了。

到了後半夜，歪倒在椅子上的媽媽忽地醒來了。她愣了一會兒，走出了家門，不一會兒就消失在了茫茫的黑夜裏。

她沿着去往油麻地的路，深一腳淺一腳地走着，一邊走，一邊小聲地呼喚着：「珍珍！珍珍！……」

其實，這條路，已經至少有三撥人找過了。

不知為什麼，媽媽還是在心裏認定：珍珍是往油麻鎮上去了，也許走在半路上迷了路。

離油麻地鎮三里路，有一大片黑蒼蒼的蘆葦，去油麻地鎮的路，正是從這片蘆葦中間穿過的。

一牙清瘦的月亮掛在西邊的天空，清涼的夜風吹得蘆葦「沙沙」作響。媽媽有點兒害怕，但媽媽沒有猶豫，還是繼續往前走着，呼喚着。

走到一半路時，媽媽隱隱約約地聽到蘆葦叢深處好像有個小孩在哭。聲音很細弱，好像是一種在夢裏發出的哭聲。媽媽的左手，一下子捂在了心臟怦怦亂跳的胸前。她側身靜靜地聽着——

哭聲卻沒有了。

媽媽朝着哭聲傳來的地方，提高聲音叫着：「珍
——珍——！」

歇在蘆葦叢裏的小鳥，受了這聲音的驚嚇，撲棱
棱地飛上了夜空。

「媽媽……」

聲音很小，但很清晰。

「珍珍！珍珍！……」媽媽用了很長的時間，才止
住了身體的顫抖，然後一頭撲進蘆葦叢，發瘋似的向
那個聲音衝去，蘆葦「嘩啦嘩啦」地響着。

「媽媽……」

是珍珍的哭聲，真真切切。

「珍珍！……」媽媽的聲音十分嘶啞，但卻很大。

當媽媽在朦朧的月光下見到淚光閃閃的珍珍時，
「撲通」在珍珍面前跪下了，雙手將珍珍緊緊地摟抱在
懷裏。

抱着珍珍往田家灣走時，媽媽問：「你怎麼走到蘆
葦叢裏去了呀？」

珍珍已說不清楚了。當時，她看到有一條斜路閃
進了蘆葦叢，猶豫了一會兒，便走到了這條斜路上，
愈走愈深。她害怕了，想往回走，可是再一看，那條
路不知在什麼時候消失了。她在蘆葦叢裏迷路了。不
知是從什麼時候開始的，她又走到了離主路不遠的地
方，而就在這時，她聽到了媽媽的呼喚聲。

一路上，媽媽抱着顯得有點兒呆頭呆腦的珍珍，哭哭笑笑，不時地用被淚水打濕的面頰用力地去貼珍珍涼涼的臉龐……

五

經過這件事，珍珍忽然有了自己的世界。

媽媽再出門時，她就不再不屈不撓地跟在媽媽身後了。看到媽媽上路，她會依然用眼睛盯着。媽媽走了，她會顯出猶豫不決的樣子。一旦跟了上去，只要奶奶在後面喊一聲：「珍珍！」她就會慢慢停住腳步。奶奶說：「珍珍回來吧！媽媽要做事情呢！回來吧！回來跟奶奶待一塊兒。」珍珍看着媽媽——媽媽回頭了，向她做出一個讓她回去的動作或表情，珍珍就會走幾步看一眼媽媽地走向奶奶。

媽媽漸漸走遠，直至消失。

珍珍不一會兒就將媽媽忘了——不是完全地忘了，會玩着玩着，突然想起媽媽，於是朝媽媽走去的路上張望一會兒。但過不多久，她又會投入她的玩耍。

她竟然開始喜歡獨自一人往田野上跑。

田家灣的田野有樹，有花，有草，還有很多種昆蟲和小動物。所有這一切，珍珍好像都很喜歡。珍珍也不管牠們喜歡不喜歡聽她說話、能不能聽得懂她的話，總是不住地跟牠們說話，一說就是很久。見一隻

青蛙，她會説；見一株向日葵，她會説……究竟説了些什麼，大人聽不懂，大人們也沒有心思要去搞懂。

大人們在地裏幹活，她就在田野上獨自玩耍，十分專注，並總是興致勃勃，有時還會在開滿野花的草地上又蹦又跳。

她能遠遠地離開媽媽的視線。

看着在遠處瘋跑、旁若無人的珍珍，媽媽會深深地嘆一口氣：「孩子説大就大了。」

四月，玲子從蘇州城裏回來了，而在南方打工的秀秀也恰巧回來了。兩個人碰了面，一説話，就產生了一個共同的願望：將從小一起玩到大，而如今都嫁了人的好姐妹們都叫回來，大夥兒聚一回吧！

除了玲子和秀秀生活在遠處，其他的五六個好姐妹，家都不遠，或者縣城，或者油麻地鎮上。

媽媽得到玲子和秀秀託人捎來的信時，正在莊稼地裏施肥，心裏好大的喜悦。

媽媽立即想像着見面的情景，想着想着，心裏有點兒發虛了。她看了一眼莊稼地：她家的麥子長勢旺盛，明顯地要高出周圍人家的麥子兩寸。

媽媽嘆息了一聲：「也不能把這片麥地帶給人家看。怎麼帶呀？這是一塊地。」媽媽覺得自己能產生這個念頭很好笑，於是，就獨自笑了起來。

「再説，人家也不一定稀罕看呢！」媽媽在田埂上坐下了，心裏很洩氣。

媽媽躊躇着，都有點兒不想去了。

遠處，珍珍正沿着水渠追一條不住地往前游動的小蛇。一邊追，一邊不時地發出驚恐的叫聲。

媽媽看着她，看着看着，笑着站了起來：我帶珍珍回去！

媽媽生了一個漂亮的女兒，這誰都知道。在媽媽眼裏，珍珍是這個世界上最漂亮的女孩：白嫩白嫩的臉，烏黑烏黑的頭髮，又大又亮的眼睛，笑起來卻又眯成一道黑線，鼻梁高高的，小嘴四周整天蕩漾着甜杏一般的笑容。無論是笑，是哭，還是説話，硬是讓人疼愛。

有時，媽媽抱着珍珍，會做出要在珍珍臉上狠狠咬上一口的樣子，弄得珍珍「咯咯咯」地笑。

媽媽不幹活了，對珍珍喊道：「珍珍，再玩一會兒就回家了！」

珍珍答應了一聲。

媽媽去了油麻地鎮，給珍珍買了新衣、新褲、新鞋、新襪，還買了一個漂亮的髮卡。

媽媽要把珍珍打扮成一朵花，一朵鮮豔的花。

珍珍本來就是一朵花。

媽媽將新衣、新褲、新鞋、新襪給珍珍都穿上，再將髮卡往她那頭烏黑的頭髮上一別，整個世界變得亮亮堂堂。

「媽媽，要過年了嗎？」珍珍問。

「胡說呢，離過年還遠呢。」

珍珍不懂了：「那幹嘛穿新衣呢？」

媽媽說：「後天早上，媽媽要帶你去外婆家。」

珍珍還是不太懂：去外婆家，為什麼要穿新衣、新褲、新鞋、新襪呢？

媽媽怕珍珍把衣服弄髒，趕緊給她脫了下來，疊好，放在衣櫃裏。

可是，等到要去外婆家時，珍珍卻說，她不想跟媽媽去外婆家了。問她為什麼，她說：「昨天，我跟一隻野兔說好了的，今天要給牠送菜去。」她指了指地上的一隻用柳條編成的籃子：那裏面是十幾棵青菜。

一旁的奶奶聽明白了：「這死丫頭，一大早就拿了籃子到菜園裏去拔菜，原來是送給兔子吃的。」

媽媽說：「從外婆家回來再送吧？」

珍珍搖了搖頭，向媽媽描述着這隻兔子：「是隻老兔子，都跑不動了……我昨天跟牠說好了今天給牠送菜的。」

奶奶說：「盡胡說呢！兔子哪會跟你說好了？早不知道跑哪兒去了！」

珍珍急得滿臉通紅：「就是說好了的！」

這幾天，她總能和一隻灰黃色的、衰老得不成樣子的老野兔見面。那野兔一點兒也不害怕她，只要她出現在田野上，就會不知道從什麼地方鑽出來，吃力地蹦跳着來到她腳下。

媽媽只好說：「那你現在就去吧，媽媽在家等你。」

珍珍同意了。

媽媽在家等着，左等右等，眼見着要到中午了，也不見珍珍回來，只好拿了新衣、新褲、新鞋、新襪、髮卡，到田野上呼喚珍珍。

珍珍從草叢裏站了起來。

媽媽說：「珍珍，我們該走了！」

可珍珍向媽媽堅決地搖了搖手。

媽媽只好走向珍珍。

珍珍一臉的擔憂：不知為什麼，直到現在，那隻野兔也沒出現。

媽媽對珍珍說：「你把青菜放在田埂上就行了。說不定，過一會兒，牠就來吃了。」

珍珍搖了搖頭：「我們說好了的。」

珍珍一直在想着昨天那個情景：當時，她正和那隻野兔在談話，一隻個頭特別大的黃鼠狼從一座土墳那邊出現了，野兔一見，立即鑽進了草叢裏。

這一情景總在珍珍眼前晃動。

無論媽媽怎麼勸說她，她就是不肯離開這兒。

媽媽生氣了。

生氣了也沒有用。珍珍十分執拗地堅持着。鬧到最後，媽媽憤怒地在珍珍的屁股上打了一巴掌。

珍珍哭了起來：「我跟牠說好了送青菜的⋯⋯」

奶奶趕來了，勸走了媽媽：「由她去吧。」

媽媽說：「以為多大個事呢！就為了一隻兔子！」媽媽看了看天上的太陽，把珍珍的新衣、新褲、新鞋、新襪、髮卡通通交給奶奶，情緒一下子變得十分低沉，「我該走了。」

四月，溫暖的陽光照着到處綠油油的大地，媽媽一個人，只帶着她的影子走向外婆家，覺得天很大，地很大，河很大，樹很大，心空空的，一路上只有寂寞跟着⋯⋯

刊於《人民文學》二〇一四年第六期

＊　曹文軒（1954–），作家、學者。著有《草房子》、《細米》、《天瓢》、《青銅葵花》、「丁丁當當」長篇小說系列等。

黃蓓佳

布里小鎮

退休之後我開始懷舊，凡年輕時候去過的地方，所有那些留下過蹤跡和記憶的場所，都想重新尋訪，彷彿是要給自己的一生建檔造冊一樣。我用兩年時間，去了童年生活過的老家縣城、十八歲插隊的農場、大學校園、此生頭一回到過的海灘、職業培訓住了一段日子的特區度假村、曾經碰到過一個心儀男人的邊陲小鎮、川南一處差點兒讓我失足墜崖的絕佳風景勝地……我一個人，不急不忙，慢慢地欣賞，還真是生發出許多從前未曾有過的感悟。

好在我的人生經歷簡單，做了一輩子機關人事工作，去過的地方真是屈指可數。就這麼隔三岔五地出門，走走停停，兩年之後，搜腸刮肚也找不出遺漏之處了。

於是我抬起眼睛，往世界的邊邊角角望去，腦子裏浮現出一座古樸安靜的英格蘭小城。那是三十年前我在英國陪丈夫讀博的時候住過的地方，那裏有無邊的緩坡和森林，童話般漂亮的大學校園，還有三歲女兒就讀幼兒園時我每天接送她必走的彎曲小巷。我們

離開之後還沒有機會故地重遊，何不趁體力尚好時再去造訪一次？

小城叫布里，英國很典型的大學城，也是倫敦的衛星城，從上海浦東直飛英國希斯羅，再搭半小時城鐵，輕輕鬆鬆便能到達。問題在於，國內我能一個人隨便行走，國外我還沒有這個膽量，何況語言不通也是麻煩。這樣，我便動員了我的丈夫蘇明同行。說起來，布里應該是他的故地，他去讀博兩年，我帶女兒去陪伴不過半年，他對小城的感情應該遠勝於我。

蘇明在大學教書，本科生的課已經不上了，手邊有幾個博士生帶着，算是半退休的狀態，時間上可以自由。說句年輕人無法理解的話，結婚三十多年，我們夫妻從未有機會單獨旅行。年輕時有孩子纏身，小學中學大學，各種補習班，月考期考中考高考，無一日消停。中年之後彼此懈怠，各人忙於應付自己單位上的一攤子雜事，再無精力你唱我和，出差次數不少，但旅伴僅限於身邊同事，家裏倒樂得省了這筆費用。

簽證，訂機票訂旅館，收拾行裝，準備禮品，手機辦國際漫遊加流量包，一切一切都由我來料理。蘇明偶爾踱過來，看我塞進箱子的大小物件，皺眉嘲笑，說我不像旅遊，像搬家。我不理睬他。他拿腳尖

踢踢箱子，鄭重抗議，什麼毛病，電熱水壺都帶着？我就火了，我說你做甩手掌櫃也罷了，還跑來說三道四，到時候我喝熱茶你喝自來水！他瞥我一眼，搖搖頭走開，之後一直沒碰那口箱子。

到七月中旬的一天，我們如願搭上高鐵，去往上海浦東。一路上他都在看手機，瀏覽朋友圈的消息，參加各個微信群關於南海問題的討論，對我們將要開始的尋訪故地之旅不置一詞。對這一點我其實習以為常，因為我們即便在家，也都是各混各的朋友圈，夫妻之間反倒少有交流。但是列車快要到站時，他突然問了一句話，讓我很不高興。他問我，有沒有換點兒英鎊零用？我故意回答說沒換。他馬上嚴肅責問我，怎麼回事？不換零錢怎麼出門？我抬眼問他，你怎麼沒去換？難道你不該幫我操心嗎？他嘴裏嘟嘟囔囔，神情中全都是對我的不滿。直到我打開錢包，給他看了那一沓花花綠綠的外幣，他才訕訕住嘴。

到了浦東機場，託運行李，安檢，出海關，登機，一路無話。我們隨身帶了一個裝滿食物的包，因為英國的餐飲實在叫人難以接受。包有點兒重，他堅持要背，我怕他腰肌勞損的舊疾再發，不讓他背，糾纏了一會兒，還是由他背在身上。類似這樣的事情，他倒一直是照顧我的。後來上了飛機，發現後排有

好些座位空着，可以放倒椅背躺下睡覺，我讓他去躺着，他死活不肯，翻來覆去強調一句話：我只買了一張座位票。僵持之後他居然瞪了眼睛，嗓門都大了起來，差點兒讓鄰座誤以為我們要吵架。最終我抱着枕頭和毛毯往後排走去時，心裏一個勁兒地罵他死腦筋。

到了布里，時間已經是第二天中午，預訂的酒店令我很是滿意，小而潔淨，有居家的溫馨。我忙着打開行李，燒水泡茶，蘇明忙不迭地要出門吃飯。我想是三頓飛機餐把他折磨成了一個餓鬼。

我們吃的是中國餐，有回鍋肉片，有醋溜白菜，還有西紅柿炒雞蛋。蘇明最後把三個菜裏的湯汁都倒進碗裏拌了米飯。他一定是想起了從前在這裏當學生時的窘迫生活。我看着他狼吞虎咽，不由得心疼起他來。

下午，我讓他先補個覺，倒一下時差，他卻突然地因為故地重遊而變得興奮，迫不及待地要去見他當年的導師布萊恩先生。離開布里三十年，一開始他們之間還有信件往來，慢慢地、自然而然地，彼此就斷了聯繫。蘇明離開時布萊恩先生五十歲的樣子，精力充沛，花白的小鬍子非常漂亮，每說三句話就要仰天大笑一陣。還有，他出行都由夫人開車，因為他考了二十次駕照都沒有考過，成了布里大學校園裏一個災

難性的笑話。蘇明低頭在他的背包裏翻找一本舊電話本子時，我讓他猜布萊恩先生現在有沒有開上車。蘇明一邊把胳膊伸到背包夾層裏掏，一邊回答說，猜什麼猜，導師他不是凡人，當然做不好凡人才會做的事。

蘇明掏出他的寶貝電話本子後，立刻照着那上面的號碼撥電話。撥了幾遍，死活都不通。他有點兒煩躁。我拿過本子一看，那上面還是六位數的號碼。三十年過去了，現在有多少地方還用六位數的號碼？朝鮮吧？我說。他一聲不響，悶頭在房間的各個抽屜裏找本地電話黃簿。自然也找不着。有了智能手機之後，從前的這些東西都失去了使用價值，漸漸地也不再佔用酒店空間。

他終於死了心，直起腰，在房間裏怔怔地站了一會兒，下決心說，我們直接過去，敲他的門，也許還有驚喜。我覺得也只能這樣，雖然老外未必喜歡這種驚喜。

在酒店大門口，我提醒他找那個模樣機靈的門廳接待員問一下路，因為他那個舊電話本子上有現成的布萊恩家地址，問一下更加保險。蘇明回答說不用，他有印象，跟着他走就行。我知道蘇明向來最怕開口跟陌生人搭話，尤其不喜歡問路，也就沒有強求。

我們出門，過馬路，穿過一道人行天橋，拐向了

右手的雙向汽車道。這一帶我似乎還有印象，以前我們每周六去超市採購，總要在這個天橋下逗留，放下沉重的購物袋，給女兒買個冰淇淋。那時候周六採購是大事，我們來回要走很遠的路，背巨量的米、麵、油、蔬菜、水果、牛奶、調料，七七八八。超市食物便宜，若是在家門口的小店買，價格會貴出許多。每一次採購都是重體力勞動，即便寒冬，內衣也會濕透。我至今做夢還會夢到蘇明當年弓腰曲背氣喘吁吁的樣子。

英國小鎮上的道路都不講究，人行道窄得只容一人通過，路兩邊雜草叢生，藤蔓和灌木交錯擠壓生長空間，黃色和白色的野花星星點點閃爍，灰白色的蘑菇簡直俯拾皆是。我記得我以前總喜歡在雨後拎個塑料袋收撿這些不花錢的美物，回家洗乾淨切碎燒湯，鮮香無比。那時候農學系的中國學生還專門出了個小冊子，教陪讀家屬們如何識別蘑菇的有毒品種，以防誤食。

我們兩個在狹窄的人行道上一前一後走了多半個小時之後，我感覺不太對頭，因為城市已經留在身後，而布里大學的校園還遙遙無望。我喊住他，說我們肯定錯過一個路口，前面就應該左拐。他頭也不回道，布萊恩先生家是在校園右側。我說那也該先進去校園，才能找到右側。他不耐煩，轉身看我，口氣很

不屑地説一句，布里的路，我熟還是你熟？我只好就閉了嘴，悶頭跟着他走。

一下子又是半個小時，前面隱約出現了高速公路，一輛接一輛的汽車在看不見的路面上呼嘯來回。我站住不動，賭氣説，再走要走到倫敦了。他好歹停下，抬頭四顧，似乎也有點兒茫然。我堅決要求回頭。他想了想，指責我太沒有方位感，條條大路通羅馬，從前面一個路口左拐，照樣能走到學校。我説那不是繞了一個更大的圈？他説回頭就不是繞？信不信量一量，回頭路會更長。我被他的胡攪蠻纏弄到惱火，丟下一句恕不奉陪，毅然決然地轉過身去。走了兩分鐘，發現身後沒有腳步聲，我又忍不住回頭，看見他一個人，孤單地、堅定不移地還在往前。

英國南部的夏季，陣雨總是説來就來。就在我踟躕着要不要趕去陪他時，烏雲遮蓋了頭頂，銅錢大的雨點劈裏啪啦砸在路上，彌漫起一股熱烘烘的泥土和草汁混合的氣味。我縮了脖子，雙手抱在胸口，四下睃巡有沒有可供躲雨的建築，因為我當天穿的是一件淡色衣裙，濕透之後會極不雅觀。可是我們當時已經是走在鄉間道路之上，眼見得大雨將要傾盆，周圍除了樹木草坪，找不着一磚半瓦。我既狼狽，又焦灼，弓腰曲背地站在路邊，心裏叫苦不迭。

一輛豐田汽車在雨中開到我面前，車窗搖下來，

開車的竟然是中國小伙子，他伸頭喚我，問我要不要搭車。我一陣驚喜，差點兒要喊出一聲上帝保佑，急急忙忙衝下路基，拉開後車門，濕漉漉地鑽了進去。進去之後我馬上想到蘇明，可憐他此刻也一定在雨中蹉跎。我跟小伙子商量，能不能掉轉頭去前面接一下我的丈夫？他愣了一下，大概奇怪我們為何兵分兩路走在鄉野之中。好在小伙子教養極佳，一句閒話也沒有多問，即刻在雨中掉頭。我想他若要追根問底，我還真是難以作答。

蘇明這一回沒有拒絕幫助。也許是他在外人面前不便固執或說是頑強。但是上車之後他的臉色依然不悅，裝作側頭看窗外的雨，避免跟我對視。我自然也不想搭理他。我們悶悶地一直坐回城裏，到酒店門前，剛好雨停。

下了車，我對熱情的小伙子千恩萬謝。蘇明也不失禮貌，從車身另一邊繞過來，客客氣氣跟他握了手。我們站着目送他上車。不知道他回去的時候，會在心裏怎麼想我們這一對鬧彆扭的夫婦。

蘇明不再提拜訪布萊恩先生的事，我也不提。我回酒店換下淋濕的衣服，晾起來，又找出蘇明的一套，扔在他床上。他一眼都不看，就那麼濕着坐在椅子上，從電視節目裏翻找體育新聞。

我拿了提包出門閒逛，留下他在房間思考。在一家夏季打折的「奇樂」鞋店，我買到一雙很合意的銀黑色小短靴，還不到一百英鎊。我也給蘇明買了一雙，是棕色繫帶的軟底休閒鞋，同樣很便宜。再回到酒店房間時，他已經換下濕衣服，而且自己動手洗過了，順便把我的濺上了泥點的裙子也洗了一下，都晾在衛生間。他還燒水泡了茶，我一進門就聞到熟悉的茶香，那種讓人神情大悅的芬芳氣味。

他主動上前接過我的提袋，張羅讓我坐下喝茶，然後搬把椅子坐在我對面，說他剛剛仔細算了算，布萊恩先生今年八十有五了，這個年紀的老人，很難說是不是還健在，也或許人活着但是早已經失憶，完全不記得當年的中國學生，這樣的話，我們找上門去不具備意義。我問他到底要怎麼樣。他遲疑着說了一句，算了，這一頁翻過去吧。

我無可無不可，畢竟布萊恩先生是他的導師。

接下來他告訴我的話讓我大吃一驚，他說李宏林不在了。我驚訝地問他，不在是什麼意思？搬離布里了？他搖搖頭。不是搬離，是不在了，癌症，今年春天的事。

李宏林是我們過去的朋友，當年一起在布里留學的，也是我們計劃中的尋訪目標。蘇明大概接受了剛

才的教訓，我出門購物時，他抓緊上微信找朋友確認李宏林的最新電話、地址，這才得知了不幸的消息。

我很難過。印象中的李宏林爽朗、熱心，總是跑前跑後為朋友們做事。我們一家離開布里回國時，就是他開車送去希斯羅機場的。後來蘇明那一撥留學生陸續學成，有的畢業就回國了，有的猶猶豫豫滯留到新世紀之後，還有兩個轉去了美國，一個被聘到愛丁堡大學，總之是，留守在布里的只有李宏林。三十年中，我們偶爾從朋友口中輾轉知道他混得並不怎麼好，博士後做了快十年，此後一直沒有得到過正式教職，大約是開了個雜貨店，賣一些從國外販過去的廉價日用品。沒有想到他六十出頭就已經離世。

那怎麼辦？我問蘇明，我們還要不要過去？

過去啊，他說，來都來了，還能不去？去看看他太太，他的孩子。

我鬆一口氣，心想蘇明這個人歸根結底還是好人。

時差原因，我們都很疲勞了，畢竟年紀不饒人。熬到七點鐘，下樓吃了一份很難吃的快餐，兩個人輪流洗過澡，熄燈睡覺。睡前我服下一片舒樂安定，以為會很快睡着，結果蘇明搶在我前面打起了香甜的鼾，弄得我輾轉反側了好一陣子。

早起，接受了前一天的教訓，我們都同意不再把

時間和精力花在沒有意義的問路尋路中。蘇明往酒店前台打了一個電話，訂好一輛出租車。吃過早飯，收拾停當，帶上禮品下樓，預訂的出租車已經準時停在了門口。在守時這一點上，英國人總是讓人無話可說。

李宏林的太太姓郭，單名夏，跟李宏林同是東北人。她去布里的時間比我早，我是在蘇明留學一年之後才帶着女兒過去的，那時候郭夏已經在布里待了將近兩年，算是我們家屬富中老資格的前輩。她身體好，也能吃苦，除了帶孩子之外，在大學校園裏打了足有三四份工，包括做學生公寓的清潔、餐廳洗碗、給圖書館擦玻璃，捎帶還給一個老外家看兩個小時孩子。很多到布里陪讀的家屬，都是通過她的介紹找到了工作。

因為事先通了電話，所以郭夏一早就在家裏等候。她胖了，當然也老了，頭髮花白，一條腿膝蓋有問題，行動不那麼利索，但是眉眼依舊，一側臉頰甚至還能見到那個橢圓形的酒窩，如果是走在布里校園裏而不是其他地方，我想我肯定能在路上認出她來。

她端出來的是茶和東北藍莓乾，還有松子，而不是咖啡配餅乾。從這一點來說，三十多年了她仍然沒有融入當地生活。

她很激動。不過我和蘇明同樣激動。她有個女兒

跟我女兒相同年紀，我們走了之後她又添了個兒子。女兒結婚搬出去住了，生了一對雙胞胎。兒子在旅遊公司上班，負責對中國遊客的接待。她現在住的房子很大，李宏林去世後她出租了底樓全部和二樓的一半，租金足夠她生活。可是我看得出來她依然節儉，腳下的地毯已經磨光了絨毛，房間裏的一個五斗櫃還是我們在的時候買回家的二手貨，我記得大家幫他們搬櫃子上樓時，不小心磕壞了一隻櫃腳，後來拿一塊木頭鋸成差不多尺寸釘了上去，現在這塊木頭看起來還是彆扭。

　　她的房子裏四壁全是照片。她活在對照片的回憶當中？我不能肯定。她很自豪地帶着我們一幀一幀瀏覽，親自講解。最多的是那兩個雙胞胎的照片，兩個虎頭虎腦的男孩，好像有一點兒南亞人的特徵。我沒有多問。兒子二十五歲，沒結婚，長得像李宏林，粗眉大眼，算不上英俊，神情倒是活潑，做旅遊合適。李宏林的照片，從三十歲到六十歲，各個年齡段都有。奇怪的是，這個魁梧豪氣的漢子，從照片上看，似乎每隔十年都要風乾萎縮一點兒，從將近一米九的個兒，慢慢地變瘦、變矮，變得臨終時比郭夏還要小上一圈。

　　怕她傷心，我們一直沒問李宏林最後的情況。倒

是郭夏自己爽直，把老李患癌症的經過，從最初怎麼發現，怎麼排隊等待開刀化療，最後怎麼在布里醫院裏過世，詳詳細細說了一遍。她沒有流眼淚。我想經過這一番熬煎，她也被折騰夠了，有眼淚也早流乾了。

郭夏最後說，老李還算有福氣的，這輩子有兒有女，臨終前還見到了孫子，他這人就喜歡男孩兒。

我猜她的意思是，我們這些早早回國的，都只得一個獨生子女，不能盡享天倫之樂，在這一點上老李完勝別人。

當初李宏林也想回國來着，已經有東北的一家研究院對他伸出了橄欖枝。可是郭夏不願意走，她習慣了布里雖然辛苦但能掙錢的生活，回去之後既沒工作又沒住房，她覺得太沒面子。他們兩口子為這事還吵了很久。

她口稱老李有福氣的時候，如果我和蘇明都點頭同意，甚至不說話，她心裏也就舒服了。可是蘇明恰恰就是個很沒有眼色的人，他一定要當面教育郭夏，要讓她明白，不回國是多麼失策。他一口氣歷數了五六個布里大學舊日同學的現狀：誰誰已經是院士，誰誰的公司做到了多大，誰誰現在是副部級的官員……當中我不斷地向他使眼色，用胳膊肘捅他，試圖制止。蘇明完全不理我，他似乎是話到嘴邊不說難受。

最後，蘇明看着郭夏愈來愈灰白的面孔，無比惋惜地總結陳詞，意思是說，如果老李當初選擇回國，他不會得這個病，即便是得了病，憑他在國內的身份地位，也不至於要排上半年的隊才能開刀。

我當時真覺得蘇明有點兒昏頭，一個人情商再有問題，也不至於像他這樣層層剝筍一樣地把郭夏逼到絕處吧？他圖這種口舌之快是為什麼呢？他有什麼必要對着一個可憐的女人證明自己的人生正確，而對方一切皆錯？

這番話的結果就是郭夏當場崩潰，大哭不止，我抱住她怎麼勸都勸不下來。

郭夏一哭，蘇明總算意識到自己犯了大錯，他開始慌張，不斷地對郭夏道歉，還想給郭夏兒子打電話，讓他早點兒回家照顧媽媽。郭夏攥着鼻子呵斥他：上班呢，你別打！他不無尷尬地又把手機收了回去。

走回酒店的路上，我不停地責備蘇明，好端端的會面弄到以彼此難過收場。他開始一言不發聽我嘮叨，後來就煩了，衝我嚷嚷，好啦好啦，囉嗦什麼囉嗦？事情就壞在你們女人手上！我說我們女人怎麼了？誰都有選擇自己生活的權利，如果他們當初回國，也許得癌症的是郭夏呢？他嗤了我一聲，豈有此理！

我們又一次興沖沖出門，一肚子暗火回返。我在心裏無限悲傷地想，這幾十年的日子我們真是白過了，為什麼碰到事情總是南轅北轍不能合拍？

　　那天的一整個下午，蘇明忙着在房間電腦上為他的兩個博士生做論文開題，你來我往討論得熱火朝天。我百無聊賴，又上街在附近轉了一圈。看來看去，似乎商品也不比國內豐富，女裝部的當季服裝還不如我家附近商場裏的貨色時尚。我想再往遠處走一走，去看看布里大學的校園、我們當年常去划船野餐的那條河、河邊長滿野栗子的樹林、女兒小時候最喜歡的室外遊樂場，還有山坡上的一個小古堡……徘徊許久之後，我還是快快地回到酒店，因為語言不通，離了蘇明我哪兒都不敢去。

　　進門穿過大廳時，前台那個模樣討喜的女孩子似乎在向我招手，另一隻手裏還揚着一張紙條。我指指自己，她一個勁兒地點頭，我就走了過去。她從櫃台裏面探着身子把紙條遞給我，一邊很急切地解釋了一通。我只聽懂了「中國女人」和「給你」幾個字眼。

　　拿到紙條，展開看，只一行沒頭沒腦的字：特蕾莎癱瘓了，住在你們住過的房子裏，巧不巧？「癱瘓」兩個字書寫有錯誤，「疒」字頭變成了「广」字頭。我立刻猜到這紙條是郭夏送來的。

特蕾莎？癱瘓？我們住過的房子？這幾個連在一起的字眼，瞬間讓我發蒙。

郭夏為什麼要特地送這張紙條來？我們上午在她家裏時，她為什麼沒說這件事？

特蕾莎，我當然忘不了，當年跟蘇明有過一段苟且關係的東歐裔的女人。蘇明到英國的頭一年，孤身一人，系裏的秘書特蕾莎常常給他照顧。那時候念博士的不是很多，蘇明在系裏能享受一間單獨的辦公室。我見過蘇明嵌在他辦公室門上的一張標準照，眉目俊朗，英姿勃勃，還是有幾分令人動心的。特蕾莎比他年長，有一個據説酗酒愛打人的丈夫，夫妻關係很不和諧。我到英國之後曾經見過這個特蕾莎，長得非常一般，一頭毛毛糙糙的栗色頭髮，抽煙把臉色都熏成焦黃，倒是身材婀娜有致，背後看尤其能令人遐想。總之是一來二去，蘇明和特蕾莎有了關係，好幾次是發生在辦公室裏的，自然就瞞不了同事。英國人其實也愛嚼舌頭，事情飛快地傳到特蕾莎丈夫的耳朵裏，那傢伙趁酒意跑到系裏鬧，揪掉了特蕾莎的一撮頭髮，還對着蘇明辦公室的門踹了好幾腳。

一年後我去英國時，特蕾莎已經換了工作，離開蘇明那個系，在圖書館找了一個事情做。蘇明對我的解釋是，他剛到英國人地生疏，實在太寂寞。我原諒

了他。二十世紀八九十年代出國讀書的留學生，一去多年沒錢回國，單身男女間常組成臨時夫妻，相依為命地度過異鄉時光，我都親眼見到過，沒覺得十分不正常。

事情都過去了三十年，這個特蕾莎又冒出來了。郭夏她什麼意思？

上樓到房間，蘇明一眼覺出我的神色不對。看了紙條之後，他臉色尷尬起來，又想解釋又說不清楚的那種模樣。我也不多問，手機連上網絡後，開始看朋友圈裏那些八卦，留下他一個人抓耳撓腮。

大約過去了半個小時，我一抬頭，他還怔怔地坐在我對面。我的目光跟他接觸到的第一秒鐘，他迫不及待地抓緊說話，問我能不能放下手機，跟他商量一下這件事。我說當然可以，我們不能辜負了郭夏的好意。他臉上閃過一絲窘迫，然後抿住嘴唇輕咳了一聲，小心問我，你是不是對當年住過的房子還有留戀？我告訴他，何止留戀，我本來就準備了要去房子前面拍張照片，好發給女兒看。如果可能，我還希望能進到房內，嗅一嗅我們故居的氣息。

他臉色瞬間放亮，挪一下坐姿，整個人變得放鬆活躍。

那麼我們明天會去看老房子？

看啊。

特蕾莎一家住着，也去？

更要去。三十年了，她都癱瘓了，不該去看看？

他猛地站起來，差不多像要撲上前擁抱我。當然他只是搓了兩下手，又退回去坐下。幸好他沒有舉止失度，我們兩個從戀愛時起就沒有親密擁抱的習慣。

這天的晚上我們穿戴整齊去了一家意大利餐館。一人吃完一份美味肉醬麵之後，他又叫來侍者，鄭重點了一份提拉米蘇。我明白他是專為我點的這一份甜點，因為他血糖偏高，一直忌糖。

晚餐之後往回走，路過一家食品商店，我説我們該買點兒禮物。他反問我，是不是確信有這個必要？我點頭説，確信。他飛快地躥進商店，直撲香煙櫃台，熟門熟路地拿了兩條英國「登喜路」。我立刻想到，這一定是當年特蕾莎抽慣的牌子，三十年後他還記得。

我站在門外，看他付錢，看他吩咐店員用禮品形式精心包裝，看他把包裝好的香煙仔細放進一隻提袋。他拎了提袋，小心翼翼掩藏着他的興奮，稍稍有點兒佝僂地向我走過來。我趕快退後一步，跟他隔開約莫有半米的距離，一言不發地往前走。

一夜無話。早上起床時，蘇明故意磨磨蹭蹭，表

現出不十分積極的樣子，直到我一催再催，他才彷彿突然記起有這麼回事，跳起來手忙腳亂地穿襪穿鞋。他把我剛買給他的那雙「奇樂」新鞋穿上了，理由是原來的鞋子略緊，小腳趾磨得發疼。

我們沒有叫出租車。那幢房子我們一家整整住過七八個月，從市區過去，閉着眼睛都能走到。

英國這種國家，你要是隔個幾十年故地重遊，會疑惑時間是不是凝固在某一個點上，從此不再移動。我們當年住過的那條小街是典型的英倫風範，一條長長的坡道，兩邊密密排列了兩層小樓，有下沉式的三四級台階，一律粉刷成奶黃的外牆，坡頂，朝向街道的二樓是一排白色木框的玻璃窗。透過玻璃能看到靜垂的白色縷紗窗簾，在玻璃和窗簾之間一般會放置大大小小的陶瓷玩偶，狗啦、跳芭蕾的女孩啦、抽煙斗的老紳士啦，諸如此類。街道是純自然風光，有雜草，有花木，也有行道樹，總之不那麼整齊劃一。沿街道兩側，擠擠挨挨停滿了小車。我說小車，是因為那些車的排量的確都小，便宜、實用，萬一你需要使用時發現前後車距過密，車子開不出來，你可以適當地往前拱一拱，再往後拱一拱，直拱到能夠出行為止。大家都這樣，誰也不會因為自家的車子被碰擦而暴跳如雷。

太陽有點兒曬，我們走的是上坡道，腳底下多少覺得吃力。想想三十年前，每周一次背負沉重的食品一趟一趟走上去，真不知道那些日子是如何熬下來的。

我們住過的那幢小樓在坡道盡頭，樓前有不到五六個平方米的小花園，當年花園裏長了一棵不大的柑橘樹，一些缺人照料野蠻繁殖的薔薇花、鬼臉蘭、鳶尾草。靠路邊是一道半人高的木柵欄，打開柵欄上的門，穿過兩米來長的碎石路，才能到達台階。現在柵欄拆除了，柑橘樹和花草通通不見，鋪成了一整片水泥甬道，不知道是不是為了方便屋裏癱瘓病人的出行。龜裂的水泥板、縫隙裏頑強露頭的雜草、久不清洗而污漬斑駁的外牆、泛黃的門窗，一切一切都顯得破敗、窘促、將就，在整片住宅區中有點兒拉低環境總分的嫌疑。

我們面對面地在門口站了一會兒，讓略微缺氧的大腦得以修復。一個人冷不丁地看見三十年前住過的家，多多少少會經歷一個恍惚和暈眩的過程。

過了片刻，心情平靜下來之後，不知道為什麼我突然地想要拔腿就走，我的胃裏像是塞進了一塊抹布，污糟糟的，氣悶，手腳發麻，總之是感覺很不好。

蘇明一把抓住我的手，不讓我走。他的另一隻手上拎着那個漂亮的禮品袋。

你放開我，我說，我不舒服，要先回酒店。

他說不行，你已經來了就不能走，走了我以後會說不清。

我嘲笑他，有什麼說不清的？不就是房子裏住着癱瘓的特蕾莎嗎？你以為我還會忌妒？

他死抓着我的手，幾乎用惡狠狠的口氣威脅道，你今天要是走了，我明天就飛回國，把你一個人扔在布里！

我差點兒要笑出來，因為他這麼說話太像小孩子耍賴了，這簡直就是紙老虎。

不過他說了這話之後，我又開始心軟，覺得讓他一個人對付下面要發生的事情好像也不妥當。於是我揚了揚下巴，示意他該上前敲門。

他鬆一口氣，放下我的手，走上那段破敗的水泥路。那個門的中央有一個生鏽的鐵環，鑲在一小塊凹凸不平的圓形鐵皮上，敲起來聲音沉悶，像老年人吭吭的咳嗽。

過一會兒，有人從樓上嗵嗵嗵地衝下來，動靜大得像坦克。然後，門咣唧一聲開了，一個外表看起來像老屠戶的男人嚴嚴實實堵在了門口。他高大、肥胖，穿一件鬆鬆垮垮的黑色背心，一條寬大及膝的灰色短褲，渾身上下，幾乎裸露在外面的每一寸皮膚

上，都長滿了密密的黑色汗毛，襯托得他那張胖臉越發凶神惡煞。

我聽見蘇明小心翼翼跟他講話，大致是剛從中國來，想見見特蕾莎的意思。他把那個漂亮的禮品袋舉起來，讓對方看，表達自己是誠意來訪。我甚至感覺他的神情透着一種愚蠢的諂媚，這讓我非常惱火，我認為他即便很想進門去見特蕾莎，也用不着如此低三下四。

那個可惡的屠戶模樣的男人倒是不笨，好像他看到蘇明之後只有很短的一瞬間的迷惑，馬上就記起了他們之間曾經有過的陳年舊怨。男人黑着一張臉，用勁地把蘇明往外推搡，堅持不讓他的舊日情敵進門。他一邊搖頭，一邊不住聲地重複一個字：不。不不不，不行，不准，不可以。這個堅決又響亮的「不」字，我聽得無比明確。

蘇明不屈不撓，很耐心地主張他的要求。我不清楚這當中是不是因為有我在場的原因。他去見往日情人，卻當着我的面被人家丈夫拒絕，對於好面子的他來說，的確是一件令他難堪的事情。

他們爭執的聲音有點兒大，我看到馬路對面一個購物回來的老婦人，一臉詫異地往我們這邊看，一邊看一邊打開柵欄門進屋。

總的來說，蘇明面對的這個男人粗暴，野蠻，沒有悲憫之心，不能理解蘇明站在他家門口的複雜感受。在蘇明結結巴巴反覆申訴，並且試圖把一隻腳插進他的門檻之後，他突然大發蠻力，肩膀橫過來，身子矮下去，角鬥一般地將蘇明往外一頂，隨即砰的一聲關上大門。要不是蘇明適時地一個踉蹌，連退幾步，我懷疑他那隻伸進門的腳都要被對方軋斷。

本來事情就此為止，也就算了，至多蘇明在我面前丟了一點兒臉，這沒什麼了不起，做夫妻不就是為了承受對方的不堪的嗎？誰想到這時候二樓的窗戶忽然打開，有一個花白鬢髮的腦袋依稀在窗簾後面晃動了一下。蘇明也是眼尖，立刻大叫一聲，特蕾莎！接着，動作飛快地，他從提袋裏拿出那兩條紮有花色蝴蝶結的香煙，兩步衝到窗下，胳膊一揚，香煙像一枚威力無比的手榴彈一樣打着滾兒飛了上去，穿過窗簾，穩穩落進了房間。

我站在旁邊，忍不住地笑出聲來，因為這一切真是太有喜感，蘇明這個老小孩，他就真能夠這樣不管不顧。

可是笑聲沒落，我們兩個還沒來得及轉身離開時，樓內轟隆隆坦克般的下樓聲又一次響起，然後門嘩啦地扯開，特蕾莎的丈夫炮彈一樣衝出來，把那兩

條香煙惡狠狠地摔在蘇明面前，再一次動手推他，而且每推一下就罵一句粗話，每推一下就罵一句粗話。這個時候作為旁觀者的我實在不能忍受了，我想我丈夫不過是出於情分上門看望一下你的老婆，何至於這樣凶神惡煞？你這種樣子到底算自卑呢還是自負？算不算莫名其妙的大英帝國的優越感？我就挺身上前插在他們兩個人之間，有心要替蘇明抵擋一二。屠戶男人用英文罵人，我用中文對他怒斥，我說你憑什麼動手？你講不講道理？你知不知道罵人是野蠻的事情可你們不是一個野蠻民族？

這個時候令我萬萬沒有想到的是，我一出面抵擋，蘇明立刻趁機開溜，他執着地跑到二樓窗下，一聲接一聲焦灼地喊：特蕾莎！特蕾莎！特蕾莎！他喊得既悲憤，又聲嘶力竭，簡直就是豁出去不要命的樣子。

我當時真是氣瘋了，如果面前有一面鏡子，我想我的面孔一定是紅到了令我自己難堪。我丟下那個屠戶，羞愧萬分地奔過去拉扯蘇明，大聲地呵斥他趕快走，不要在人家門口丟人。他這時候居然還犟頭犟腦回我一句話：我住過的房子，我為什麼不能進去看看？

最後的結果，簡直就是一幕無厘頭的喜劇。從坡

道下面冷不防地就衝上來一輛英國警車，一路還響了警笛，吱的一聲停在我們身邊。車門打開，一個年輕英俊裝備整齊的警官下來，開口問我們什麼情況。我恍然悟到是對面的老太太報了警。警官算是公平，有禮貌地要求我們三個都跟他走，到警局錄口供，這是程序。在警局裏，蘇明那點兒可憐的英文要應付那麼複雜的問話根本就不夠使用，糾纏了半天，還是警官打電話調來一個會中文的翻譯，才算把前後一切說得清楚。蘇明說完之後，我發現年輕警官和翻譯都憋着勁兒偷笑。不怪他們，這事真夠可笑的。那兩條香煙，警官勸特蕾莎的丈夫帶回去，畢竟是遠方客人一點兒心意。不過特蕾莎到底拿到沒有，我就不知道了。

前前後後在警局折騰了三四個小時。回到酒店之後，我又渴又餓又累，一屁股坐在床上，什麼話都不想再說。

蘇明也坐着，在床對面的沙發上，離我有一段距離。他同樣一言不發，卻不住地偷偷拿眼睛瞄我。過了一會兒，他試探着問我，要不要下樓吃飯？我黑着臉不回答。他又坐幾分鐘，站起來說，如果我不想下樓，他出去買外賣。他拿了一些零錢，起身出去了。

房間裏很靜，我能聽到隔壁衛生間抽水的聲音。我小心地搖搖頭，腦袋整個是木的，搖起來像一隻乾

透的椰子。我不知道接下來應該怎麼辦。我摸出手機，給遠在國內的女兒打電話。她聽到我的聲音很驚喜，迫不及待問我去看了我們的故居沒有，現在是什麼樣子，為什麼沒給她發照片。我沉默片刻，終於告訴她說，我想跟你爸離婚。

我以為這句話一定對她是晴天霹靂，她也許會發火，會哭。可是我等來的居然是哈哈大笑，她邊笑邊說，果然果然，我就知道你們兩個單獨出去不會有好結果，你們真是逗死我了，都這麼大年紀，還跟小孩子一樣幼稚……她說，拜託你們都成熟一點兒好不好？

刊於《人民文學》二〇一六年第十一期

＊　黃蓓佳（1955–），作家。著有《夜夜狂歡》、《午夜雞尾酒》、《何處歸程》、《世紀戀情》、《含羞草》等。

鐵凝

孕婦和牛

孕婦牽着牛從集上回來，在通向村子的土路上走。

節氣已過霜降，午後的太陽照耀着平坦的原野，乾淨又暖和，孕婦信手撒開韁繩，好讓牛自在。韁繩一撒，孕婦也自在起來，無牽掛地擺動着兩條健壯的胳膊。她的肚子已經很明顯地隆起，把碎花薄棉襖的前襟支起來老高。這使她的行走帶出了一種氣勢，像個雄赳赳的將軍。

牛與孕婦若即若離，當牠拐進麥地歪起脖子啃麥苗地，孕婦才喚一聲：「黑，出來。」

黑是牛的名字，牛卻是黃色的。

黑遲遲不肯離開麥地，孕婦就惱了：「黑！」她喝道。她的吆喝在寂靜的曠野顯得悠長，傳得很遠，好似正和遠處的熟人打着親熱的招呼：「嘿！」

遠處沒有別人，黑只好獨自響應孕婦這惱，牠忙着又啃兩口，才溜出麥地，拐上了正道。

遠處已經出現了那座白色的牌樓。穿過牌樓，家就不遠了，四下裏是如此的曠達，那氣派、堂皇的漢白玉牌樓宛若從天而降，突然矗立在大地上，讓人毫

無準備，即使對這牌樓望了一輩子的老人，每逢看見藍天下這耀眼的存在，仍不免有種突然的感覺。

孕婦遙望着牌樓，心想多虧我嫁到了這兒啊。每回見到牌樓，孕婦都不免感嘆她的出嫁。

孕婦的娘家在山裏，山裏的日子不如山前的平原。可孕婦長得俊。俊就是財富，俊就叫人覺得日子有奔頭兒。孕婦的爹娘供不起閨女上學，卻也不叫她做粗活兒，什麼好吃的都盡着她，彷彿在武裝一個能獻得出手的寶貝。他們一心一意要送這寶貝出山，到富裕的平原去見他們終生也見不着的世面。

孕婦終於嫁到了山前。她的婆婆自豪地給她講解這裏的好風水：這地盤本是清朝一個王爺的墳塋，王爺的陵墓就在村北，那白花花的大牌樓就屬那個王爺。孕婦並不知王爺是多大的官，也不知道清朝距離今天有多麼遠，可她見過了墳墓和牌樓。墓早已被盜，只剩了一個盆樣的大坑，坑裏是瘋長的荒草和碎磚爛瓦。孕婦站在坑邊，望着坑底那些陰沉的青磚想着，多虧我嫁到了這兒啊。這大坑原本也是富貴的象徵，裏邊的寶貝雖已被盜賊劫空，可它畢竟盛過寶貝。這坑、這牌樓保佑了這地方的富庶，這就是風水。

孕婦在這風水寶地過着舒心的日子，人更俊了。沒有村人敢恥笑她那生硬的山裏口音。公婆和丈夫待她很好，丈夫常說，為了媳婦，什麼錢多他就幹什

麼。如今的城市需要各式各樣的高樓大廈，農閒時丈夫就隨建築隊進城做工。婆婆搬過來與孕婦就伴兒，淨給她沏紅糖水喝。紅糖水把孕婦的嘴唇弄得濕漉漉地紅，人就異常地新鮮。婆婆逢人便誇兒媳：「俊得少有！」

孕婦懷孕了，越發顯得嬌貴，越發任性地願意出去走走。她愛趕集，不是為了買什麼，而是為了什麼都看看。婆婆總是牽出黑來讓孕婦騎，怕孕婦累着身子。

黑也懷了孕啊，孕婦想。但她接過了韁繩，她願意在空蕩的路上有黑做伴兒。她和牠各自懷着一個小生命，彷彿有點兒同病相憐，又有點兒共同的自豪感。於是，她們一塊腆着驕傲的肚子上了路。

孕婦從不騎黑，走快走慢也由着黑的性兒。初到平原，孕婦眼前十分地開闊，住久了平原，孕婦眼裏又多了些寂寞。住在山裏望不出山去，眼光就短；可平原的盡頭又是些什麼呢？孕婦走着想着，只覺得她是一輩子也走不到平原的盡頭了。當她走得實在沉悶才冷不丁叫一聲：「黑——呀！」她誇張地拖着長聲，把專心走路的黑弄得挺驚愕。黑停下來，拿無比溫順的大眼瞪着孕婦，而孕婦早已走到牠前頭去了，四周空無一人。黑直着脖子笨拙而又急忙地往前趕，卻發現孕婦又落在了牠的身後。於是孕婦無聲地樂了，「黑

——呀！」她輕輕地嘆着，平原頓時熱鬧起來。孕婦給自己造出來一點兒熱鬧，覺得太陽底下就不僅是她和黑閒散地走，還有她的叫嚷，她的肚子響亮的蠕動，還有黑的笨手笨腳。

像往常一樣，孕婦從集上空手而歸，夥同着黑慢慢走近了那牌樓，太陽的光芒漸漸柔和下來，塗抹着孕婦有些浮腫的臉，塗抹着她那蒙着一層小汗珠的鼻尖，她的鼻子看上去很晶瑩。遠處依稀出現了三三兩兩的黑點，是那些放學歸來的孩子。孕婦累了。每當她看見在地上跑跳着的孩子，就覺出身上累。這累源於她那沉重的肚子，她覺得實在是這肚子跟她一起受了累，或者，乾脆就是肚裏的孩子在受累，她雙手托住肚子直奔躺在路邊的那塊石碑，好讓這肚子歇歇。孕婦在石碑上坐下，黑又信步去了麥地閒逛。

這巨大的石碑也屬那個王爺，從前被同樣巨大的石龜駄在背上，與那白色的牌樓遙相呼應。後來這石碑讓一些城裏來的粗暴的年輕人給推倒了。孕婦聽婆婆說過，那些年輕人也曾經想推倒那堂皇的牌樓，推不動，就合計着用炸藥。婆婆的爹率領着村人給那些青年下了跪，牌樓保住了。那石碑卻再也沒有立起來。

石碑躺在路邊，成了過路人歇腳的坐物。邊邊沿沿讓屁股們磨得很光滑。碑上刻着一些文字，字很

大，個個如同海碗。孕婦不識字，她曾經問過丈夫那是些什麼字。丈夫也不知道，丈夫只念了三年小學。於是丈夫說：「知道了有什麼用？一個老輩子的東西。」

孕婦坐在石碑上，又看見了這些海碗大的字，她的屁股壓住了其中一個。這次她挪開了，小心地坐住碑的邊沿。她弄不明白為什麼她要挪這一挪，從前她歇腳，總是一屁股就坐上去，沒想過是否坐在了字上。那麼，緣故還是出自胸膛下面的這個肚子吧。孕婦對這肚子充滿着希冀，這希冀又因為遠處那些愈來愈清楚的小黑點而變得更加具體——那些放學的孩子。那些孩子是與字有關聯的，孕婦莫名地不敢小視他們。小視了他們，彷彿就小視了她現時的肚子。

孕婦相信，她的孩子將來無疑要加入這上學、放學的隊伍，她的孩子無疑要識很多字，她的孩子無疑要問她許多問題，就像她從小老是在她的母親跟前問這問那。若是她領着孩子趕集（孕婦對領着孩子趕集有着近乎狂熱的嚮往），她的孩子無疑也要看見這石碑的，她的孩子也會問起這碑上的字，就像從前她問她的丈夫。她不能夠對孩子說不知道，她不願意對不起她的孩子。可她實在不認識這碑上的字。這時的孕婦，心中惴惴的，彷彿肚裏的孩子已經跳出來逼她了。

放學的孩子們走近了孕婦和石碑，各自按照輩分和她打着招呼。她叫住了其中一個本家姪子，向他要了一張白紙和一支鉛筆。

　　孕婦一手握着鉛筆，一手拿着白紙，等待着孩子們遠去。她覺得這等待持續了很久，她就彷彿要背着眾人去做一件鬼祟的事。

　　當原野重又變得寂靜如初時，孕婦將白紙平鋪在石碑上，開始了她的勞作：她要把這些海碗樣的大字抄錄在紙上帶回村裏，請教識字的先生那字的名稱，請教那些名稱的含義。當她打算落筆，才發現這勞作於她是多麼不易。孕婦的手很巧，描龍繡鳳、扎花納底子都不怵，卻支配不了手中這支筆。她努力端詳着那於她來説十分陌生的大字。愈看那些字就愈不像字，好比一團叫不出名稱的東西。於是她把眼睛挪開，去看遠處的天空和大山，去看遼闊的平原上偶爾的一棵小樹，去看奔騰在空中的雲彩，去看圍繞着牌樓盤旋的寒鴉。它們分散着她的注意，又集中着她的精力，使她終於收回眼光，定住了神。她再次端詳碑上的大字，然後膽怯而又堅決地在白紙上落下了第一筆。

　　有了這第一筆，就什麼都不能阻擋孕婦的書寫和描畫了。她描畫着它們，心中揣測它們代表着什麼意思。雖然她不知道它們是什麼意思，她卻懂得那一定是些很好的意思，因為字們個個都很俊——她想到了

通常人們對她的形容。這想法似乎把她自己和那些字連得更緊了一點兒，使她心中充滿着羞澀的欣喜。她願意用俊來形容慢慢出現在她筆下的這些字，這些字又叫她由不得感嘆：字是一種多麼好的東西啊！

夕陽西下，孕婦伏在石碑上已經很久。她那過於努力的描畫使她出了很多的汗，汗浸濕了她的襖領，汗珠又順着襖領跌進她的胸脯。她的臉紅通通的，茁壯的手腕不時地發着抖。可她不能停筆，她的心不叫她停筆。她長到這麼大，還從來沒有遇見過一樁這麼累人、又這麼不願停手的活兒，這活兒好像使盡了她畢生的聰慧畢生的力。

不知什麼時候，黑已從麥地返了回來，臥在了孕婦的身邊。牠靜靜地凝視着孕婦，牠那憔悴的臉上滿是安然的馴順，像是守候，像是助威，像是鼓勵。

孕婦終於完成了她的勞作。在朦朧的暮色中她認真地數了又數，那碑上的大字是十七個：

忠敬誠直勤慎廉明和碩怡賢親王神道碑

孕婦認真地數了又數，她的白紙上也落着十七個字：

忠敬誠直勤慎廉明和碩怡賢親王神道碑

紙上的字歪扭而又奇特，像盤錯的長蟲，像混亂的麻繩。可它們畢竟不是鞋底子不是花繃子，它們畢竟是字。有了它們，她似乎才獲得了一種資格，她似乎才真的俊秀起來，她似乎才敢與她未來的嬰兒謀面。那是她提前的準備，她要給她的孩子一個滿意的回答。她的孩子必將在與俊秀的字們打交道中成長，她的孩子對她也必有許多的願望，她也要像孩子願望的那樣，美好地成長。孩子終歸要離開孕婦的肚子，而那塊寫字的碑卻永遠地立在了孕婦的心中。每個人的心中，多少都立着點什麼吧。為了她的孩子，她找到了一塊石碑，那才是心中的好風水。

孕婦將她勞作的果實揣進襖兜兒，捶着酸麻的腰，呼喚身邊的黑啟程。在牌樓的那一邊，她那村莊的上空已經升起了炊煙。

黑卻執意不肯起身，牠換了跪的姿勢，要牠的主人騎上去。

「黑——呀！」孕婦憐憫地叫着，強令黑站起來。她的手禁不住去撫摸黑那沉笨的肚子。想到黑的臨產期也快到了，黑的孩子說不定會和她的孩子同一天出生。黑站了起來。

孕婦和黑在平原上結伴而行，像兩個相依為命的女人。黑身上釋放出的氣息使孕婦覺得溫暖而可靠，她不住地撫摸牠，牠就拿臉蹭着她的手作為回報。孕

婦和黑在平原上結伴而行，互相檢閱着，又好比兩位檢閱着平原的將軍。天黑下去，牌樓固執地泛着模糊的白光，孕婦和黑已將它丟在了身後。她檢閱着平原、星空，她檢閱着遠處的山近處的樹，樹上黑帽子樣的鳥窩，還有嘈雜的集市，懷孕的母牛，陌生而俊秀的大字，她未來的嬰兒，那嬰兒的未來……她覺得樣樣都不可缺少，或者，她一生需要的不過是這幾樣了。

一股熱乎乎的東西在孕婦的心裏湧現，彌漫着她的心房。她很想把這突然的熱乎乎說給什麼人聽，她很想對人形容一下她心中這突然的發熱，她永遠也形容不出，心中的這一股情緒就叫作感動。

「黑——呀！」孕婦只在黑暗中小聲兒地嘟囔着，聲音有點兒顫，宛若幸福的囈語。

一九九二年

---

*　鐵凝（1957–），作家。著有《玫瑰門》、《無雨之城》、《大浴女》、《麥秸垛》、《哦，香雪》、《孕婦和牛》等。

阿來

秤砣

　　還在故事起始處，秤和主人就已經蒼老了。

　　秤的主人有好幾個子女，一大堆親戚，身上卻帶着孤人才有的冷颼颼的蕭索味道。讓人覺得，除那桿孑然的秤，他就沒有別的親人與夥伴。在人們印象中，這個人從來沒有年輕過。大家想想，這個人真是從來就是這樣嗎？所有人皺起眉頭，做出打開了腦子裏專管記憶的機關的樣子，靜默好一陣子，才有人開口，說，是，一直就是現在這個樣子。

　　要是他是一個修行的人，就可以宣稱自己已經一百，甚至是更大的歲數了。但他不需要這樣的神秘感，他對每一個對他年齡感興趣的人都說，五十六，我今年五十六歲零二十七天了。他喜歡準確的數字。其實，他也是個馬馬虎虎的傢伙，但是，自從那桿秤來到他身邊，他就喜歡準確的數字了。

　　秤本來是頭人家的。大概有兩百年的時間吧，整個機村就只有兩把秤。一把大秤，一把小秤。大秤稱的是糧食啦藥材啦這些大宗的東西。大秤把老百姓家裏的這些大路貨稱過去，小秤把頭人家從遠處運來的

值錢的東西稱出來：茶、鹽、糖和一些香料，有時甚至是銀子與寶石。但寶石總是難得一見的，更多的還是茶與鹽。糖和香料出現的次數比茶、鹽少得多，又比寶石多得多了。過去，機村的日子是很緩慢的。就是遠處的一個什麼消息，在這個人口裏漚上幾天，又隨另一個捎話人在什麼地方盤桓一陣，真比天上緩緩飄動的雲彩還要緩慢。

但一解放就不一樣了。

被打倒的頭人嘆氣說，共產黨裏都是些急性子的人哪！

為什麼這麼說呢？因為頭天晚上得到通知，剝削階級的財產要被沒收。但他沒有想到，第二天早上，工作組就帶領着翻身的積極分子把他們一家子從高大軒昂的屋子裏驅趕出來了。那時候，自己家裏連一點細軟都還沒有來得及收拾。不是頭人不愛財，而是按照機村的老節奏，愈是重大的事情愈要來得緩慢。這天早上，頭人還準備和家裏人討論一下怎麼樣能夠盡量不失體面地搬出這座大房子，去住一幢下人的小房子，工作組和翻了身的下人就已經湧進來，把連早飯都沒有吃完的一家子趕出去了。很多年過去，頭人對此還耿耿於懷，他說：「媽的，最後一頓當老爺的飯也不讓人吃好。」頭人顧念的不是他的財產，而是他的面

子，他做老爺，做人上人的最後一頓飯。一座大房子裏是有不少財產，但架不住給那麼多戶人家一分，分到每一家就沒有兩樣了。就說頭人家的兩桿秤吧。大的一桿，歸了生產隊。曾經稱金分銀的小的這一桿，就到了現在這主人的手上。他主動要的這桿秤。為什麼呢？他說了一句古老的諺語，這句諺語給秤另外一個名字，叫公平。

他說，所以要這桿秤，就是讓它當得起公平這個稱呼。

而有人引用了另一則諺語，這個諺語裏把秤叫權力，說想要秤的人就是想掌握權柄。那時，他的臉上就是很滄桑的表情了——私下裏，大家都在議論，說，這傢伙以前就是這種表情嗎？奇怪的是，沒有人想得起他以前是種什麼樣的表情了。倒是他有話說，權柄，那桿大秤才是權柄。是啊，交了多少公糧，是那桿大秤說了算，每人每戶交了多少麥子與洋芋，也是那桿大秤說了算。而他那桿小秤呢？用時興的話說，不過就是稱量一些小農經濟的尾巴。這家人有遠客來了，從那家人借一斤油，那家人有件喜慶的事，請客，需要集中每戶人家那幾兩配給的酒，都是從這桿秤上過的。這秤過去在頭人家裏稱過金銀、寶石與鹿茸。到了他的手裏，也就是這麼些村民之間互相倒

換救急的茶葉鹽巴之類的東西了。秤有沒有因此抱怨，人並不知道。但這桿秤的新主人確實沒有因此抱怨過什麼，他只是說：「愈是這樣，就愈是要公平啊。」

村子裏傳說，他認為自己得到這桿秤也是不公平的，所以，要用加倍的公平來對待它。

在以斤以兩論進出的交易中，秤的公平就體現在秤桿的平旺上。這一點，他對自己都沒有人大的把握。終於，有一天，他想到了一個辦法：把秤固定在一個地方懸掛起來，就在他家東南向的窗戶跟前，每天，一個固定的時候，太陽光會透過窗戶照射到屋子裏。當最初的太陽光照射進來的時候，就把秤——更重要的是秤桿投影在牆上，他把秤桿在水平的狀態上固定住，然後，把投影的位置刻在了牆上。以後，有人再要淘換東西找他過秤的時候，就一定得是晴天，一定得是最早的陽光投射進他們家窗戶的那個時候。他這麼孜孜以求一桿秤的公平，人們雖然不以為然，但還是不想冒犯他。但凡一個人過於認真地對待一樣事情的時候，別人都會小心一點，不要冒犯於他。但久而久之，面對這樣一種儀式，前來稱量東西的人也會生出非常虔敬的心情。

稱東西的人總是提早到來。

他就把東西放上秤盤，然後，一起坐下來，靜等着陽光透進窗戶的那一個瞬間。

這個時候，有人會賠着小心說：「經常這樣，真是太麻煩你了。」

他那張緊巴巴的臉鬆弛了，露出了笑意，嘴裏說出很詩意的話來：「來吧，太陽出來了，看我們眼前是多麼敞亮。」

但他這樣的話並沒有多少人理解。這麼斤斤計較怎麼可能讓人心裏溫暖又敞亮呢？

太陽光照耀進來，他抿緊嘴唇，細眯起眼睛，一點點撥動那枚油浸浸的秤砣，直到秤桿的投影和牆上的刻痕重合在一起。

那個時候，每個工作組進村來都是分散了駐到村民的家裏，叫作「同吃，同住，同勞動」。記不得是第幾個工作組進村的了，秤砣家裏也駐進了一個。這是個在會上熱情堅定，而私下裏卻有些靦腆的年輕人。年輕人在會上大講秤砣如此這般地使用一桿秤，對於破除小農經濟思想，對於建立一大二公的社會具有多麼多麼重要的作用。他講出來的意義太多，弄得秤砣自己都睡着了。

回到家裏，他那張嚴肅的臉顯得更嚴肅了，他說：「工作同志，以後，你不要再講我這桿秤了，弄得人家都來笑話我。」

「你不是很堅持原則的人嗎？為了堅持原則不是從來不怕人說三道四嗎？」

「我做的我受。不要因為別人說我的好話，來讓別人笑話我。」

弄得這個年輕人當時就無話可說了。接着，秤砣有些艱難地開口了：「工作同志，你是不是還欠我糧票？」

「我欠你糧票？」小伙子驚得差點就從地上蹦起來了。

按秤砣的算法，小伙子真的是差他糧票。差多少？三兩。那個年代，工作組是不會受人招待的。他們住在農民家裏，每天都按標準向主人交一定的錢和糧票。這次工作組的標準是每天五毛錢，一斤二兩糧票。十天半月，就跟主人家算一次帳，按標準如數交上錢糧。其實不是小伙子少交了糧票，而是秤砣算錯了帳。算錯帳的根子還在那桿寶貝秤上。

那桿秤是十六兩一斤。

砣子當然也就認為天下所有的東西都是十六兩一斤。工作組的年輕人給的是十兩一斤，依他的年紀，也根本不知道世界上還有十六兩一斤這回事情。第一次算帳，秤砣就發現他少交了二兩，但他沒有說話。他不好意思把這麼小的一件事情說出來，當然，他更怕說出來這樣的事實會讓犯錯的對方感到尷尬。第二

次，又少了三兩。他繼續隱忍不發。第三次，對上了。他想，年輕人已知錯了。但是，這回，這個平常沉靜羞怯的小伙子卻在會上誇誇其談，太多的好話讓他成了別人眼中的一個笑柄。他並不想從任何一個地方得到表揚。他只是覺得，這麼一桿秤落在自己手裏，而不是隨便哪個阿貓阿狗的手上，那他就要像一桿秤的主人。他甚至覺得，既然樹有樹神，山有山神，一桿秤這麼重要的東西也應該有一個神。他甚至想讓廟裏的畫師畫一幅秤神的像供在家裏。這樣離奇的想法讓畫師吃驚不小。他關於各種神像的《量度經》上從來沒有出現過這樣的說法。秤砣走了，畫師又是上香又是誦經，因為這樣荒謬的想法把他只聽清淨之音的耳朵污染了。一桿秤讓他獲得了人們的尊敬，他所做的一切都是不要失去這份敬意。但是，這個年輕人那些讓人半懂不懂的話，讓他成為笑柄。他很生氣，但他又找不到一個表示自己不高興的有力的方式。於是，他終於忍無可忍把這樣一個不公正的甚至關涉到人性中貪欲的事情說了出來：「你差我三兩糧票。」

糧票的數量很少，但是關乎一個人的品格，特別是當一個人具有把很小的東西賦予很多很多崇高意義的時候，這個問題絕對不是一個小問題了。

「我怎麼會差你糧票？」

看到年輕人漲紅了臉，急急地反問，他慢慢伸出了三根指頭。像他這種個性，說出人家欠自己東西，而且是區區三兩糧票也很傷自己面子。俗話說，再重的鼻子也壓不住舌頭。但他常常就是鼻子壓住了舌頭。但要不動舌頭，把話壓在心上，自己多少還是感到有些委屈。他有些不好意思，又很高興終於能夠向別人指明自己吃虧在什麼地方。於是，他總是一片死灰的臉上湧起了涌紅的血色，並且堅定地伸出了三根手指。

年輕人掏出自己的筆記本，把記在某一頁上的帳目細算了一遍，笑了：「我沒有欠你的糧票。」

「你欠了。」

年輕人又算了一遍，更加肯定自己是正確的。但他還是堅持說對方錯了。他臉上一點猶疑的神色都沒有，只是堅定地說：「你才算了兩遍，告訴你吧，我在心裏都算了一百遍了。」

「那把你的算法讓我聽聽看。」

他就算了一遍。然後，是那個年輕人驚叫起來：「什麼，你說一斤是十六兩？」

「難道一斤不是十六兩？」

秤砣把年輕人拉到那桿秤的前面，指着已經顯出木紋的秤桿上一枚枚的金花，一一數來。年輕人長了

知識，過去是有一種秤，一斤就是一十六兩。年輕人明白過來，也不想解釋現在的秤早已經是十兩一斤了，就大笑，說：「對，對，我錯了，我馬上補給你三兩糧票。」

秤砣眼裏露出了滿意的神情：「你這個孩子，誰要你還幾兩糧票。我只是要你不要算錯了帳。」他那張潮紅的臉更加潮紅了。這麼一算，他在心理上就對這個人取得了某種優勢。年輕人則意識到趁着他這股得意勁，正好做些啟發性的工作：「秤砣大叔，這秤到了你的手裏真是公平，可過去在頭人手裏就未必公平吧？」

秤砣陷入了沉思，臉上的潮紅也慢慢褪去了：「已經倒霉的人，就不要再提了吧。」接着，秤砣改換了話題：「好了，我要到鎮上去一趟，我用豆子去換些大米，給你——咦，你們是怎麼說的，『改善改善伙食』。」

臨出發的時候，年輕人把一斤糧票交給他。秤砣找不開。年輕人心裏忽然湧上一個想法：「零頭不用找了，你就到館子裏吃頓飯，糧票算我請的。」

他沒有想要接受年輕人的饋贈，他只說：「那我反欠你一十三兩了。」

年輕人灑脫地揮揮手：「我說過不用找了。」

秤砣就帶着些豆子，還有他那桿秤上路了。這天，他的心情很好，他想，這也不是個不學好的年輕

人。而今天，自己已經給這個年輕人很好的教訓了。

秋天的太陽把地上的一切都曬得暖洋洋的。他一步步走過那些乾淨的溫暖的石頭，草叢，木橋，穿過落盡了葉子的樺樹投在地上的稀疏的影子，那些豆子在袋子裏互相輕輕碰觸着發出愉快的聲響。好像沒走多久，就走出了幾十里地，就看到了鎮子在太陽下閃耀着的白灰的牆與青瓦的頂。真的，秋天裏，世上的一切事物都顯得那麼乾淨，那樣的從裏至外，閃閃發光。

鎮上吃國家配給糧的人喜歡機村的豆子，這些豆子乾炒過後，膨鬆酥脆，是很好的零食。最適合看露天電影時揣上一把。當然，如果和肉燉在一起，又是另一種風味。鎮上的人喜歡從配給的口糧中勻出一點大米，換幾斤機村的豆子。有露天電影時，是孩子們的零嘴，下大雪的日子，旺旺的火爐上翻騰着一鍋肉與豆子，也是日子過得平和的象徵。

秤砣來到鎮上，敲響了一家人的房門。主人打開門時，他已經稱好了三斤豆子，手裏穩穩地提着秤站在人家面前。主人也不説話，拿個瓷盆出來就倒豆子，倒是他提醒人家：「看秤。三斤。」

主人頭也不回：「不看，不看，你的秤，放心！」返身又端了米出來，倒在秤盤裏。砣子稱了，倒回去一些，再一稱，平了，這回，還不等他開口，主人就説：「誰不知道你的秤，不用看，不用看，放心！」

秤砣的臉上又泛起一片潮紅，細細的眼縫裏透出錐子般鋭利的光。遇到熱心的主人，還會搬出椅子，端出熱茶，和他坐在太陽底下，閒話一陣鄉下的收成。這一天也是這樣，因為他去的都是相熟的人家。開照相館的一家。裁縫舖的一家。衛生所的醫生一家。手工合作社的鐵匠家。鐵匠老婆説：「你來，就跟走親戚一樣。」

　　他也差不多就懷着這麼一種心情，走在從這一家到那一家的路上。

　　之後，他走到了鎮子最西頭的一個院落裏。那是他每年用豆子換大米的最後一家。那家的主人是郵局的投遞員。門口停着那輛馱着綠色郵包的自行車。

　　最後，他來到了鎮上的人民食堂。他坐下來，掏出了一斤糧票。點了肉菜，還點了三兩米飯。這是年輕人欠他的三兩。算帳的時候，麻煩出現了。在他一斤十六兩的盤算裏，人家該找他十三兩的票。但他點了三遍，心裏就有些急了，人家居然只找了他七兩。他當然不知道糧票都是按新秤的計量，都是十兩一斤。按十六兩一斤算，人家確實少找了他。於是，在結帳的櫃台那裏，就起了爭吵。看熱鬧的人們圍攏過來，聽清了事情的原委，相繼大笑。

　　秤砣拿出了他的寶貝秤，衝到櫃台跟前，一聲一聲數那老秤桿上的金色星星。數到十六的時候，他頭

上汗水都出來了。但好奇的人們爆發出了更大的笑聲。血轟轟地沖上了頭頂，他狂吼一聲掀翻了齊胸高的櫃台。然後，舉起秤就往那個收款員身上砸去。沒抽到幾下，細細的秤桿就折斷了。於是，他舉起了那個光滑油膩的秤砣，連續幾下，砸在了那傢伙掛滿自以為是表情的臉上。直到警察出現，叫人把那個滿臉血污的傢伙送到醫生那裏。他才慢慢清醒過來。

他對警察說的第一句話是：「他少找我糧票。」

人們才齊聲說：「老鄉，你錯了！」

「我錯了？」

「一斤早就不是十六兩，而是十兩了！」

因為自己不騙人，主持公道，所以知道不騙人的表情是什麼樣子。他環顧四周，所有人的表情都不是騙人的表情。

「一斤東西怎麼可能不是十六兩呢？」

有人把一桿新秤拿到他面前，給他細數上面的金色星星。是十顆，而不是十六顆。他把乞求的目光轉向警察。警察忍住了笑說：「跟我們走，秤早就是十兩一斤了。」

秤砣就舉着自己的秤給警察押着往派出所去了。他突然說：「那是我多要了他三兩糧票。」

「你說什麼？」

「那這個年輕人為什麼不告訴我？」然後，他舉

起了那個秤砣，對準自己的額頭重重地拍了下去，然後，就晃晃悠悠地倒下了。他覺得自己就要死了，不能當面再問那個整天宣揚新思想的年輕人為什麼不告訴他普天下都換成了十兩一斤的秤了。當然，他沒有死成。只是從此再也不給人稱秤，也不覺得能給什麼人主持公道了。而那個年輕人，也因為這個錯誤，不等他出衛生院，就調離機村了。

從此，他就是機村一個再普通不過的老人了。又是十多年過去，伐木場禮堂裏上演過一部彩色電影。裏面有一個情節是，一個反革命，用一個秤砣幹掉了一個人。人們給這部電影起了一個名字，叫作《難忘的秤砣》。說起這個名字時，人們突然想起多年前機村自己的秤的故事，再看見他時，就有嘴巴尖刻的人說一句：「難忘的秤砣。」

但秤砣自己並沒有什麼反應。一臉平靜地做着自己該做的事情，後來，當新的流行語出現，人們也就將秤砣這個稱呼給慢慢淡忘了。

刊於《花城》二〇〇八年第四期

＊　阿來（1959–），作家。著有《塵埃落定》、《空山》、《格薩爾王》、《蘑菇圈》等。

余華

闌尾

　　我的父親以前是一名外科醫生，他體格強壯，說起話來聲音洪亮，經常在手術台前一站就是十多個小時，就是這樣，他下了手術台以後臉上仍然沒有絲毫倦意，走回家時腳步咚咚咚咚，響亮而有力。走到家門口，他往往要先站到牆角撒一泡尿，那尿沖在牆上唰唰直響，聲音就和暴雨沖在牆上一樣。

　　我父親在他二十五歲那年，娶了一位漂亮的紡織女工做自己的妻子，他的妻子婚後第二年就給他生下了一個兒子，那是我哥哥，過了兩年，他妻子又生下了一個兒子，這一個就是我。

　　在我八歲的時候，有一天，精力充沛的外科醫生在連年累月的繁忙裏，偶爾得到了一個休息之日，就在家裏舒舒服服地睡了一個上午，下午他帶着兩個兒子走了五里路，去海邊玩了近三個小時，回來時他肩膀上騎着一個，懷裏還抱着一個，又走了五里路。吃過晚飯以後天就黑了，他就和自己的妻子，還有兩個孩子，坐在屋門前的一棵梧桐樹下，那時候月光照射過來，把樹葉斑斑駁駁地投在我們身上，還有涼風，涼風在習習吹來。

外科醫生躺在一張臨時搭出來的竹床上，他的妻子坐在旁邊的藤椅裏，他們的兩個孩子，我哥哥和我，並肩坐在一條長凳上，聽我們的父親在說每個人肚子裏都有的那一條闌尾，他說他每天最少也要割掉二十來條闌尾，最快的一次他只用了十五分鐘，十五分鐘就完成了一次闌尾手術，將病人的闌尾唰的一下割掉了。我們問：「割掉以後怎麼辦呢？」

「割掉以後？」我父親揮揮手說，「割掉以後就扔掉。」

「為什麼扔掉呢？」

我父親說：「闌尾一點屁用都沒有。」

然後父親問我們：「兩葉肺有什麼用處？」

我哥哥回答：「吸氣。」

「還有呢？」

我哥哥想了想說：「還有吐氣。」

「胃呢？胃有什麼用處？」

「胃，胃就是把吃進去的東西消化掉。」還是我哥哥回答了。

「心臟呢？」

這時我馬上喊叫起來：「心臟就是咚咚跳。」

我父親看了我一會，說：「你說的也對，你們說的都對，肺、胃、心臟，還有十二指腸、結腸、大腸、

直腸什麼的都有用，就是這闌尾，這盲腸末端上的闌尾……你們知道闌尾有什麼用？」

我哥哥搶先學父親的話說了，他說：「闌尾一點屁用都沒有。」

我父親哈哈大笑了，我們的母親坐在一旁跟着他笑，我父親接着說道：

「對，闌尾一點用都沒有。你們呼吸，你們消化，你們睡覺，都和闌尾沒有一點關係，就是吃飽了打個嗝，肚子不舒服了放個屁，也和闌尾沒關係……」

聽到父親說打嗝放屁，我和我哥哥就咯咯笑了起來，這時候我們的父親坐了起來，認真地對我們說：

「可是這闌尾要是發炎了，肚子就會愈來愈疼，如果闌尾穿孔，就會引起腹膜炎，就會要你們的命，要你們的命懂不懂？」

我哥哥點點頭說：「就是死掉。」

一聽說死掉，我吸了一口冷氣，我父親看到了我的害怕，他的手伸過來拍了一下我的腦袋，他說：

「其實割闌尾是小手術，只要它不穿孔就沒有危險……有一個英國的外科醫生……」

我們的父親說着躺了下去，我們知道他要講故事了。他閉上眼睛很舒服地打了一個呵欠，然後側過身

來對着我們，他說那個英國的外科醫生有一天來到了一個小島，這個小島上沒有一家醫院，也沒有一個醫生，連一隻藥箱都沒有，可是他的闌尾發炎了，他躺在一棵椰子樹下，痛了一個上午，他知道如果再不動手術的話，就會穿孔了……

「穿孔以後會怎麼樣？」我們的父親撐起身體問道。

「會死掉。」我哥哥說。

「會變成腹膜炎，然後才會死掉。」我父親糾正了我哥哥的話。

我父親說：「那個英國醫生只好自己給自己動手術，他讓兩個當地人抬着一面大鏡子，他就對着鏡子裏的自己，就在這裏……」

我父親指指自己肚子的右側，「在這裏將皮膚切開，將脂肪分離，手伸進去，去尋找盲腸，找到盲腸以後才能找到闌尾……」

一個英國醫生，自己給自己動手術，這個了不起的故事讓我們聽得目瞪口呆，我們激動地望着自己的父親，問他是不是也能自己給自己動手術，像那個英國醫生那樣。

我們的父親說：「這要看是在什麼情況下，如果我也在那個小島上，闌尾也發炎了，為了救自己的命，我就會自己給自己動手術。」

父親的回答使我們熱血沸騰，我們一向認為自己的父親是最強壯的，最了不起的，他的回答進一步鞏固了我們的這個認為，同時也使我們有足夠的自信去向別的孩子吹噓：

　　「我們的父親自己給自己動手術……」我哥哥指着我，補充道：「我們兩個人抬一面大鏡子……」

　　就這樣過了兩個多月，到了這一年秋天，我們父親的闌尾突然發炎了。那是一個星期天的上午，我們的母親去工廠加班了，我們的父親值完夜班回來，他進家門的時候，剛好我們的母親要去上班，他就在門口告訴她：

　　「昨晚上一夜沒睡，一個腦外傷，兩個骨折，還有一個青霉素中毒，我累了，我的胸口都有點疼了。」

　　然後我們的父親捂着胸口躺到床上去睡覺了，我哥哥和我在另一間屋子裏，我們把桌子放到椅子上去，再把椅子放到桌子上去，那麼放來放去，三四個小時就過去了，我們聽到父親屋子裏有哼哼的聲音，就走過去湊在門上聽，聽了一會兒，我們的父親在裏面叫我們的名字了，我們馬上推門進去，看到父親像一隻蝦那樣彎着身體，正齜牙咧嘴地望着我們，父親對我們說：

　　「我的闌尾……哎……疼死我了……急性闌

尾炎，你們快去醫院，去找陳醫生……找王醫生也行……快去，去……」

我哥哥拉着我的手走下了樓，走出了門，走在了胡同裏，這時候我明白過來了，我知道父親的闌尾正在發炎，我哥哥拉着我正往醫院走去，我們要去找陳醫生，或者去找王醫生，找到了他們，他們會做什麼？

一想到父親的闌尾正在發炎，我心裏突突地跳，我心想父親的闌尾總算是發炎了，我們的父親就可以自己給自己動手術了，我和我哥哥就可以抬着一面大鏡子了。

走到胡同口，我哥哥站住腳，對我說：

「不能找陳醫生，也不能找王醫生。」

我說：「為什麼？」

他說：「你想想，找到了他們，他們就會給我們爸爸動手術。」

我點點頭，我哥哥問：「你想不想讓爸爸自己給自己動手術？」

我說：「我太想了。」

我哥哥說：「所以不能找陳醫生，也不能找王醫生，我們到手術室去偷一個手術包出來，大鏡子，家裏就有……」

我高興地叫了起來：「這樣就能讓爸爸自己給自己動手術啦。」

我們走到醫院的時候，他們都到食堂裏去吃午飯了，手術室裏只有一個護士，我哥哥讓我走過去和她說話，我就走過去叫她阿姨，問她為什麼長得這麼漂亮，她嘻嘻笑了很長時間，我哥哥就把手術包偷了出來。

然後我們回到了家裏，我們的父親聽到我們進了家門，就在裏面房間輕聲叫起來：

「陳醫生，陳醫生，是王醫生吧？」

我們走了進去，看到父親額上全是汗水，是疼出來的汗水。父親看到走進來的既不是陳醫生，也不是王醫生，而是他的兩個兒子，我哥哥和我，就哼哼地問我們：

「陳醫生呢？陳醫生怎麼沒來！」

我哥哥讓我打開手術包，他自己把我們母親每天都要照上一會的大鏡子拿了過來，父親不知道我們要幹什麼，他還在問：

「王醫生，王醫生也不在？」

我們把打開的手術包放到父親的右邊，我爬到床裏面去，我和哥哥就這樣一裏一外地將鏡子抬了起來，我哥哥還專門俯下身去察看了一下，看父親能不

能在鏡子裏看清自己，然後我們興奮地對父親説：

「爸爸，你快一點。」

我們的父親那時候疼歪了臉，他氣喘吁吁地看着我們，還在問什麼陳醫生，什麼王醫生，我們急了，對他喊道：

「爸爸，你快一點，要不就會穿孔啦。」

我們的父親這才虛弱地問：「什麼……快？」

我們説：「爸爸，你快自己給自己動手術。」

我們的父親這下明白過來了，他向我們瞪圓了眼睛，罵了一聲：

「畜生。」

我嚇了一跳，不知道做錯了什麼，就去看我的哥哥，我哥哥也嚇了一跳，他看着父親，父親那時候疼得説不出話來了，只是向我們瞪着眼睛，我哥哥馬上就發現了父親為什麼罵我們，他説：

「爸爸的褲子還沒有脱下來。」

我哥哥讓我拿住鏡子，自己去脱父親的褲子，可我們的父親一巴掌打在我哥哥的臉上，又使足了勁罵我們：

「畜生。」

嚇得我哥哥趕緊滑下床，我也趕緊從父親的腳邊

溜下了床，我們站在一起，看着父親在床上虛弱不堪地怒氣沖沖，我問哥哥：

「爸爸是不是不願意動手術？」

我哥哥說：「不知道。」

後來，我們的父親哭了，他流着眼淚，斷斷續續地對我們說：

「好兒子，快去……快去叫……媽媽，叫媽媽來……」

我們希望父親像個英雄那樣給自己動手術，可他卻哭了。我哥哥和我看了一會父親，然後我哥哥拉着我的手就跑出門去，跑下了樓，跑出了胡同……這一次我們沒有自作主張，我們把母親叫回了家。

我們的父親被送進手術室時，闌尾已經穿孔了，他的肚子裏全是膿水，他得了腹膜炎，在醫院的病床上躺了一個多月，又在家裏休養了一個月，才重新穿上白大褂，重新成為醫生，可是他再也做不成外科醫生了，因為他失去了過去的強壯，他在手術台前站上一個小時，就會頭暈眼花。他一下子瘦了很多，以後就再也沒有胖起來，走路時不再像過去那樣咚咚地節奏分明，常常是一步邁出去大，一步邁出去又小了，到了冬天，他差不多每天都在感冒。於是他只能做

一個內科醫生了，每天坐在桌子旁，不急不慢地和病人說着話，開一些天天都開的處方，下班的時候，手裏拿一塊酒精棉球，邊擦着手邊慢吞吞地走着回家。到了晚上睡覺的時候，我們經常聽到他埋怨我們的母親，他說：

「說起來你給我生了兩個兒子，其實你是生了兩條闌尾，平日裏一點用都沒有，到了緊要關頭害得我差點丟了命。」

一九九四年七月十二日

* 余華（1960–），作家。著有《活着》、《許三觀賣血記》、《兄弟》等。

蘇童

小偷

　　小偷在箱子裏回憶往事。如此有趣的語言總是有出處的。事實上它緣於一次拆字遊戲。聖誕節的夜晚，幾個附庸風雅的中國人吃掉了一隻半生不熟的火雞，還喝了許多白葡萄酒和紅葡萄酒。他們的腸胃沒有產生什麼不適的感覺。他們聊天聊到最後沒什麼可聊了，有人就提議做拆字遊戲。所謂的拆字遊戲要求參加者在不同的紙條上寫下主語、狀語、謂語、賓語，紙條和詞組都多多益善，紙條與詞組愈多組合成的句子也愈多，變化也愈大。他們都是箇中老手，懂得選擇一些奇怪的詞組，在這樣的前題下拼湊出來的句子就有可能妙趣橫生，有時候甚至讓人笑破肚皮。這些人挖空心思在一張張紙條上寫字，堆了一桌子。後來名叫郁勇的人抓到了這四張紙條：小偷在箱子裏回憶往事。

　　遊戲的目的達到了，歡度聖誕節的朋友們哄堂大笑。郁勇自己也笑。笑過了有人向郁勇打趣，說，郁勇你有沒有可以回憶的往事？郁勇反問道，是小偷回憶的往事？朋友們都說，當然是小偷回憶往事，你有沒有往事？郁勇竟然說，讓我想一想。大家看着郁勇

抓耳撓腮的，並沒有認真，正要繼續遊戲的時候，郁勇叫起來，我要回憶，他說，我真的要回憶，我真的想起了一段往事。

這是誰也沒有預料到的，郁勇說了一個別人無法打斷的故事。

我不是小偷，當然不是小偷。你們大概都知道，我不是本地人，我在四川出生，小時候跟着我母親在四川長大。我母親是個中學教師，我父親是空軍的地勤人員，很少回家。你們說像我這種家庭環境裏的孩子可能當小偷嗎，當然不會是小偷，可我要說的是跟小偷沾邊的事情，你們別吵了，我就挑有代表性的事情說，不，我就說一件事吧，就說譚峰的事。

譚峰是我在四川小鎮上的唯一一個朋友，他跟我同齡，那會兒大概也是八九歲。譚峰家住在我家隔壁，他父親是個鐵匠，母親是農村戶口，家裏一大堆孩子，就他一個男的，其他全是女孩子，你想想他們家的人會有多麼寵愛譚峰。他們確實寵愛他，但是只有我知道譚峰偷東西的事情，除了我家的東西他不敢偷，小鎮上幾乎所有人家都被他偷過。他大搖大擺地闖到人家家裏去，問那家的孩子在不在家，就那麼一會兒工夫，他就把桌上的一罐辣椒或者一本連環畫塞

在衣服裏面了。有時候我看着他偷，我的心怦怦地跳，譚峰卻從來若無其事。他做這些事情不避諱我，是因為他把我當成最忠實的朋友，我也確實給他做過掩護，有一次譚峰偷了人家一塊手錶，你知道那時候一塊手錶是很值錢的，那家人懷疑是譚峰偷的，一家幾口人嚷到譚峰家門口，譚峰把着門不讓他們進去，鐵匠夫妻都出來了，他們不相信譚峰敢偷手錶，但是因為譚峰嘴裏不停地罵髒話，鐵匠就不停地擰他的耳朵，譚峰嘴犟，他大叫着我的名字，要我出來為他作證，我就出去了，我說譚峰沒有偷那塊手錶，我可以證明。我記得當時譚峰臉上那種得意的微笑和鐵匠夫婦對我感激涕零的眼神，他們對圍觀者說，那是李老師的孩子呀，他家教好，從來不說謊的。這件事情就因為我的原因變成了懸案，過了幾天丟手錶的那家人又在家裏發現了那隻手錶，他們還到譚峰家來打招呼，說是冤枉了譚峰，還給他送來一大碗湯圓，譚峰捧着那碗湯圓叫我一起吃，我們倆很得意，是我讓譚峰悄悄地把手錶送回去的。

我母親看不慣譚峰和他們一家，不過那個年代的人思想都很先進，她說能和工農子弟打成一片也能受一點教育，她假如知道我和譚峰在一起幹的事情會氣瘋的，偷竊，我母親喜歡用這個詞，偷竊是她一生最

為痛恨的品行，但她不知道我已經和這個詞彙發生了非常緊密的聯繫。

假如不是因為那輛玩具火車，我不知道我和譚峰的同盟關係會發展到什麼程度。譚峰有一個寶庫，其實就是五保戶老張家的豬圈。譚峰在窩藏贓物上很聰明，老張的腿腳不太靈便，他的豬圈裏沒有豬，譚峰就挖空了柴草堆，把他偷來的所有東西放在裏面，如果有人看見他，他就說來為老張送柴草，譚峰確實也為老張送過柴草，一半給他用，一半當然是為了擴大他的寶庫。

我跟你們說說那個寶庫，裏面的東西現在說起來是很可笑的，有許多藥瓶子和針劑，說不定是婦女服用的避孕藥，有搪瓷杯、蒼蠅拍、銅絲、鐵絲、火柴、頂針、紅領巾、晾衣架、旱煙袋、鋁質的調羹，都是些亂七八糟的東西。譚峰讓我看他的寶庫，我毫不掩飾我的鄙夷之情，然後譚峰就扒開了那堆藥瓶子，捧出了那輛紅色的玩具火車，他說，你看。他小心翼翼地捧着火車，同時用肘部阻擋我向火車靠近，他說，你看。他的嘴上重複着這句話，但他的肘部反對我向火車靠近，他的肘部在說，你就站那兒看，就看一眼，不准碰它。

那輛紅色的鐵皮小火車，有一個車頭和四節車

廂，車頭頂端有一個煙囪，車頭裏還坐着一個司機。如今的孩子看見這種火車不會稀罕它，可是那個時候，在四川的一個小鎮上，你能想像它對一個男孩意味着什麼，是人世間最美好的東西，對嗎？我記得我的手像是被磁鐵所吸引的一塊鐵，我的手情不自禁地去抓火車，可是每次都被譚峰推開了。

你從哪兒偷來的？我幾乎大叫起來，是誰的？

衛生院成都女孩的。譚峰示意我不要尚聲說話，他摸了一下小火車，突然笑了起來，說，不是偷的，那女孩夠蠢的，她就把小火車放在窗前嘛，她請我把它拿走，我就把它拿走了嘛。

我認識衛生院的成都女孩，那個女孩矮矮胖胖的，腦子也確實笨，你問她一加一等於幾，她說一加一是十一。我突然記起來成都女孩那天站在衛生院門前哭，哭得嗓子都啞了，她父親何醫生把她扛在肩上，像是扛一隻麻袋一樣扛回了家，我現在可以肯定她是為了那輛小火車在哭。

我想像着譚峰從窗子裏把那輛小火車偷出來的情景，心裏充滿了一種嫉妒，我發誓這是我第一次對譚峰的行為產生嫉妒之心。說起來奇怪，我當時只有八九歲，卻能夠掩飾我的嫉妒，我後來冷靜地問譚峰，火車能開嗎？火車要是不能開，就沒什麼稀罕的。

譚峰向我亮出了一把小小的鑰匙，我注意到鑰匙是他從褲子口袋裏掏出來的，一把簡單的用以擰緊發條的鑰匙。譚峰露出一種甜蜜的自豪的微笑，把火車放在地上，他用鑰匙擰緊了發條，然後我就看見小火車在豬圈裏跑起來了，小火車只會直線運動，不會繞圈，也不會拉汽笛，但是這對於我來說已經是一個奇跡了。我不想表現得大驚小怪，我說，火車肯定能跑，火車要是不能跑還叫什麼火車？

　　事實上我的那個可怕的念頭就是在一瞬間產生的，這個念頭起初很模糊，當我看着譚峰用柴草把他的寶庫蓋好，當譚峰用一種憂慮的目光看着我，對我說，你不會告訴別人吧？我的這個念頭漸漸地清晰起來，我沒說話，我和譚峰一前一後離開了老張的豬圈，路上譚峰撲了一隻蝴蝶，他要把蝴蝶送給我，似乎想做出某種補償。我拒絕了，我對蝴蝶不感興趣。我覺得我腦子裏的那個念頭愈來愈沉重，它壓得我喘不過氣來，可是我無力把它從我腦子裏趕走。

　　你大概能猜到我做了什麼。我跑到衛生院去找到了何醫生，告訴他譚峰偷了他女兒的小火車。為了不讓他認出我的臉，我還戴了個大口罩，我匆匆把話說完就逃走了。回家的路上我恰好遇到了譚峰，譚峰在學校的操場上和幾個孩子在踢球玩，他叫我一起玩，

我說我要回家吃飯，一溜煙似的就逃走了。你知道告密者的滋味是最難受的，那天傍晚我躲在家裏，豎着耳朵留心隔壁譚峰家的動靜，後來何醫生和女孩果然來到了譚峰家。

我聽見譚峰的母親扯着嗓子喊着譚峰的名字，譚峰的父親手裏的錘子也停止了單調的吵鬧聲。他們找不到譚峰，譚峰的姐姐妹妹滿鎮叫喊着譚峰的名字，可是他們找不到譚峰。鐵匠怒氣衝衝地來到我家，問我譚峰去了哪裏，我不說話，鐵匠又問我，譚峰是不是偷了何醫生家的小火車，我還是不說話，我沒有勇氣作證。那天譚鐵匠乾巴的臉像一塊烙鐵一樣滋滋地冒出烈焰怒火，我懷疑他會殺人。聽着小鎮上響徹譚峰家人尖利瘋狂的喊聲，我後悔了，可是後悔來不及了，我母親這時候從學校回來了，她在譚峰家門前停留了很長時間，等到她把我從蚊帳後面拉出來，我知道我把自己推到絕境中了。鐵匠夫婦跟在我母親身後，我母親說，不准說謊，告訴我譚峰有沒有拿那輛小火車？我無法來形容我母親那種嚴厲的無堅不摧的眼神，我的防線一下就崩潰了，我母親說，拿了你就點頭，沒拿你就搖頭。我點了點頭，然後我看見譚鐵匠像個炮仗一樣跳了起來，譚峰的母親則一屁股坐在了我家的門檻上，她從鼻子裏捽出一把鼻涕，一邊哭

泣一邊訴説起來。我沒有注意聽她訴説的內容，大意反正就是譚峰跟人學壞了，給大人丟人現眼了。我母親對譚峰母親的含沙射影很生氣，但以她的教養又不願與她鬥嘴，所以我母親把她的怨恨全部發洩到了我的身上，她用手裏的備課本打了我一個耳光。

他們是在水裏把譚峰抓住的，譚峰想越過鎮外的小河逃到對岸去，但他只是會兩下狗刨式，到了深水處他就胡亂撲騰起來，他不喊救命，光是在水裏撲騰，鐵匠趕到河邊，把兒子撈上了岸，後來他就拖着濕漉漉的譚峰往家裏走，鎮上人跟着父子倆往譚峰家裏走，譚峰像一根圓木在地上滾動，他努力地朝兩邊仰起臉，唾罵那些看熱鬧的人。

正如我所預料的那樣，譚峰不肯坦白。他不否認他偷了那輛紅色小火車，但就是不肯説出小火車的藏匿之處。我聽見了譚鐵匠的咒罵聲和譚峰的一次勝過一次的尖叫，鐵匠對兒子的教育總是由溺愛和毒打交織而成的。我聽見鐵匠突然發出一聲山崩地裂的怒吼，哪隻手偷的東西？左手還是右手？話音未落譚峰的母親和姐姐妹妹一齊哭叫起來，當時的氣氛令人恐怖，我知道會有什麼可怕的事情發生，我不願意錯過目睹這件事情的機會，因此我趁母親洗菜的時候一個箭步衝出了家門。

我恰好看見了鐵匠殘害他兒子的那可怕的一幕，看見他把譚峰的左手摁在一塊燒得火紅的烙鐵上，也是在這個瞬間，我記得譚峰向我投來匆匆的一瞥，那麼驚愕那麼絕望的一瞥，就像第二塊火紅的烙鐵，燙得我渾身冒出了白煙。

　　我說得一點也不誇張，我的心也被燙出了一個洞。我沒聽見譚峰響徹小鎮上空的那聲慘叫，我掉頭就跑，似乎害怕失去了左手手指的譚峰會來追趕找。我懷着恐懼和負罪之心瘋狂地跑着，不知怎麼就跑到了五保戶老張的豬圈裏。說起來真是奇怪，在那樣的情況下我仍然沒有忘記那輛紅色的小火車，我在柴草堆上坐了一會兒，下定決心翻開了譚峰的寶庫。我趁着日落時最後的那道光線仔細搜尋着，讓我驚訝的是那輛紅色的小火車不見了，柴草垛已經散了架，我還是沒有發現那輛紅色的小火車。

　　譚峰並不像我想像的那麼愚笨，他把小火車轉移了。我斷定他是在事情敗露以後轉移了小火車，也許當他姐姐妹妹滿鎮子叫喊他的時候，他把小火車藏到了更為隱秘的地方。我站在老張的豬圈裏，突然意識到譚峰對我其實是有所戒備的，也許他早就想到有一天我會告密，也許他還有另一個室庫，想到這些我有一種莫名的失落和悲傷。

你能想像事情過後譚家的混亂吧，後來譚峰昏過去了，是鐵匠一直在嗚嗚地哭，他抱着兒子一邊哭着一邊滿街尋找鎮上的拖拉機手。後來鐵匠夫婦都坐上了拖拉機，把譚峰送到三十里外的地區醫院去了。

　　我知道那幾天譚峰會在極度的疼痛中度過，而我的日子其實也很難熬。一方面是由於我母親對我的懲罰，她不准我出門，她認為譚峰的事情有我的一半責任，所以她要求我像她的學生那樣，寫出一份深刻的檢討。你想想我那時候才八九歲，能寫出什麼言之有物的檢討呢。我在一本作業本上寫寫畫畫的，不知不覺地畫了好幾輛小火車在紙上，畫了就扔，扔了腦子裏還在想那輛紅色的小火車。沒有任何辦法，我沒有辦法抵禦小火車對我產生的魔力，我伏在桌子上，耳朵裏總是聽見隱隱約約的金屬聲，那是小火車的輪子與地面摩擦時發出的聲音。我的眼前總是出現四節車廂的十六個輪子，還有火車頭上端的那個煙囱，還有那個小巧的脖子上挽了一塊毛巾的司機。

　　讓我違抗母親命令的是一種灼熱的欲望，我迫切地想找到那輛失蹤的紅色小火車。母親把門反鎖了，我從窗子裏跳出去，懷着渴望在小鎮的街道上走着。我沒有目標，我只是盲目地尋找着目標。是八月的一天，天氣很悶熱，鎮上的孩子們聚集在河邊，他們或

者在水中玩水，或者在岸上做着無聊的官兵捉強盜的遊戲，我不想玩水，也不想做官兵做強盜，我只想着那輛紅色的鐵皮小火車。走出鎮上唯一的麻石鋪的小街，我看見了玉米地裏那座廢棄的磚窯。這一定是人們所說的靈感，我突然想起來譚峰曾經把老葉家的幾隻小雞藏到磚窯裏，磚窯會不會是他的第二個寶庫呢，我這麼想着無端地緊張起來，我搬開堵着磚窯門的石頭，鑽了進去，我看見一些新鮮的玉米桿子堆在一起，就用腳踢了一下，你猜到了？你猜到了。事情就是這麼簡單，不是說蒼天不負有心人嗎？我聽見了一種清脆的回聲，我的心幾乎要停止跳動了，蒼天不負有心人呀，就這麼簡單，我在磚窯裏找到了成都女孩的紅色小火車。

你們以為我會拿着小火車去衛生院找何醫生？不，要是那樣也就不會有以後的故事了。坦率地說我根本就沒想物歸原主，我當時只是發愁怎樣把小火車帶回家，不讓任何人發現。我想出了一個辦法，把汗衫脫下來，又掰了一堆玉米，我用汗衫把玉米連同小火車包在一起，做成一個包裹，提着它慌慌張張地往家裏走。我從來不像鎮上其他的男孩一樣光着上身，主要是母親不允許，所以我走在小街上時總覺得所有人都在朝我看，我很慌張，確實有人注意到了我的異

常，我聽見一個婦女對另一個婦女說，熱死人的天，連李老師的孩子都光膀子啦。另一個婦女卻注意到了我手中的包裹，她說，這孩子手裏拿的什麼東西，不會是偷的吧？我嚇了一跳，幸虧我母親在鎮上享有美好的聲譽，那個多嘴的婦女立刻受到了同伴的搶白，她說，你亂嚼什麼舌頭？李老師的孩子怎麼會去偷東西？

我的運氣不錯，母親不在家，所以我為小火車找到了安身之處，不止床底下的雜物箱，還有兩處作為機動和臨時地點，一處是我父親留在家裏的軍用棉大衣，還有一處是廚房裏閒置不用的高壓鍋。我藏好了小火車，一直坐立不安。我發現了一個問題，就是那把擰發條的鑰匙，譚峰肯定是把它藏在身邊了。我得不到鑰匙，就無法讓小火車跑起來，對於我來說，一輛不能運動的小火車起碼失去了一大半的價值。

我後來的煩惱就是來自這把鑰匙。我根本沒有考慮過譚峰回家以後如何面對他的問題。我每天都在嘗試自己製作那把鑰匙，有一天我獨自在家裏忙乎，在磨刀石上磨一把掛鎖的鑰匙，門突然被誰踢開了，進來的就是譚峰。譚峰站在我的面前，氣勢洶洶地瞪着我，他說，你這個叛徒，內奸，特務，反革命，四類分子！我一下子亂了方寸，我把掛鎖鑰匙緊緊地抓

在手心裏，聽憑譚峰用他掌握的各種詞彙辱罵我，我看着他的那隻被白布包得嚴嚴實實的左手，一種負罪感使我失去了還擊的勇氣。我保持沉默，我在想譚峰還不知道我去過磚窰，我在想他會不會猜到是我去磚窰拿走了小火車。譚峰沒有動手，可能他知道自己只用一隻手會吃虧，所以他光是罵，罵了一會兒他覺得沒意思了，就問我，你在幹什麼？我還是不說話，他大概覺得自己過分了，於是他把那隻左手伸過來讓我參觀，他說，你知道綁了多少紗布，整整一卷呢！我不說話。譚峰就自己研究手上的紗布，看了一會兒他忽然得意地笑起來，說，我把我老子騙了，我哪兒是用左手拿東西，是右手嘛。他向我提出了一個問題，喂，你說燙左手合算還是燙右手合算？這次我說話了，我說，都不合算，不燙才合算。他愣了一下，對我做了個輕蔑的動作，傻瓜，你懂個屁，右手比左手重要多了，吃飯幹活都要用右手，你懂不懂？

譚峰回家後我們不再在一起玩了，我母親禁止，鐵匠夫婦也不准他和我玩，他們現在都把我看成一個狡猾的孩子。我不在乎他們對我的看法，我常常留心他們家的動靜，是因為我急於知道他是否去過磚窰，是否會懷疑我拿了那輛紅色小火車。

那一天終於來到了。已經開學了，我被譚峰堵

在學校門口，譚峰的模樣顯得失魂落魄的，他用一種近乎乞求的眼神盯着我，他說，你拿沒拿？我對這種場景已經有所準備，你不能想像我當時有多麼的冷靜和世故，我說，拿什麼呀？譚峰輕輕地說，火車。我說，什麼火車？你偷的那輛火車？譚峰說，不見了，我把它藏得好好的，怎麼會不見了呢？我告誡自己要冷靜，不能提磚窯兩個字，於是我假充好人地提醒他，你不是放在老張家的豬圈裏了嗎？譚峰朝我翻了個白眼，隨後就不再問我什麼了，他開始向操場倒退着走過去，他的眼睛仍然迷惑地盯着我，我也直視着他的眼睛，隨他向操場走去。你肯定不能相信我當時的表現，一個八九歲的孩子，會有如此鎮定成熟的氣派。這一切並非我的天性，完全是因為那輛紅色的小火車。

我和譚峰就這樣開始分道揚鑣，我們是鄰居，但後來雙方碰了頭就有一方會扭過臉去，這一切在我是由於一個沉重的秘密，在譚峰卻是一種創傷造成的。我相信譚峰的左手包括他的內心都遭受了這種創傷，我得承認，那是我造成的。我記得很清楚，大概是在幾個月以後，譚峰在門口刷牙，我聽見他在叫我的名字，等我跑出去，他還在叫我的名字，但他並不朝我看一眼，他在自言自語，他說，郁勇，郁勇，我認識

你。我當時一下子就鬧了個大紅臉，我相信他掌握了我的秘密，讓我納悶的是自從譚峰從醫院回家，我一直把小火車藏在高壓鍋裏，連我母親都未察覺，譚峰怎麼會知道？難道他也是憑藉靈感得知這個秘密嗎？

說起來可笑，我把小火車弄到手以後很少有機會擺弄它，更別提那種看着火車在地上跑的快樂了，我只是在確保安全的情況下偶爾打開高壓鍋的蓋子，看它幾眼，僅僅是看幾眼。你們笑什麼？做賊心虛？是做賊心虛的感覺，不，比這個更痛苦更複雜，我有幾次做夢夢見小火車，總是夢見小火車拉響汽笛，夢見譚峰和鎮上的孩子們迎着汽笛的聲音跑來，我就被嚇醒了，我知道夢中的汽笛來自五里地以外的寶成鐵路，但我總是被它嚇出一身冷汗。你們問我為什麼不把火車還給譚峰？錯了，按理要還也該還給成都女孩，我曾經有過這個念頭，有一天我都走到衛生院門口了，我看見那個女孩在院子裏跳橡皮筋，快快活活的，她早就忘了小火車的事了。我想既然她忘了我還有什麼必要做這件好事呢？我就沒搭理她，我還學着譚峰的口氣罵了她一句，豬腦殼。

我很壞？是的，我小時候就壞，就知道侵吞贓物了。問題其實不在這裏，問題在於我想有這麼一個秘密，你們替我想想，我怎麼肯把它交出去？然後很快

就到了寒假，就是那年寒假，我父親從部隊退役到了武漢，我們一家要從小鎮遷到武漢去了。這個消息使我異常興奮，不僅因為武漢是個大城市，也因為我有了機會徹底地擺脫關於小火車的苦惱，我天天盼望着離開小鎮的日子，盼望離開譚峰離開這個小鎮。

離開那天小鎮下着霏霏冷雨，我們一家人在汽車站等候着長途汽車。我看見一個人的腦袋在候車室的窗子外面閃了一下，又閃了一下。那是譚峰，我知道是他，但我不理他。是我母親讓我去向他道別，她說，是譚峰要跟你告別，你們以前還是好朋友，你怎麼能不理他？我只好向譚峰走過去，譚峰的衣服都被雨點打濕了，他用那隻殘缺的手抹着頭髮上的水滴，他的目光躲躲閃閃的，好像想説什麼，卻始終不開口，我不耐煩了，我轉過身要走，一隻手卻被拉住了，我感覺到他把什麼東西塞在了我的手裏，然後就飛快地跑了。

你們都猜到了，是那把鑰匙，紅色小火車的發條鑰匙！我記得鑰匙濕漉漉的，不知是他的手汗還是雨水。我感到很意外，我沒想到會有這麼一個結局，直到現在我對這個結局仍然感到意外。有誰知道譚峰是怎麼想的嗎？

朋友們中間沒人願意回答郁勇的問題，他們沉默

了一會兒，有人問郁勇，你那輛小火車現在還在嗎？郁勇說，早就不在了。到武漢的第三天，我父母就把它裝在盒子裏寄給何醫生了。又有人愚蠢地說，那多可惜。郁勇笑起來，他說，是有點可惜，可你怎麼不替我父母想想，他們怎麼會願意窩藏一件贓物？他們怎麼會讓我變成一個小偷？

刊於《收穫》一九九八年第二期

＊ 蘇童（1963–），原名童忠貴，作家。著有《園藝》、《紅粉》、《妻妾成群》、《河岸》、《碧奴》等。

遲子建

逝川

　　大約是每年的九月底或者十月初吧，一種被當地人稱為「淚魚」的魚就從逝川上游哭着下來了。

　　此時的漁民還沒有從龜魚漁汛帶給他們的疲乏和興奮中解脫出來，但只要感覺到入冬的第一場雪要來了，他們就是再累也要準備捕魚工具，因為無論如何，他們也要打上幾條淚魚，才算對得起老婆孩子和一年的收穫。

　　淚魚是逝川獨有的一種魚。身體呈扁圓形，紅色的鰭，藍色的鱗片。每年只在第一場雪降臨之後才出現，它們到來時整條逝川便發出嗚嗚嗚的聲音。

　　這種魚被捕上來時雙眼總是流出一串串珠玉般的淚珠，暗紅的尾輕輕擺動，藍幽幽的鱗片泛出馬蘭花色的光澤，柔軟的鰓風箱一樣呼噠呼噠地翕動。漁婦們這時候就趕緊把丈夫捕到的淚魚放到碩大的木盆中，安慰牠們，一遍遍祈禱般地説着：「好了，別哭了；好了，別哭了；好了，別哭了……」從逝川被打撈上來的淚魚果然就不哭了，牠們在岸上的木盆中游來游去，彷彿得到了意外的溫暖，心安理得了。

如果不想聽逝川在初冬時節的悲涼之聲，那麼只有打撈淚魚了。

　　淚魚一般都在初雪的傍晚從上游下來，所以漁民們早早就在岸上燃起了一堆堆篝火。那篝火大都是橘黃色的，遠遠看去像是一隻隻金碗在閃閃發光。這一帶的漁婦大都有着高高的眉骨，厚厚的單眼皮，肥肥的嘴唇。她們走路時發出咚咚的響聲，有極強的生育能力，而且食量驚人。漁婦們喜歡包着藏藍色或銀灰色的頭巾，無論長幼，都一律梳着髮髻。她們在逝川岸邊的形象宛如一株株粗壯的黑樺樹。

　　逝川的源頭在哪裏漁民們是不知道的，只知道它從極北的地方來。它的河道並不寬闊，水平如鏡，即使盛夏的暴雨時節也不呈現波濤洶湧的氣象，只不過裊裊的水霧不絕如縷地從河面向兩岸的林帶蔓延，想必逝川的水應該是極深的吧。

　　當晚秋的風在林間狂肆地撕扯失去水分的樹葉時，敏感的老漁婦吉喜就把捕撈淚魚的工具準備好了。吉喜七十八歲了，乾瘦而駝背，喜歡吃風乾的漿果和蘑菇，常常自言自語。如果你乘着小船從逝川的上游經過這個叫阿甲的小漁村，想喝一碗噴香的茶，就請到吉喜家去吧。她還常年備着男人喜歡抽的煙葉，幾桿銅質的煙鍋齊刷刷地橫躺在櫃上，你只需享用就是了。

要認識吉喜並不困難。在阿甲，你走在充滿新鮮魚腥氣的土路上，突然看見一個豐腴挺拔有着高高鼻樑和鮮豔嘴唇的姑娘，她就是吉喜，年輕時的吉喜，時光倒流五十年的吉喜。她髮髻高綰，明眸皓齒，夏天總是穿着曳地的灰布長裙，吃起生魚來是那麼惹人喜愛。那時的漁民若是有害胃病而茶飯不思的，就要想着看看吉喜吃生魚時的表情。吉喜尖銳的牙齒嚼着雪亮的鱗片和嫩白的魚肉，發出奇妙的音樂聲，害病的漁民就有了吃東西的欲望。而現在你若想相逢吉喜，也是件很容易的事。在阿甲漁村，你看哪一個駝背的老漁婦在突然抬頭的一瞬眼睛裏迸射出雪亮的魚鱗般的光芒，那個人便是吉喜，老吉喜。

　　雪是從凌晨五時悄然來臨的。吉喜接連做了幾個噩夢，暗自說了不少上帝的壞話。正罵着，她聽見窗櫺發出刮魚鱗一樣的嚓嚓的聲響。不用說，雪花來了，淚魚也就要從逝川經過了。吉喜覺得冷，加上一陣拼命地咳嗽，她的覺全被驚醒了。她穿衣下炕，將火爐引着，用鐵質托架烤上兩個土豆，然後就點起油燈，檢查捕淚魚的網是否還有漏洞。她將網的一端拴在火牆的釘子上，另一側固定在門把手上，從門到火牆就有一幅十幾米長的漁網像疏朗的霧氣一樣飄浮着。銀白的網絲在油燈勃然跳花的時候呈現出琥珀

色，吉喜就彷彿聞到了樹脂的香氣。網是吉喜親手織成的，網眼還是那麼勻稱，雖然她使用木梭時手指不那麼靈活了。在阿甲，大概沒有人家沒有使過吉喜織的網。她年輕的時候，年輕力壯的漁民們從逝川進城回來總是帶回一團團雪白的絲線，讓她織各種型號的網，當然也給她帶一些頭巾、首飾、紐扣之類的飾物。吉喜那時很樂意讓男人們看她織網，她在火爆的太陽下織，也在如水的月光下織，有時織着織着就睡在漁網旁了，網雪亮地環繞着她，猶如兜着一條美人魚。

　　吉喜將蒼老的手指伸向網眼，又低低地罵了上帝一句什麼，接着去看烤土豆熟了幾成，然後又燒水沏茶。吉喜磨磨蹭蹭地吃喝完畢時，天猶猶豫豫地亮了。從灰濛濛的玻璃窗朝外望去，可以看見逝川泛出黝黑的光澤。吉喜的木屋就面對着逝川，河對岸的林帶一片蒼茫。肯定不會有鳥的蹤跡了。吉喜看了會兒天，又有些瞌睡，她低低咕噥了一句什麼，就歪倒在炕上打盹。她再次醒來是被敲門聲驚醒的，來人是胡會的孫子胡刀。胡刀懷中擁着一包茶和一包乾棗，大約因為心急沒戴棉帽，頭髮上落了厚厚一層雪，像是頂着一張雪白的麵餅，而他的兩隻耳朵被凍得跟山楂一樣鮮豔。胡刀懊喪地連連說：「吉喜大媽，這可

怎麼好，這小東西真不會挑日子，愛蓮說感覺身體不對了，挺不過今天了，唉，淚魚也要來了，這可怎麼好，多麼不是時候……」

吉喜把茶和乾棗收到櫃頂，看了一眼手足無措的胡刀。男人第一次當爸爸時都是這麼慌亂不堪的。吉喜喜歡這種慌亂的神態。

「要是淚魚下來時她還生不下來，吉喜大媽，您就只管去逝川捕淚魚，唉，真的不是時候。還差半個月呢，這孩子和淚魚爭什麼呢……」胡刀垂手站在門前翻來覆去地說着，並且不時地朝窗外看着。窗外能有什麼？除了雪還是雪。

在阿甲漁村有一種傳說，淚魚下來的時候，如果哪戶沒有捕到牠，一無所獲，那麼這家的主人就會遭災。當然這裏沒有人遭災，因為每年的這個時候人們守在逝川旁都是大有收穫的。淚魚不同於其他魚類，牠被網掛上時百分之百都活着，大約都是一斤重，體態勻稱玲瓏。將這些藍幽幽的魚投入注滿水的木盆中，次日凌晨時再將牠們放回逝川，牠們再次入水時便不再發出嗚嗚嗚的聲音了。

有誰見過這樣奇異的魚呢？

吉喜打發胡刀回家去燒一鍋熱水。她吃了個土

豆，喝了碗熱茶，把捕魚工具一一歸置好，關好火爐的門，戴上銀灰色的頭巾便出門了。

一百多幢房屋的阿甲漁村在雪中顯得規模更加小了。房屋在雪中就像一顆顆被糖醃製的蜜棗一樣。吉喜望了望逝川，它在初雪中顯得那麼消瘦，她似乎能感覺到淚魚到來前河水那微妙的震顫了。她想起了胡刀的祖父胡會，他就被葬在逝川對岸的松樹林中。這個可憐的老漁民在七十歲那年成了黑熊的犧牲品。年輕時的胡會能騎善射，圍剿龜魚最有經驗。別看他個頭不高，相貌平平，但卻是阿甲姑娘心中的偶像。那時的吉喜不但能捕魚、能吃生魚，還會刺繡、裁剪、釀酒。胡會那時常常到吉喜這兒來討煙吃，吉喜的木屋也是胡會幫忙張羅蓋起來的。那時的吉喜有個天真的想法，認定百裏挑一的她會成為胡會的妻子，然而胡會卻娶了毫無姿色和持家能力的彩珠。胡會結婚那天吉喜正在逝川旁剮生魚，她看見迎親的隊伍過來了，看見了胡會胸前戴着的愚蠢的紅花，吉喜便將木盆中滿漾着魚鱗的腥水兜頭朝他澆去，並且發出快意的笑聲。胡會歉意地衝吉喜笑笑，滿身腥氣地去接新娘。吉喜站在逝川旁拈起一條花紋點點的狗魚，大口大口地咀嚼着，眼淚簌簌地落了下來。

胡會曾在某一年捕淚魚的時候告訴吉喜他沒有娶她的原因。胡會説：「你太能了，你什麼都會，你能挑起門戶過日子，男人在你的屋簷下會慢慢喪失生活能力的，你能過了頭。」

　　吉喜恨恨地説：「我有能力難道也是罪過嗎？」

　　吉喜想，一個漁婦如果不會捕魚、製乾菜、曬魚乾、釀酒、織網，而只是會生孩子，那又有什麼可愛呢？吉喜的這種想法釀造了她一生的悲劇。在阿甲，男人們都欣賞她，都喜歡喝她釀的酒，她烹的茶，她製的煙葉，喜歡看她吃生魚時生機勃勃的表情，喜歡她那一口與眾不同的白牙，但沒有一個男人娶她。逝川日日夜夜地流，吉喜一天天地蒼老，兩岸的樹林卻越發蓊鬱了。

　　吉喜過了中年特別喜歡唱歌。她站在逝川岸邊剮生魚時要唱，在秋季進山採蘑菇時要唱，在她家的木屋頂晾製乾菜時要唱，在傍晚給家禽餵食時也要唱。吉喜的歌聲像炊煙一樣在阿甲漁村四處彌漫，男人們就像是聽到了淚魚的哭聲一樣心如刀絞。他們每逢吉喜唱歌的時候就來朝她討煙吃，並且親切地一遍遍地叫着「吉喜吉喜」。吉喜就不再唱了，她麻利地碾碎煙末，將煙鍋擦得更加亮堂，銅和木紋都顯出上好的本色。她喜歡聽男人們喚她「吉喜吉喜」的聲音，那時她

就顯出小鳥依人的可人神態。然而吃完她煙的男人大都拍拍腳掌跋上鞋回家了，留給吉喜的，是月光下的院子裏斑斑駁駁的樹影。吉喜過了四十歲就不再歌唱了，她開始沉靜地迎接她頭上出現的第一根白髮，頻繁地出入一家家為女人們接生，她是多麼羨慕分娩者有那極其幸福痛苦的一瞬啊。

在吉喜的接生史上，還沒有一個孩子是在淚魚到來的這天出生的，從來沒有過。她暗自祈禱上帝讓這孩子在黃昏前出生，以便她能成為逝川岸邊捕淚魚的一員。她這樣在飛雪中祈禱上帝的時候又覺得萬分可笑，因為她剛剛說了上帝許多壞話。

胡刀的妻子挺直地躺在炕上，因為陣痛而揮汗如雨，見到吉喜，眼睛濕濕地望了她一眼。吉喜洗了洗手，詢問反應有多長時間了，有什麼感覺不對的地方。胡刀手忙腳亂地在屋中央走來走去，一會兒踢翻了木盆，水流滿地；一會兒又把牆角戳冰眼的鐵釬子碰倒了，發出「噹啷」的聲響。吉喜忍不住對胡刀說：「你置備置備捕淚魚的工具吧，別在這忙活了。」

胡刀說：「我早就準備好了。」

吉喜說：「劈柴也準備好了？」

胡刀唯唯諾諾地說：「備好了。」

吉喜又說：「漁網得要一片三號的。」

胡刀仍然不開竅，「有三號的漁網。」說完，在沏茶時將茶葉筒碰翻了，又是一聲響，產婦痙攣了一下。

吉喜只得嚇唬胡刀了：「你這麼有能耐，你就給你老婆接生吧。」

胡刀嚇得面如土色：「吉喜大媽，我怎麼會接生，我怎麼能把這孩子接出來？」

「你怎麼送進去的，就怎麼接出來吧。」吉喜開了一句玩笑，胡刀這才領會他在這裏給產婦增加精神負擔了，便張皇失措地離去，走時又被門檻給絆倒了，噗地趴在地上，哎喲叫着，十分可笑可愛。

胡刀家正廳的北牆上掛着胡會的一張畫像。胡會歪戴着一頂黑氈帽，叼着一桿長煙袋，笑嘻嘻的，那是他年輕時的形象。

吉喜最初看到這幅畫時笑得前仰後合。胡會從城裏回來，一上岸，就到吉喜這兒來了。吉喜遠遠看見胡會背着一個皮兜，手中拿着一卷紙，就問他那紙是什麼，胡會狡黠地展開了畫像，結果她看到了另一個胡會。她當時笑得大叫：「活活像隻出洋相的猴子，誰這麼糟踐你？」

胡會說：「等有一天我死了，你就不覺得這是出洋相了。」

的確，吉喜現在老眼昏花地看着這幅畫像，看着年輕的胡會，心中有了某種酸楚。

午後了。產婦折騰了兩個小時，倒沒有生產的跡象了，這使吉喜有些後怕。這樣下去，再有四五個小時也生不下來，而淚魚分明已經要從逝川下來了。她從窗戶看見許多人往逝川岸邊走去，他們已經把劈柴運去了。一些狗在雪中活躍地奔跑着。

胡刀站在院了的豬圈裏給豬絮乾草。有些乾草屑被風雪給捲起來，像一群小魚在舞蹈。時光倒回五十年的吉喜正站在屋檐前挑乾草。她用銀白的叉子將它們挑到草垛上，預備牲畜過冬時用。吉喜烏黑的頭髮上落着乾草屑，褐綠色的草屑還有一股草香氣。秋天的黃昏使林間落葉有了一種質地沉重的感覺，而隱約的晨霜則使玻璃窗有了新鮮的淚痕。落日掉進逝川對岸的莽莽叢林中了，吉喜這時看見胡會從逝川的上游走來。他遠遠蠕動的形象恍若一隻螞蟻，而漸近時則如一隻笨拙的青蛙，走到近前就是一隻搖着尾巴的可愛的叭兒狗了。

吉喜笑着將她體味到的類似螞蟻、青蛙、叭兒狗的三種不同形象說與胡會。胡會也笑了，現出很滿意的神態，然後甩給吉喜一條剛打上來的細鱗魚，看着

她一點點地吃掉。吉喜進了屋，在昏暗的室內給胡會準備茶食。胡會突然攔腰抱住了吉喜，將嘴唇貼到吉喜滿是腥味的嘴上，吉喜的口腔散發出逝川獨有的氣息，胡會長久地吸吮着這氣息。

「我遠遠走來時是個啥形象？」胡會咬了一下吉喜的嘴唇。

「螞蟻。」吉喜氣喘吁吁地說。

「快到近前呢？」胡會將吉喜的腰摟得更緊。

「青蛙。」吉喜輕聲說。

「到了你面前呢？」胡會又咬了一下吉喜的嘴唇。

「搖着尾巴的叭兒狗。」吉喜說着抖了一下身子，因為頭上的乾草屑落到脖頸裏令她發癢了。

「到了你身上呢？臉貼臉地對着你時呢？」胡會將吉喜抱到炕上，輕輕地撩開了她的衣襟。

吉喜什麼也沒說，她不知道他那時像什麼。而當胡會將他的深情有力地傾訴給她時，扭動着的吉喜忽然喃喃呻吟道：「這時是隻吃人的老虎。」

火爐上的水開了，沸水將壺蓋頂得噗噗直響。吉喜也顧不得水燒老了，一任壺蓋活潑地響下去，等他們濕漉漉地彼此分開時，一壺開水分明已經被燒飛了，屋子裏洋溢着暖洋洋的水蒸氣。

吉喜在那個難忘的黃昏盡頭想，胡會一定會娶了她的。她會給他烹茶、煮飯、剮魚、餵豬，給他生上幾個孩子。然而胡會卻娶了另一個女人做他的妻子。當吉喜將滿是鱗片的剮魚水兜頭澆到新郎胡會身上時，她覺得那天的太陽是如此蒼白冷酷。從此她不允許胡會進入她的屋子，她的煙葉和茶點寧肯留給別的男人，也不給他。胡會死的時候，全阿甲漁村的人都去參加葬禮了，唯獨她沒有去。她老邁地站在窗前，望着日夜川流不息的逝川，耳畔老是響起沸水將壺蓋頂得噗噗的聲響。

　　產婦再一次呻吟起來，吉喜從胡會的畫像前離開。她邊挪動步子邊嘟囔着：「唉，你是多麼像一隻出洋相的猴子。」說完，又慣常地罵了上帝一句什麼，這才來到產婦身邊。

　　「吉喜大媽，我會死嗎？」產婦從毯子下伸出一隻濕漉漉的手。

　　「頭一回生孩子的女人都想着會死，可沒有一個人會死的。有我在，沒有人會死的。」吉喜安慰道，用毛巾擦了擦產婦額上的汗，「你想要個男的還是女的？」

　　產婦疲憊地笑笑：「只要不是個怪物就行。」

　　吉喜說：「現在這麼想，等孩子生下來就橫挑鼻子

· 229 ·

豎挑眼了。」吉喜坐在炕沿前說，「看你這身子，像是懷了雙胞胎。」

產婦害怕了：「一個都難生，兩個就更難生了。」

吉喜說：「人就是嬌氣，生一個兩個孩子要哎喲一整天。你看看狗和貓，哪一窩不生三五個，又沒人侍候。貓要生前還得自己叼棉花絮窩，牠也是疼啊，就不像人這麼嬌氣。」

吉喜一番話，說得產婦不再哎喲了。然而她的堅強如薄冰般脆弱，沒挺多久，便又呻吟起來，並且口口聲聲罵着胡刀：「胡刀，你死了，你作完孽就不管不顧了，胡刀，你怎麼不來生孩子，你只知道痛快⋯⋯」

吉喜暗自笑了。天色轉暗了，胡刀已經給豬絮完了乾草，正把劈好的乾柴攏成一捆，預備着夜晚在逝川旁用。雪小得多了，如果不仔細看，分明就是停了的樣子。地上積的雪可是厚厚的了。紅松木柵欄上頂着的雪算是最好看的了，那一朵朵碗形的雪相挨逶迤，被身下紅燭一般的松木杆映襯着，就像是溫柔的火焰一樣，瑰麗無比。

天色灰黑的時候吉喜覺得心口一陣陣地疼了。她聽見漁村的狗正撒歡兒地吠叫着，人們開始到逝川旁生篝火去了。產婦又一次平靜下來，她出了過多的汗，身下乾爽的葦席已經潮潤了。吉喜點亮了蠟燭，

產婦朝她歉意地笑了，「吉喜大媽，您去捕淚魚吧。沒有您在逝川，人們就覺得捕淚魚沒有意思了。」

的確，每年在初雪的逝川岸邊，吉喜總能打上幾十條甚至上百條的活蹦亂跳的淚魚。吉喜用來裝淚魚的木盆就能惹來所有人的目光。小孩子們將手調皮地伸入木盆中，去摸淚魚的頭或尾，攪得木盆裏一陣翻騰。爸媽們這時就過來呵斥孩子了：「別傷着淚魚的鱗！」

吉喜說：「我去捕淚魚，誰來給你接生？」

產婦說：「我自己。您告訴我怎樣剪臍帶，我一個人在家就行，讓胡刀也去捕淚魚。」

吉喜嗔怪道：「看把你能耐的。」

產婦挪了一下腿說：「吉喜大媽，捕不到淚魚，會死人嗎？」

吉喜說：「哪知道呢，這只是傳說。況且沒有人家沒有捕到過淚魚。」

產婦又輕聲說：「我從小就問爸媽，淚魚為什麼要哭，為什麼有着藍色的鱗片，為什麼在初雪之後才出現，可爸媽什麼也回答不出來。吉喜大媽，您知道嗎？」

吉喜落寞地垂下雙手，喃喃地說：「我能知道什麼呢，要問就得去問逝川了，它能知道。」

產婦又一次呻吟起來。

天完全暗下來了。逝川旁的篝火漸漸亮起來，河水開始發出一種隱約的嗚咽聲，漁民們連忙佔據着各個水段將銀白的網一張一張地撒下去。木盆裏的水早已準備好了，漁婦們包着灰色或藍色的頭巾在岸上結結實實地走來走去。逝川對岸的山披着銀白的樹掛，月亮竟然奇異地升起來了。冷清的月光照着河水、篝火、木盆和漁民們黝黑的臉龐，那種不需月光照耀就橫溢而出的悲涼之聲已經從逝川上游傳下來了。

嗚嗚嗚嗚嗚——嗚嗚嗚——嗚嗚嗚嗚嗚——

彷彿萬千隻小船從上游下來了，彷彿人世間所有的落葉都朝逝川湧來了，彷彿所有樂器奏出的最感傷的曲調彙集到一起了，逝川，它那毫不掩飾的悲涼之聲，使阿甲漁村的人沉浸在一種宗教氛圍中。有個漁民最先打上了一條淚魚，那可憐的魚輕輕擺着尾巴，眼裏的淚紛紛垂落。這家的漁婦趕緊將魚放入木盆中，輕輕地安慰道：「好了，別哭了；好了，別哭了……」橘黃的篝火使漁婦的臉幻化成古銅色，而她包着的頭巾則成為蒼藍色。

嗚嗚嗚——嗚嗚嗚嗚嗚——嗚嗚嗚嗚——

夜愈來愈深了，胡刀已經從逝川打上了七條淚魚。他抽空跑回家看，看他老婆是否已經生了。那可憐的女人睜着一雙大眼呆呆地望着天棚，一副絕望的表情。

「難道這孩子非要等到淚魚過去了才出生？」吉喜想。

「吉喜大媽，我守她一會兒，您去逝川吧。我已經捕了七條淚魚了，您還一條沒捕呢。」胡刀說。

「你守她有什麼用，你又不會接生。」吉喜說。

「她要生時我就去逝川喊您，沒準——」胡刀吞吞吐吐地說，「沒準明天才能生下來呢。」

「她挺不過今夜，十二點前準生。」吉喜說。

吉喜喝了杯茶，又有了一些精神，她換上一根新蠟燭，給產婦講她年輕時鬧過的一些笑話。產婦入神地聽了一會兒，忍不住笑起來。吉喜見她沒了負擔，這才安心了。

大約午夜十一時許，產婦再一次被陣痛所包圍。開始還是小聲呻吟着，最後便大聲叫喚，見到胡刀張皇失措進進出出時，她似乎找到了痛苦的根源，簡直就要咆哮了。吉喜讓胡刀又點亮了一根蠟燭，她擎着它站在產婦身旁。羊水破裂之後，吉喜終於看見了一個嬰孩的腦袋像隻熟透的蘋果一樣微微顯露出來，這顆成熟的果實呈現着醉醺醺的神態，吉喜的心一陣歡愉。她竭力鼓勵產婦：「再加把勁，就要下來了，再加把勁，別那麼嬌氣，我還要捕淚魚去呢……」

那顆猩紅的果實終於從母體垂落下來，那生動的啼哭聲就像果實的甜香氣一樣四處彌漫。

「哦，小丫頭，嗓門怪不小呢，長大了肯定也愛吃生魚！」吉喜沉靜地等待第二個孩子的出世。十分鐘過去了，二十分鐘過去了，產婦呼吸急促起來，這時又一顆成熟的果實微微顯露出來。產婦號叫了一聲，一個嗓門異常嘹亮的孩子騰地衝出母腹，是個可愛的男嬰！

吉喜大叫着：「胡刀胡刀，你可真有造化，一次就兒女雙全了！」

胡刀興奮得像隻採花粉的蜜蜂，他感激地看着自己的妻子，像看着一位功臣。產婦終於平靜下來，她舒展地躺在鮮血點點的濕潤的葦席上，為能順利給胡家添丁進口而感到愉悅。

「吉喜大媽，興許還來得及，您快去逝川吧。」產婦疲乏地説。

吉喜將滿是血污的手洗淨，又喝了一杯茶，這才包上頭巾走出胡家。路過廳堂，本想再看一眼牆上胡會的那張洋相百出的畫像，不料牆上什麼畫像也沒有，只有一個木葫蘆和兩把木梭吊在那兒。吉喜吃驚不小，她剛才見到的難道是胡會的鬼魂？吉喜詫異地來到院子裏，空氣新鮮得彷彿多給她加了一葉肺，她覺得舒暢極了。胡刀正在燒着什麼，一簇火焰活躍地跳動着。

「你在燒什麼?」吉喜問。

胡刀說:「俺爺爺的畫像。他活着時說過了,他要是看不到重孫子,就由他的畫像來看。要是重孫子出生了,他就不必被掛在牆上了。」

吉喜看着那簇漸漸熄滅的火焰淒涼地想:「胡會,你果然看到重孫子了。不過這胡家的血脈不是由吉喜傳播下來的。」

胡刀又說:「俺爺爺說人只能管一兩代人的事,超不過四代。過了四代,老人就會被孩子們當成怪物,所以他說要在這時毀了他的畫像,不讓人記得他。」

火焰燒化了一片雪地,它終於收縮了、泯滅了。借着屋子裏反映出的燭光,雪地是檸檬色的。吉喜聽着逝川發出的那種輕微的嗚咽聲,不禁淚滾雙頰。她再也咬不動生魚了,那有質感的鱗片當年在她的齒間是怎樣發出暢快的叫聲啊。她的牙齒可怕地脫落了,牙床不再是鮮紅色的,而是青紫色的,像是一面曠日持久被煙熏火燎的老牆。她的頭髮稀疏而且斑白,極像是冬日山洞口旁的一簇孤寂的荒草。

吉喜就這麼流着淚回到她的木屋,她將漁網搭在蒼老的肩頭,手裏提着木盆,吃力地朝逝川走去。逝川的篝火玲瓏剔透,許多漁婦站在盛着淚魚的木盆前朝吉喜張望。沒有那種悲哀之聲從水面飄溢而出了,

逝川顯得那麼寧靜，對岸的白雪被篝火映得就像一片黃金鋪在地上。吉喜將網下到江裏，又艱難地給木盆注上水，然後呆呆地站在岸邊等待淚魚上網。子夜之後的黑暗並不漫長，吉喜聽見她的身後有許多人走來走去。她想着當年她澆到胡會身上的那盆剮魚水，那時她什麼也不怕，她太有力氣了。一個人沒有了力氣是多麼令人痛心。天有些冷了，吉喜將頭巾的邊角努力朝胸部拉下，她開始起第一片網。網從水面上唰唰地走過，那種輕飄飄的感覺使她的心一陣陣下沉。一條淚魚也沒捕到，是個空網，蒼白的網攤在岸邊的白雪上，和雪融為一體。吉喜毫不氣餒，總會有一條淚魚撞入她的網的，她不相信自己會兩手空空離去。又過了一段時間，曙色已經微微呈現的時候，吉喜開始起第二片網。她小心翼翼地拉着第二片網上岸，感覺那網沉甸甸的。她的腿哆嗦着，心想至少有十幾條美麗的藍色淚魚嵌在網眼裏。她一心一意地收着網，被收上來的網都是雪白雪白的，她什麼也沒看見。當網的端頭垂頭喪氣地輕輕顯露時，吉喜驀然醒悟她拉上來的又是一片空網。她低低地罵了上帝一句什麼，跌坐在河岸上。她在想，為什麼感覺網沉甸甸的，卻一無所獲呢？最後她明白了，那是因為她的力氣不比從前了，起網時網就顯得沉重了。

天色漸漸地明了，篝火無聲地熄滅了。逝川對岸的山赫然顯露，許多漁民開始將捕到的淚魚放回逝川了。吉喜聽見水面發出「啪啪」的聲響，那是淚魚入水時的聲音。淚魚紛紛朝逝川的下游去了，吉喜彷彿看見了牠們那藍色的脊背和紅色的鰭，牠們的尾靈巧地擺動着，走得那樣地快。牠們從逝川的上游來，又到逝川的下游去。吉喜想，淚魚是多麼了不起，比人小幾百倍的身子，卻能歲歲年年地暢游整條逝川。而人卻只能守着逝川的一段，守住的就活下去、老下去，守不住的就成為它岸邊的墳塚，聽它的水聲，依然望着它。

吉喜的嗓音嘶啞了，她很想在逝川岸邊唱上一段歌謠，可她感覺自己已經不會發聲了。兩片空網攤在一起，晨光溫存地愛撫着它們，使每一個網眼都泛出柔和的光澤。

放完淚魚的漁民們陸陸續續地回家了。他們帶着老婆、孩子和狗，老婆又帶着木盆和漁網，而溫暖的篝火灰燼裏則留有狗活潑的爪印。吉喜慢慢地站起來，將兩片漁網攏在一起，站在空蕩蕩的河岸上，回身去取她的那個木盆。她艱難地靠近木盆，這時她驚訝地發現木盆的清水裏竟游着十幾條美麗的藍色淚魚！牠們那麼悠閒地舞蹈着，吉喜的眼淚不由彌漫下

來了。她抬頭望了望那些回到漁村的漁民和漁婦，他們的身影飄忽不定，他們就快要回到自己的木屋了。一抹緋紅的霞光出現在天際，使阿甲漁村沉浸在受孕般的和平之中。吉喜搖晃了一下，她很想讚美一句上帝，可說出的仍是詛咒的話。

吉喜用盡力氣將木盆拖向岸邊。她跪伏在岸邊，喘着粗氣，用瘦骨嶙峋的手將一條條豐滿的淚魚放回逝川。這最後一批淚魚一入水便迅疾朝下游去了。

一九九四年

＊ 遲子建（1964-），作家。著有長篇小説《樹下》、《晨鐘響徹黃昏》、《茫茫前程》、《熱鳥》、《偽滿洲國》、《額爾古納河右岸》、《群山之巔》等。

東西

你不知道她有多美

春雷説：

不，我不是那個意思。我不是説廢墟有多美，更不會説地震是美的。你只要看一看我身上的這些疤痕，就知道我不會説地震的好話。傻瓜才會説地震有多美、有多震撼。我是説女人，那個叫向青葵的女人。

她是發生地震那年的春節嫁給念哥的，也就是一九七六年。念哥姓貝，大名貝雲念，是我們家的鄰居。年初二，我還睡在床上做夢，他就把我叫醒了。他説春雷，咱們接嫂子去。那年頭時興婚事簡辦，愈簡辦愈體現生活作風健康。念哥是等着提拔的機關幹部，當然不敢鋪張浪費，説實話，他也沒有鋪張浪費的能力。

他很簡單，就踩着一輛借來的三輪車馱着我去醫院接嫂子。他身上的棉衣已經半舊，腳上蹬着洗得發白的球鞋，只有脖子上的那條紅圍巾是新買的。青葵姐比我們起得還早。我們趕到時，她已經在宿舍樓下等了半個小時，連鼻子都凍紅了。念哥把脖子上的紅圍巾取下來，捂到青葵姐的臉上，馱着她往回走。三

輪車被念哥踩得飛了起來，他不時回頭看看青葵姐，眼睛笑成一道縫。

我和青葵姐面對面地坐着，頭一次離得那麼近。我看見她長長的睫毛上像沾着水霧，眼珠子比藍天還清亮，紅撲撲的兩腮掛着酒窩，一直掛着，沒有停止過。誰都知道青葵姐漂亮，但那一天她是最漂亮的。後來我觀察，只有笑的時候她才有酒窩，這證明那一天她都在笑。

念哥的三輪車愈快，打在我臉上的風就愈大。我的臉好痛。我縮了縮脖子。青葵姐看見了，從包裹掏出一盒雪花膏，摳了一點兒抹到我的臉上。她說你看你，臉都凍裂了。她的手像溫熱的水在我臉上流淌，我舒服得幾乎暈了過去，腦海裏突然跳出兩個字：天使！原來青葵姐是仙女下凡。我甚至想是不是因為有了她，人們才把醫生稱作天使？現在說出來不怕你笑話，青葵姐這麼擦過之後，我三天都沒洗臉，甚至還伸出舌頭舔了臉上的雪花膏。我一直認為雪花膏的味道，就是青葵姐的味道。

那天，我比念哥還高興。好多人來吃喜糖。他們來了又走，只有我一整天坐在念哥的屋裏。到了晚上，念哥說又不是你娶媳婦，瞎樂什麼？快回去睡吧。我戀戀不捨地站起來，怪天黑得太早。青葵姐從

裏間拿出一個塑料皮筆記本，說你累了一天，這個送給你吧。要知道，像這麼高檔的塑料皮筆記本那時並不多見。我母親沒有工作，全家靠我父親的工資，即使看見過這樣的本子，我也捨不得買。但這個禮物放在這個晚上給我，我一點兒也不高興，它像一道逐客令，我收下之後就再沒理由待在他們的屋子裏了。

很快，整幢樓都知道了青葵姐的美麗。按現在的說法，她很具殺傷力。當天晚上，我的父母就吵了起來。我父親說你看看人家娶的媳婦，要身材有身材，要胸口有胸口，還是個醫生，現在的年輕人真有福氣呀！我母親說人家娶媳婦，看把你急成什麼樣子了。我就知道你那老毛病沒改，想要漂亮的先把我離啦。他們小聲地吵着，以為我是聾子。

幾天後，三樓的孫家旺也跟他媳婦吵開了。他媳婦怪他看青葵姐看得太傻，看得眼珠子都快爆裂了，說他故意在樓下等青葵姐，還為青葵姐提南瓜。孫家旺可不像我父母那樣低聲下氣，他站在走廊上大聲地跟媳婦對罵，其中說得最多的一句就是：我喜歡她，你又能把我怎樣？大不了咱們離！那時我覺得孫家旺不要臉，這樣的話都說得出口。但到了現在我才明白，他是故意說給青葵姐聽的。他是明修棧道，暗度陳倉。大約過了兩個月，孫家旺真跟他媳婦離了。後

來孫家旺想打青葵姐的主意，我聽他對青葵姐説是因為你，我才離的。

這些事我都寫到了青葵姐送的筆記本上，但寫得最多的還是青葵姐。我想她雪花膏的氣味，想她軟綿綿的手，想娶她這樣的媳婦，想跟她説話，想天天到她家去串門。我還在筆記上畫她，開始畫得一點都不像，後來愈畫愈像，畫得比她的相片還像。如果不是因為崇拜她想做一名醫生，也許她送的筆記本早把我培養成畫家或者作家了。不知道什麼原因，自從青葵姐住進這幢樓，周圍的夫妻常常莫名其妙地拌嘴，冷不丁就會從某個窗口傳來摔碟砸碗的聲音。這是用預製板搭建的大板房，基本上沒什麼隔音功能。好幾次念哥出差了，孫家旺賴在青葵姐的屋裏不走。青葵姐就隔着牆壁叫：春雷，你把我的相冊拿過來。或者這樣喚：春雷，你念哥不是説今天晚上回來嗎。

我哎哎地應着，跑到她的屋子裏跟孫家旺比坐功。他不離開，我就一直坐着。有時候，那個賴在屋子裏的不一定是孫家旺。我不太記得他們的名字了，反正只要念哥一出差，來的男人就特別多，特別複雜，不是孫家旺就是李家旺，不是李家旺就是賀家旺。不管什麼男人，青葵姐都叫我過去陪他們，讓他們沒有下手的機會。青葵姐的那本相冊被我拿過來又

拿過去，成為到她家去的藉口。有好幾次那些垂涎欲滴的男人走了，我還不想走，青葵姐就給我熱她做的水晶包子，讓我一邊吃一邊聽她説念哥的好。我聽着，好想讓她再給我擦一次雪花膏。但是天氣已經不允許了，熱了。我的臉也光滑了，再也沒有理由了。於是我就裝病，不上學也不去醫院。母親沒有別的辦法，請青葵姐在家裏給我吊針。你不知道那樣的時刻有多幸福。為了能讓她給我扎針，我恨不得天天生病。

當然這不是我接觸她的唯一方式。我幫她從樓下提過水，跟她學過打針，為她拆過毛線，還故意站在走廊上朗誦毛主席的《沁園春·雪》。如果我讀錯了，她會着急地跑出來幫我糾正讀音。有時我故意把字讀錯，她並不知道我的伎倆。但是念哥看出來了。念哥是多麼聰明的人呀！他拍着我的腦袋説鬼精靈，你要是跟我一樣年紀，那青葵姐就是你的啦。我心裏暗暗得意，朗誦的聲音愈來愈高亢。放暑假時，我獲得了全校朗誦第一名。我把獎狀拿給青葵姐看，她説要不是我指導，你哪會獲獎？快請客。

我沒錢請她下館子，就買了一根雪條給她。你沒看見她吃雪條的樣子，用你們的行話來説，簡直是一門藝術。一根雪條在她嘴裏比在任何人嘴裏待的時間都長，她不像我們用牙齒，而是用舌頭慢慢地舔，

用嘴輕輕地含。如果雪條融化得太快，她就抽出來讓它歇一會兒，等雪條上凝聚了水滴，她又及時把它含住。雪條在她嘴裏滾來滾去，直到只剩下那根木片。就是木片，她也要含一會兒才捨得丟掉。我母親說看青葵吃雪條，就知道她是一個懂得節儉的媳婦。

十天之後，我們唐山就發生了震驚全世界的里氏七點八級地震，你們都應該聽說過。即使死了我也不會忘記那個時間：一九七六年七月二十八日凌晨三點四十二分。當時，我不知道自己是怎麼醒的，反正我醒了，身上只穿着一條褲衩。父母尖叫着跑出門去，一塊水泥預製板砸在他們的身後。泥沙俱下，生死攸關，他們把我這個獨生子留在屋裏。我並沒有急着逃命，真的。我也沒有父母那麼膽小怕事，好像我這條命不值得珍惜，或者我這條命應該獻給什麼人。

我閃到牆角，豎起耳朵聽隔壁的聲音。我想有可能的話，我會衝過去救青葵姐。但是速度太快了，還沒等我行動，那邊就傳出了她的慘叫，緊接着是樓板坍塌的巨響。完啦！青葵姐肯定被砸死啦。整幢樓劇烈地搖晃起來，就像人哭到傷心處發抖那樣。我被拋出窗外，和那些泥沙、門板、玻璃一起往下掉。這是一幢四層高的樓房，我們都住在四樓。奇怪的是我掉到地上之後，竟然沒有死，只是那些落下的玻璃紛紛

扎到我的身上。站起來的時候，我變成了一個長滿玻璃的刺蝟。這要在平時早就痛死了，但那時我卻不知道痛。我看見人們驚慌地從樓道裏跑出，看見有的人從樓上摔下，像石頭那樣嘭地砸在地上，再也沒有起來。喊叫聲中，我跟着人群跑去，剛跑出去幾十米，回頭一看，那幢樓就不見了。

除了驚叫和哭泣，就是喊爹叫娘、呼兒喚女的聲音。操場上的人愈來愈多，我也想喊幾聲，但是我把父母的名字給弄丟了，怎麼也想不起來。他們也沒喊我。我想青葵姐怎麼就死了呢？她那麼漂亮那麼水靈怎麼就捨得死呢？我試着拔出腿上的玻璃，一股熱乎乎的血流下我的小腿肚。我不敢拔了，得等醫生來拔，要不然血會流乾的。

人們不知道下一步該怎麼辦，我也不知道。忽然，響起一個大嗓門，他叫大家不要驚慌，毛主席會派飛機來接我們。這句話像炸彈，把人群炸得東倒西歪，稀里嘩啦。好多人說那乾等着幹什麼？還不快去飛機場。人群往飛機場的方向走去。我跟着他們。他們愈走愈快，我愈走愈慢。我不知道為什麼慢？我又不感到痛，為什麼會慢？現在我當了醫生才知道，肯定是那些玻璃在作怪。你想想肉裏戳進那麼多三角形的、四邊形的、多邊形的玻璃，我敢保證，就是施瓦

辛格演的「終結者」，[1] 插上了這些玩意兒也快不到哪裏去。

　　走了一陣，父母找到我了。他們又驚又喜，摸我的臉，拍我的肩，看看我是不是哪裏少了一塊？當他們的手被我刮痛之後，才知道我的身上插滿了玻璃。父親想背着我走，但他怕把玻璃壓進我的肉裏，加劇我的疼痛。母親想抱起我，但她的手剛伸過來，就聽到玻璃扎進肉裏的噗噗聲。我頭上長角，身上長刺，只要什麼東西碰上我，那些透明的多邊形就會毫不客氣地往肉裏鑽。母親哭了，父親嘆氣。我告訴他們我一點兒都不痛，叫他們別管我。可是他們不聽，陪着我慢慢地走。父親從地上撿起一根別人掉下的三角枴杖，遞到我手裏。母親催促我加快速度，説太慢了就坐不上毛主席派來的飛機。

　　地下又動了起來，後來我才知道這叫餘震。人群頓時亂成一團，全都向前狂奔。父母被人流裏挾着往前衝。我聽到母親喊：春雷，你快一點兒，我們在飛機場等你，我們到飛機上去給你搶座位。逃命的人像洪水一樣從我的身邊擁去，很快就把母親的聲音淹沒了。我沒他們那麼怕死，避到路邊慢騰騰地走着。我

---

[1]　即 Arnold Schwarzenegger（港譯阿諾舒華辛力加）主演的電影 *The Terminator*（港譯《未來戰士》）。

不知道哪來的膽量，一點也不害怕丟掉性命。青葵姐都死了，我活着還有什麼意思？

　　從醫學的角度講，當你全身都是傷口又淋了一場雨的話，是很容易得破傷風的。這就叫作屋漏又遭連夜雨，行船偏遇頂頭風。真倒楣呀！那雨説來就來，也不商量一下。逃命的人在雨裏奔跑。那麼多雨滴一起敲打我身上的玻璃，好像在演奏一件樂器。我沒感到痛，反而覺得雨打玻璃的聲音很好聽。就是到了現在，我都還佩服那時的勇氣。漸漸地大部分的人消失了，只剩下一些老弱病殘、行動不便的走在雨裏。我聽到有人喊春雷，喊了好久，我才明白是喊我。

　　那不是別人，是青葵姐的丈夫念哥。他的一隻小腿被預製板壓斷了，只能爬行。他的全身都是泥巴，斷的地方還流着血。我把手裏的三角柺杖遞給他。他從地上爬起來，扶着我的肩膀歪歪倒倒地往前走。他的血流到地面，跟着那些雨水往低凹處流去。我説青葵姐死得好可憐，我聽到了她的慘叫。他把手從我的肩膀上拿開，用柺杖支撐着單腿跳躍前進。我跟上他，誰也不説話，只聽見雨打玻璃。

　　念哥愈跳愈快，我被他甩在身後。我説念哥，你等等我。他説不能再等了，再等，我身上的血就不夠用了。念哥和他們一樣怕死，為什麼都那麼怕死？他

們只管往前跑，卻從來沒回頭看一眼留下來的親人。念哥為什麼不留下來陪青葵姐？我看見一隻狗死的時候，另一隻狗就不會離開。我像是有點清醒了，對着念哥喊：你一個人逃命吧，我可要回去陪青葵姐。他突然停住，扭頭看着我：誰說你青葵姐死了？誰說的？我說是從她的慘叫聲判斷出來的。他說你的青葵姐沒死，她已經跑到前面去了。

我好驚訝，說她沒死嗎？沒死，她為什麼不等你？他說是我叫她先走的，現在關鍵是看誰能搶到飛機上的座位，毛主席派來的飛機是有限的，只不過才十幾架，誰搶到座位，誰就能活命。這麼說青葵姐和我母親一樣，是搶座位去了。既然青葵姐還活着，既然她還活着……我的身體立即有了力氣，快步追上念哥。兩人在積水中吧唧吧唧地蹚着。我彷彿聽到了青葵姐的喊聲。喊聲從前面的人群傳來。我說這是她在喊嗎？念哥聽了一會，說她叫我們走快一點兒。

我們把所有的力氣和精力都用來走路。

我說青葵姐的歌唱得真好聽。念哥說她什麼時候唱歌了？我說晚上呀？難道你沒聽見嗎？半夜的時候她總會唱那麼一小段，你睡在她的旁邊都沒聽見嗎？念哥說那不是唱，是哼，是哼歌，等你結了婚就明白了，女人都喜歡那麼哼。我說別的歌也好聽，但青葵

姐的是最好聽的，雖然沒有歌詞，就是好聽。念哥說你青葵姐不光歌好聽，還暖和。我說什麼叫作暖和。念哥說像冷天被窩裏放了個熱水袋，這就叫暖和，明白不？我說明白。念哥說那水晶包子呢？青葵姐做的水晶包子好不好吃？我說你不說還好，你一說我就流口水了。念哥說你青葵姐沒一處不好，就連她洗的球鞋也特別白，我媽都洗不過她。她的身子比香水還香。她的眼睛、她的酒窩，她細白的脖子，沒有一處不好。她的腰那麼細，屁股卻那麼壯實，人人都說她能給我生大胖小子。算命的說，她至少能活到八十歲，我會死在她的前頭……念哥愈說愈激動，竟然哭了起來。我說你怎麼啦？他說沒、沒什麼，是我的腿痛得太厲害了。

我們默默地走了一程，步子愈來愈沉重。念哥說等你長大了，我也給你找這麼個好媳婦。我說除了青葵姐，誰也不要。念哥說傻瓜，她已經是我的人了，誰叫你媽不早點把你生出來。我說等我長大了，你能把她送給我嗎？他說不行。我說那你能不能不搬家？讓我一輩子做你們家的鄰居。他說哪裏還有家呀？全都塌了。這時我才想起家沒有了。我說飛機真的會來接我們嗎？他說毛主席的心裏裝着人民呢。我說毛主席會重新給我們一個家嗎？他說會的。我說如果有了

新家，你一定要讓我住在你們家的旁邊。他說就讓你住在旁邊吧。

　　雨停了。天邊開始露出淡淡的白光。好幾次我都想趴下了，但是念哥說，每往前走一步，就離飛機近一步，沒準你青葵姐已經為我們佔了好幾個座位，沒準一上飛機就能躺到青葵姐的腿上美美地睡一覺。我想這一次又不是裝病，青葵姐準會讓我躺的。我好想躺到她的大腿上睡一覺呀。我想着青葵姐的大腿，跟着念哥一步一步地走下去。我們就這樣離飛機場愈來愈近，漸漸地看到了黑壓壓的人群。當我們走到人群的邊緣時，念哥卻不行了，他像一棵大樹嘩啦地栽到地上。他的血已經流乾了。他最後對我說：春雷，如果你還能活下去，拜託你找到青葵姐的屍體，替我好好安葬她……

　　這時，我才確信青葵姐死了。念哥是用她來鼓勵我，也鼓勵他自己走到了飛機場。要不是想着青葵姐，我準在半路就趴下了，那今天我也不能給你講這個故事了。我記得當時胸口一陣痛，淚水吧嗒地湧出眼眶。我哭了，在我的哭聲中，痛覺一點點地回來，身體像着了火，痛不欲生。我真的看見身體着了火，那是太陽的光線，它們照射到插在我身體的玻璃碴兒上。我看上去是那麼透明，那麼閃閃發光。在太陽的

光芒中，人群圍了上來，以我為圓心圍成一個圈。這個圈隨着人群的加入愈來愈大。我看見整整一飛機場的人全都沒穿衣服，他們冷得瑟瑟發抖。我多麼希望青葵姐還活着，她就赤身裸體地站在人群中。我是多麼想看一次她的裸體。

你想想，太陽照着整個飛機場的裸體那會有多壯觀。那都是活活的生命呀！半夜裏為了逃命，他們根本沒顧得上穿。後來有人告訴我，發生地震時凡是顧着穿衣服的，基本上都沒跑出來，他們一共有二十四萬人。

終於，我聽到天上傳來轟隆隆的聲音。我想那一定是飛機的聲音。但是還沒等看到飛機，我的腿就軟了，就支持不住了。我倒下去，那些插在我身上的玻璃碎的碎，斷的斷，撒落一地。突然，有一隻手，就像青葵姐軟綿綿的手，拽了我一下。我飛了起來，在站滿裸體的上空。又突然，那隻手一鬆，我跌回了地面。

值得慶幸的是我沒有得破傷風。我被帳篷搭建的部隊醫院救活了。出院後，我回到那個倒塌的家。遍地都是破爛的預製板，水泥塊裏露出鋼筋頭。我估摸着，開始在廢墟上尋找青葵姐的屍體。我搬開石頭、水泥塊，挖了三天，把手掌都挖出血了，連青葵姐的

影兒都沒找到。後來，每年的七月二十八號我都要到那裏去看一次。從那裏逃出來的人這一天都會回去，有好幾十個。他們默默地站在那裏，悼念死去的親人。在這些悼念的人群中，我也沒有發現青葵姐。當悼念的人們離去後，我坐在廢墟的石頭上閉上眼睛，就這樣輕輕地閉上眼睛，青葵姐準會出現在我的面前：她站在我床頭，用軟綿綿的手為我扎針。她離我是那麼近，我看見她長長的睫毛上像沾着水霧，眼珠子比藍天還清亮，紅撲撲的兩腮掛着酒窩，一直掛着，沒有停止過⋯⋯

對不起，每一次我說到這裏就抑制不住流淚。當淚水湧出我的眼眶，我就得立即睜開眼睛。這就像影碟機的暫停，我希望青葵姐以這樣的畫面永遠停在我的腦海。事實就是這樣，直到今天，我已年過四十都還沒娶媳婦。我見過好多漂亮的女人，但沒一個有青葵姐漂亮。

二〇〇五年

＊ 東西（1966–），原名田代琳，作家。著有《耳光響亮》、《後悔錄》、《篡改的命》、《沒有語言的生活》等。

溫亞軍

馱水的日子

　　上等兵是半年前接上這個工作的。這個工作其實很簡單，就是每天趕上一頭驢去山下的蓋孜河邊，往山上馱水。全連吃用的水都是這樣一趟一趟由驢馱到山上的。

　　在此之前，是下士趕着一頭犛牛馱水，可犛牛有一天死了，是老死的。連裏本來是要再買一頭犛牛馱水的，剛上任的司務長去了一趟石頭城，牽回來的卻是一頭驢。連長問司務長怎麼不買犛牛？司務長說驢便宜，一頭犛牛的錢可以買兩頭驢呢。連長很讚賞地對司務長說了聲你還真會過日子，就算認可了。但他們誰也沒有想到，這驢是有點脾氣的，第一天要去馱水時，就和原來負責馱水的下士犟上了，驢不願意往牠背上擱裝水的挑子，第一次放上去，就被牠摔了下來。下士偏不信這個邪，喚幾個兵過來幫忙硬給驢把挑子用繩子綁在身上，驢氣得又跳又踢。下士抽了驢一鞭子，罵了句：「不信你還能犟過人。」就一邊抽打着趕驢去馱水了，一直到晚上才馱着兩個半桶水回來，並且還是司務長帶人去幫着下士才把驢硬拉回來的。司務長這才知道自己圖省錢卻幹了件蠢事，找連

長去承認錯誤並打算再用驢去換犛牛。連長卻說還是用驢算了，換來換去，要耽擱全連用水的。司務長說這驢不聽話，不願馱水。連長笑着說，牠不願馱就不叫牠馱？這還不亂套了！司務長說，那咋辦？連長說，調教唄！司務長一臉茫然地望着連長。連長說，我的意思不是叫下士去調教，他的脾氣比驢還犟，是調教不出來的，換個人吧。連長就提出讓上等兵去接馱水工作。

上等兵是第二年度兵，平時沉默寡言，和誰說個話都會臉紅，讓他去調教一頭犟驢？司務長想着馱水可是個重要崗位，它關係着全連一日的生計問題，這麼重要的工作交給平時話都難得說上半句的上等兵，他着實有點不放心。可連長說，讓他試試吧。

上等兵接上馱水工作的第一天早上，還沒有吹起床哨，他就提前起來把驢牽出了圈，往驢背上擱裝水的挑子。驢並沒有因為換了一張生面孔就給對方面子，牠還是極不情願，一往牠身上擱挑子就毫不留情地往下摔。上等兵一點也不性急，也不抽打驢，驢把挑子摔下來，他再擱上去，反正挑子兩邊裝水的桶是皮囊的，又摔不壞。他一次又一次地放，用足夠的耐心和驢較量着。最後把他和驢都折騰得出了一身汗，可上等兵硬叫驢沒有再往下摔挑子的脾氣了，才牽上驢下山。

連隊所在的山上離蓋孜河有八公里路程，八公里在新疆就算不了什麼，說起來是幾步路的事。可上等兵趕着驢，走了近兩個小時，驢故意磨蹭着不好好走，上等兵也是一副不急不惱的樣子，任牠由着自己的性子走。到了河邊，上等兵往挑子上的桶裏裝滿水後，驢又鬧騰開了，幾次都把挑子摔了下來，弄得上等兵一身的水。上等兵也不生氣，和來時一樣，驢摔下來，他再攔上去，摔下來，再攔上去。他一臉的愜意樣惹得驢更是氣急，那動作就更大，折騰到最後，就累了。直到半下午時，上等兵才牽着驢馱了兩個半桶水回來了。連裏本來等着用水，司務長準備帶人去幫上等兵的，但連長不讓去。連長說叫上等兵一個人折騰吧，人去多了，反倒是我們急了，讓驢看出我們拿牠沒有辦法，不定以後牠還多囂張呢。

上等兵回來倒下水後，沒有歇息，抓上兩個饅頭又要牽着驢去馱水。司務長怕天黑前回不來，說別去了。可上等兵說今天的水還不夠用，一定要去。司務長就讓上等兵去了。

天黑透了，上等兵牽着驢才回來，依然是兩個半桶水。倒下水後，上等兵給驢餵了草料，自己吃過飯後，牽上驢一聲不吭又往山下走。司務長追上來問他還去呀？上等兵說今天的水沒有馱夠！司務長說，沒夠就沒夠吧，只要吃喝的夠了，洗臉都湊合點行了。

上等兵説，反正水沒有馱夠，就不能歇。説這話時，上等兵瞪了犟頭犟腦的驢一眼，驢此時正低頭用力扯着上等兵手裏的韁繩。司務長想着天黑透了不安全堅決不放上等兵走，去請示連長。連長説，讓他去吧，對付這頭犟驢也許只能用這種方法，反正這禿山上也沒有野獸，讓他帶上手電筒去吧。司務長還是不放心。連長對他説，你帶上人在暗中跟着不就行了。

上等兵牽着驢，這天晚上又去馱了兩次水，天快亮時，才讓驢歇下。

第二天，剛吹起床哨，上等兵就把驢從圈裏牽出來，餵過料後，就去馱水。這天雖然也馱到了半夜，可桶裏的水基本上是滿的。一連幾天都是如此，如果不馱夠四趟水，上等兵就不讓驢休息，但他從沒有抽打過驢一鞭子。驢以前是有過挨抽的經歷的，不知驢對上等兵抱有知遇之恩，還是真的被馴服了，反正驢是漸漸地沒有脾氣了。

連裏的馱水工作又正常了。

連長這才對司務長説，怎麼樣，我沒看錯上等兵吧，對付這種犟驢，就得上等兵這樣比驢更能一磨到底的人才能整治得了。

為此，連長在軍人大會上表揚了上等兵。

上等兵就這樣開始了馱水工作。剛開始他每天

都牽着驢去馱水，慢慢地，驢的性格裏也沒了那份暴烈，在上等兵不慍不怒、不急不緩的調教中，心平氣和得就像河邊的水草。上等兵在日復一日的馱水工作中，感覺到驢已經真心實意地接納了他，便對驢更加親切和友好了。驢讀懂了他眼中的那份親近，朝空寂的山中吼叫幾聲，又在自己吼叫的回聲裏敲着鼓點一樣的蹄音歡快地走着。上等兵感應着驢的那份歡快，明白了驢對自己的認同，就更加知心地拍拍驢背，然後把韁繩往牠的脖子上一盤，不再牽牠了，讓牠自己走，他跟在一邊，一人一驢，走在上山或者下山的小道上。山道很窄，有些地方窄得只容一人通過，上等兵就走到了驢後面。時間一長，驢也熟悉了這種程序，上等兵基本上是跟在驢後面，下山上山都是這樣。有時候，驢走得快了，見上等兵遲遲未跟上來，就立在路邊候着，直到上等兵到牠跟前，伸手摸摸牠被山風吹得亂飛的鬃毛，説一聲走吧，才又踢踢踏踏地往前走。到了河邊，上等兵只需往驢背上的桶裏裝上水就行，水裝滿了，驢馱上水就走。到了夏天，蓋孜河邊長滿了草，上等兵就讓驢歇一歇，吃上一陣嫩嫩的青草。他就躺在草地上，感受蓋孜河濕潤的和風，看着不遠處驢咀嚼青草，被嚼碎的青草的芳香味洋溢着喜悦一瓣一瓣又掉入草叢。他閉上眼睛，靜靜

地聽着一些小昆蟲振翅跳躍，從這棵青草跳到另一棵青草的聲響，還有風鑽入草叢拱出一陣窸窸窣窣的聲音。他那麼醉心地聆聽着，竟隱隱約約地捕捉到一些悠長的牧笛聲。他驀然睜眼，那悠長的聲音沒有了，只有夏日的陽光寧靜地鋪灑着，還有已在他近處的驢咀嚼着青草，不時抬頭凝視他，那眼神竟如女人一般，濕濕的，平靜中含着些許溫柔和多情。每當這時，上等兵就從草地上坐起來，看着驢吃青草的樣子，想着這麼多日子以來他和驢日漸深厚的情誼。他和驢彼此愈來愈對脾氣了，他說走驢就走，說停驢就停，配合得好極了，他就覺出了驢的可愛來。上等兵覺出驢可愛的時候，突然想着該給這頭驢起個名字了。每天在河邊、山道上，和驢在一起，他叫驢走或者停時，不知叫什麼好，總是硬邦邦地說「停」或「走」，太傷他們之間的感情了。起個名字叫着多好。有了這樣一個念頭，上等兵興奮起來。他一點都沒有猶豫，就給驢起了個「黑傢伙」的名字。上等兵起這個名字，是受了連長的影響。連長喜歡叫兵們這個傢伙那個傢伙的，因為驢全身都是黑的，他就給牠起了「黑傢伙」。雖然驢不是兵，但也是連隊的一員，也是他的戰友之一，當然還是他的下屬。這個名字叫起來順口也切合實際。

上等兵就這麼叫了。

起初，他一叫，「黑傢伙」還不知道這幾個字已是牠自己的名字了，見上等兵一直是對着自己叫，就明白了。但牠還是不大習慣這個名字，對上等兵不停的「黑傢伙」「黑傢伙」的呼叫顯得很遲鈍，總是在上等兵叫過幾遍之後才反應過來。但隨着這呼叫次數的增多，牠也無可奈何，就認可了自己叫「黑傢伙」。

上等兵每天趕上「黑傢伙」要到山下去馱四趟水，上午兩趟，下午兩趟，一次是馱兩桶水，共八桶水，其中四桶水給伙房，另外三桶給一、二、三班，還有一桶給連部。一般上午馱的第一趟水先給伙房做飯，第二趟給一班和二班各一桶，供大家洗漱，下午的第一趟還是給伙房，第二趟給三班和連部各一桶。這樣就形成了套路，慢慢地，「黑傢伙」就熟悉了，每天的第幾趟水馱回來給哪裏，黑傢伙會主動走到哪裏，絕不會錯，倒叫上等兵省了不少事。

有一天，上等兵晚上睡覺時肚子受了涼，拉稀，上午馱第二次水回來的路上，他憋不住了，沒有來得及喊聲「黑傢伙」站下等他，就到山溝裏去解決問題。待他解決完了，回到路上一看，「黑傢伙」沒有接到叫牠停的命令，已經走出好遠，轉過幾個山腰了。他趕緊去追，一直追到連隊，「黑傢伙」已經把兩桶水分別

駄到一班和二班的門口，兵們幫着把水倒下了，「黑傢伙」正等着上等兵給牠取下挑子，吃午飯呢。

司務長正焦急地等在院子裏，以為上等兵出了什麼事，還想着帶人去找呢。

上等兵衝到「黑傢伙」跟前。「黑傢伙」以為自己做錯了事，撲閃着大眼睛看着上等兵，等着上等兵給牠不高興的表情。上等兵不但沒有罵牠，反而伸出手細細撫着牠的背，表揚牠真行。「黑傢伙」衝天叫了幾聲，牠的興奮感染得大家都和牠一塊兒高興起來。

有了第一次，上等兵就給炊事班打招呼，決定讓驢自己獨自駄水回連。他在河邊裝上水後，對「黑傢伙」說聲你自己回去吧，「黑傢伙」就自己上山了。上等兵第一次讓「黑傢伙」獨自上路的時候，還有點不大放心，悄悄地跟在「黑傢伙」的後面，走了好幾里路。彎彎曲曲的山路上，「黑傢伙」不受路兩旁的任何干擾，其實也沒有什麼可以干擾「黑傢伙」的東西。上等兵就立着，看「黑傢伙」獨自離去。上等兵遠遠地看着，發現「黑傢伙」穩健的身影，竟是這山中唯一的動點。在上等兵的眼中，這唯一的動點，一下子使四周沉寂的山峰山谷多了些讓人感動的東西。但究竟是什麼樣的感動，上等兵卻又說不出來。上等兵就那樣看着「黑傢伙」一步一步走遠，直到消失在他的視線裏。

視野裏沒有「黑傢伙」的影子了，上等兵才一下子感到心裏有點空落，四面八方湧來的寂寞把他從那種無名的感動中揪了出來。他抖抖身子，寂寞原來已在剎那間浸淫到他的全身。上等兵這才明白，原來「黑傢伙」已在他的心中佔了一大塊位置。在平日的相處中，他倒沒有太大的在意，而一旦「黑傢伙」離開了他，哪怕像現在這樣短短的離開，他的失落感便像春日裏的種子一樣迅速鑽出土來。上等兵望眼欲穿地盼看山道上「黑傢伙」身影的出現。

過了一個多小時，果然「黑傢伙」不負他望，又馱着空挑子下山來到了河邊。上等兵高興極了，撲上去竟親了「黑傢伙」一口，當場表揚了「黑傢伙」的勇敢，並把自己在河邊等「黑傢伙」時割的青草獎賞給牠。嫩嫩的青草一根一根捲進「黑傢伙」的嘴中，「黑傢伙」吃着，還不停地甩着尾巴，表示着牠的高興。

上等兵託人從石頭城裏買了一個鈴鐺回來，拴到「黑傢伙」的脖子上。鈴鐺聲清脆悅耳，陪伴着「黑傢伙」行走在寂靜的山道上。「黑傢伙」喜歡這鈴鐺聲，牠常常在離上等兵愈來愈近的時候，步子也就愈來愈快，美妙的鈴鐺聲也就愈加地響亮，遠遠地傳到在蓋孜河邊等候着牠的上等兵耳朵裏。到了山上，負重的「黑傢伙」脖子上的鈴鐺聲也可以早早地讓連隊的人意

識到「黑傢伙」回來了。上等兵每天在河邊只負責裝水，裝完水，他很親熱地拍拍「黑傢伙」的脖子，說一聲，「黑傢伙」，路上不要貪玩。「黑傢伙」用牠濕濕的眼睛看一看上等兵，再低低叫喚幾聲，轉身便又向連隊走。上等兵再不用每趟都跟着「黑傢伙」來回走了。

　　為了打發「黑傢伙」不在身邊的這段空閒時間，上等兵帶上課本，送走「黑傢伙」後，便坐在河邊看看書，複習功課。上等兵的心裏一直做着考軍校的夢呢。複習累了，他會背着手，悠閒地在草地上散散步，呼吸着蓋孜河邊纖塵不染的新鮮空氣，感受遠離塵世、天地合一的空曠感覺。在這裏，人世間的痛苦與歡樂，幸福與失落，功利與欲望，都像是融進大自然中，被人看得那樣淡薄。連「黑傢伙」也一樣，本來充滿對抗的情緒，卻慢慢地變得充滿了靈性和善意。想到「黑傢伙」，上等兵心裏又忍不住漫過一陣留戀。他知道，只要他一考上軍校，他就會和「黑傢伙」分開，可他又不能為了「黑傢伙」而放棄自己的理想。上等兵想着自己不管能不能考上軍校，他遲早都得和「黑傢伙」分開，這是注定的，心裏好一陣難受，就扔開書本，拼命給「黑傢伙」割青草，他想把「黑傢伙」一個冬天甚至幾個冬天要吃的草都割下、曬乾，預備好，那

樣，「黑傢伙」就不會忘記他，他也不會在分離的日子裏倍感難受。

在鈴鐺的響聲中，又過了一年。這年夏天，已晉升為下士的上等兵考取軍校。接到通知書的那天，連長對上等兵說，你考上了軍校，還得感謝「黑傢伙」呢，是牠給你提供了複習功課的時間，你才能考出好成績高中的。

上等兵激動地點着頭說，我是得感謝「黑傢伙」。他這樣說時，心裏一陣難過，為這早早到來的他和「黑傢伙」的分手，幾天裏都覺得心裏沉甸甸的。臨離開高原去軍校前的那一段日子，他一直堅持和「黑傢伙」馱水馱到了他離開連隊的前一天。他還給「黑傢伙」割了一大堆青草。

走的那天，上等兵叫「黑傢伙」馱着自己的行李下山，「黑傢伙」似乎預感到什麼，一路上走得很慢，慢得使剛接上馱水工作的新兵有點着急，幾次想動手趕牠，都被上等兵制止了。半晌午時才到了蓋孜河邊，上等兵給「黑傢伙」背上的挑子裏最後一次裝上水，對牠交代一番後，看着牠往山上走去，直到「黑傢伙」走出很遠。等他戀戀不捨地背着行李要走時，突然聽到熟悉的鈴聲由遠及近急促而來。他猛然轉過身，向山

路望去，「黑傢伙」正以他平時不曾見過的速度向他飛奔而來，紛亂的鈴鐺聲大片大片地摔落在地，「黑傢伙」又把它們踩得粉碎。上等兵被鈴聲驚擾着，心不由自主地一顫，眼睛被一種液體模糊了。模糊中，他發現，奔跑着的「黑傢伙」是這凝固的群山中唯一的動點。

刊於《天涯》二○○二年第三期

＊　溫亞軍（1967–），作家。著有《白雪季》、《苦水塔爾拉》、《仗劍西天》等。

魯敏

在地圖上

一

開始，他不知道自己喜歡地圖，就像少年人起初不知道自己中意酒、中意女人，總要等到第一次真正的遇見。地理課上，講到氣候與礦產分布，他依舊木然，以為只是一門功課而已。但當老師展開掛圖，一種失血般的壓力突然襲來，那毫無規則、無比繁複的線條，讓他目光躲閃、渾身一陣陣發緊。

不久，地理課進入了鐵路部分，並停在那裏，整整講了半個學期。老師往台上一站，「某某某」，喊一個同學，「說說共有幾條鐵路線經過襄樊市？」或者，「把隴海鐵路沿線站點背一遍。」他念的這個專業，叫郵政調度，將來要編排郵件運輸線路的，地理算是主課，尤其對交通部分，每一條省際鐵路線，都要求爛熟於心。有一次，老師把小測驗的試卷貼在教室後一一講評，考題之一是畫出東北三省鐵路圖。他驚奇地發現，全班數他畫得最好，整張彎曲交叉的鐵路網像是從紙上自動浮現，精確、優美。

老師表揚了他，他也在心裏表揚了自己。這一表揚，就像蓋了個鋼印的圖章，他認為：他與地圖，從此是不可分了。

地圖，也跟酒或女人一樣，一旦進去，便是沒有窮盡。一本紅皮子的《中國地圖冊》，一九六六年第一版、一九八三年九月第五版、一九八六年七月第十八次印刷，印數九二九二〇〇一至九八九二〇〇〇。他默念這串數字，感到一陣模糊的認同與激動，有九百九十萬人都有這本書！他得空便看，換了好幾回書皮，愈看愈覺得有趣極了，哪怕僅僅是那些小旮旯地名，也足以讓他流連忘返：財神、可樂、啟蒙（此三地在貴州），伶俐、小董、葡萄（在廣西），勒馬、張弓、射橋（這是在河南）；更有無數的同名之地，如永樂、磐石、響水、寶山之類。

像吮吸一枚巨大而不規則的硬糖，他耐心、仔細地舔，一個省一個省地按順序來，察看河流的走向，湖泊的形狀，鐵道的蜿蜒——出神入化，似繁實簡，永無雷同。當然也有色彩。行政圖的色彩意義不大，有一個四色理論：不論多麼複雜的地圖，要使相鄰兩個區域的顏色不同，只需四種顏色就足夠了。他開始不信，找了許多的圖比畫，最終滿意地確認。地形

圖上，他則會對海拔五千米以上的紫色表示虔誠的敬意，對六千米以下的深藍，想像葬身海底的窒息。

他與地圖的親密關係，一直延續到中專畢業。十八歲工作，他沒做成調度員——那個，一個省也不需要幾個。他成了跑線的，寧京線上做郵件押運員，裝卸、看管、點數郵袋，在鐵軌的「哐哐哐」聲中，永遠那麼滑稽地搖搖晃晃。

這工作，正好與他所鍾情的地圖有一些關係。不是嗎？順着地圖上的鐵路線來來往往，這個，也有意思的。

二

我碰上他的時候，他在線上跑了五年，精瘦，看相稍顯老，但神采奕奕，有種特殊的光澤。大約郵政車廂裏平常難得有外人，他很主動地跟我閒扯，講到他與地圖的緣起，用投入而誠懇的語調。看到一個人這樣肯定自己的癖好，是件愉快的事。我認為他是個特別的人。

我把他的話記在本子上，算是採訪。其時，我在一個不大景氣的雜誌社實習，雜誌新開了一個欄目：「職業秀」，下一期選了火車押運員，要派記者出來跟

他們——這是沒有紅包的苦差——派的便是我。從南京到北京，再從北京回南京，前後兩夜一天。

他們押的是夜車，且每個停靠站點都要與地面交接郵件，故四個押運員分兩組輪流睡覺。一共兩張鋪。「你睡！你睡！」他們對我客氣，像讓菜、讓飯一樣，特地讓給我一張。「你們睡！你們睡！」我也客氣。我沒打算睡——車廂裏滿是郵袋，每到站裝卸一次，雖有人拖地板擦桌子，可依然有種髒兮兮、不安定的感覺。

另外三個押運員，一個是班長，年長，寡言。一個面目混沌，但很勤快，不停拖地板擦桌子的就是他。再一個個子矮小，卻能扛起比他本人還重的郵袋，總是毫無必要地忙着把袋子從這裏挪到那裏。四個人當中，他最喜歡説話，輪到他歇下，便一直跟我聊，聊地圖。

「地圖其實是看不完的，並且看了也蠻容易忘的。」他憂慮而幸福地説，怕我不懂似的，仔細解釋，從省、市到縣，到旅遊景點，連一個小鎮、一個農場，都有自己的地圖。還有世界地圖，每個洲的每個國家，每個國家的各個州、郡或地區。「反正我不怕，總歸有得看的。不過，我比較喜歡中國地圖，那些地名讓人舒服。」他喜滋滋的，像是藏好了一輩子的糧食。

「萬一看完了呢，你才二十多歲！」因為無所事事，我接着他的話。火車外黑乎乎的，除了遠處偶爾的燈火，沒有任何標記。談天中，他經常警覺地停下來對我報地名：彭家灣、明港、焦莊、孟廟……這些小地方壓根沒站，也不停，可是他堅持：人家就在那兒！這方面，他好像的確是有些天賦，也可能是跑得太熟膩了——哪怕就是不往窗外看，他也能知道自己在線上的什麼位置，在哪個地方附近。他指指腦袋，「我這裏，有張很大很清楚的地圖。」

「就是哪一天真看完了也不怕。」他猶豫了一下，接着小聲地宣稱，「因為我會自己設計地圖。」

這算什麼，我心中大不以為然，難道地圖是房裏的家具或晚上的菜譜，可以隨便亂來嗎？

他看出我的意思，但也不爭辯。我們沉默了一會兒，但這緊湊的車廂實在太過無聊，我接着逗他，「真能畫？地圖怎麼好亂畫？」

他搖搖頭，伸手取走我的採訪本，翻到中間的連頁處，咬了一兩秒鐘嘴唇，很快地畫起來。

火車大聲嘆了一口氣，新鄉到了。我伸出頭去看，地面一小堆郵袋，有兩個接車員在守着，有點抖抖索索的樣子，想來是凍的。班長和矮個子開始往下扔郵袋，扔完了下面的人再往上扔。四個人，像是小

小的機器人兒一樣，一聲不吭地手腳配合。遠處，有一些穿得鼓囊囊的旅客正往各個車廂口跑着擠着。不知為什麼，在光照不足的站台，這遠近兩處毫不相干的情景看得人有些黯然神傷。他們上上下下地差不多剛弄完，車子嘆一口氣，又「哐哐哐」開起來。

重新坐到他身邊，他大約剛剛畫完，正盯着手中的圖發愣。我拿過來一瞧，也同樣愣住了：這圖，畫得太逼真了——「逼真」一詞，也不甚準確，因為這圖只是憑空捏造，並無模擬對象。

他所畫的，應當是個偏僻小縣的城區圖，縣府大院、託兒所、牙醫診所、電子管廠、自來水公司、人民公園、護城河、山崗、街巷、老城區與新區，以及新區外圍的繞城公路，分布勻稱合理，一應的設施與地貌皆煞有其事、詳略得當。

我誇了幾句，同時又想，就如同熟讀唐詩三百首，他看了那麼多的圖，會這樣「設計」，也很正常的。

他卻有些走神，又把地圖要過去細看了很久，才戀戀不捨地把本子還給我，十分認真地叮囑我，「這張圖，可別隨便扔了。每次畫好一張圖，我就覺得，某個地方，正是這樣存在的。這圖不是我想像的，只是照那裏的樣子畫出來而已。」

喜歡搞衛生的那個押運員正好在一旁抹窗戶，聽到個笑話似的直拍大腿，「這話說的！你天天都在畫，瞧咱們床下那厚厚一大摞，難道真有那麼些地方……」

三

他們大聲報着袋子的編號，把剛接上來的郵袋一一核對，碼齊，又把下一站需要卸下的另外分堆，足足忙了有半個時辰。矮個兒突然嚷肚子餓了，另外幾個也附和。班長於是在枱子上鋪開一些袋子，是剛才晚飯沒吃完的熟食——為了招待我而特地買的。大家一起呱嘰呱嘰吃起來。

一吃飯，就都開始聊了。我假裝問東問西，暗中引着他們說說工作。

「哼，每隔一天，跑一趟北京，把我老祖宗幾輩子、子孫幾代的配額都跑完了。等退休了，我哪兒都不去，永遠不坐火車。」

「我現在就是着急：不會正經睡覺了。就是回去睡在自己家床上，半小時左右就會醒一下，醒了往外面看，總覺得像在火車上。」這是愛抹桌子的那個人。

「那是你。反正我能睡，到北京被頭一蒙是睡，

回南京被頭一蒙還是睡。睡醒了上車，下了車再睡。」

「平心靜氣想一想，我倒是更喜歡火車，下來了反而覺得到處不對勁，看誰都奇怪。還是回到火車上踏實。哐里哐啷地響，東倒西歪地走，好！」

大家一氣吃了許多涼食，都想喝點熱水，一搖暖瓶，空了。他自告奮勇站起來去打，同時看我一眼，是邀我同行的意思。

要穿過一節長長的、充斥熱氣和巨大噪音的機械車廂，好像隨時會爆炸，讓人十分心忧。「這是……心臟，所有的發動……能源……」像介紹他家的客廳似的，他大聲說，但只能聽得斷斷續續。

到了前面的客車廂，硬座區，最常見的擁擠與紛亂裏，烘熱的怪味撲面而來，面帶倦色的人們橫七豎八，幾有滿目瘡痍之感。他熟門熟路找到開水間，並跟一個睡眼惺忪的列車員打了個冷淡的招呼。

我們一起凝視着開水往暖瓶裏流。他突然嚴肅地對我補充，「剛才，他們說的那許多，其實一句話就可以概括：客舍似家家似寄。」

我有些驚訝，這是句古詩啊！

他不好意思地一笑，「哦，以前碰巧聽到一個旅客說過。當時沒懂，後來愈想，愈覺得對。」

「但我與他們不同。」他忽然有些驕傲，「有個道理

他們不知道，人啊，本來，就是活在地圖上，睡覺、吃飯，怎麼樣都是在地圖上的，從一個點到另一個點，從這條線到那條線，如此而已，移來移去，螞蟻一樣。所有人都一樣，沒什麼好說的。」

他說得蠻有哲理似的，讓人感到十分難過，卻也無從反駁，或許是我也聯想到自己不甚如意的工作。

兩瓶水很快滿了。我們又穿過那充滿可怕噪聲與熱氣的「心臟」，回到郵政車廂。那位剛才說「不會正經睡覺」的傢伙卻歪在窄窄的鋪上矇矓睡去了，大家都輕腳繞着他走。

火車吞吞吐吐地慢下來，大約是到邯鄲了。他把衣服束到褲腰裏，扭一扭手腕，準備與搭檔一起幹活兒了。

我倒了半杯剛打的開水，小心地呷了一口，卻發現完全是溫的。一陣突如其來的消沉包圍了我，我也開始乏了，勉強睜着眼睛往外瞧，吃驚地發現自己看到了一群極為纖弱的螞蟻，正在閃閃發亮的鐵軌上一隻接一隻地爬，無窮無盡地爬。

四

一到北京，他們都鑽到供押運員休息的公寓裏去了。我去了故宮，到下午回到公寓，已是雙腳酸痛。

車子要晚上九點多才開，我不常到北京，不玩似有點可惜，況且坐着也是乾等，於是請他陪我到離公寓最近的月壇公園去。

看了幾處沒有樣子的景點，天色漸漸晚了，我們便找了一個花壇坐下。

「來過嗎？」我問他，突然發覺他一直都沒怎麼説話。

「沒有，不喜歡玩。一下了火車，就感到精疲力竭，好像那一千一百六十公里長的線是我自己一步步走過來的似的。」他果然沒有在車上有勁頭了，像被抽了筋骨，整個人都是蔫[1]的，「總之我最怕下車。你可能不信，我都覺得走在地面上很不舒服。」

他習慣性地用一根手指頭在花壇的土裏亂畫，縱橫交錯，形成溝壑與河流。畫了一會兒，又煩躁地用拳頭全部抹去。我找了幾個話題，他均簡單敷衍，談話難以為繼。他跟在車上判若兩人。

當地的居民們在四周三三兩兩地走動，有一搭沒一搭地説些家常話，句句聽得懂，但句句如隔雲霧，有種離奇的失真感。在公園待得愈久，愈是覺得身首異處，真不如早點上車呢——我現在也跟他們一樣了，下了火車，反不適應這按部就班、平常過活的人間。

1　蔫，精神不振、不爽利的樣子。

重新上了車，大家好似分別良久重新團聚的親人，有種羞澀的親密感，互相招呼着放置生活用品。

　　我雖也感到安穩，但來時的新鮮感已經沒了，加上累，更感坐臥不寧——車廂太小、太擠、太髒。我小口喝水。我穿過「心臟」去上廁所。我打盹，我醒來。我洗臉，我看窗外。我盯着錶，瞪視每一分鐘，直到兩隻眼睛發脹⋯⋯難以克制地，我對這節車廂產生了強烈的厭惡，這走走停停、與世隔絕的空間，簡直令人發狂。

　　他們幾個卻十分自在，尤其是他，重新精神煥發了。不知從哪裏掏出一張地圖，他找了個軟和的郵袋，半倚半坐着，聚精會神地看。我強打精神湊過去，是菏澤市區地圖，折痕處有些發毛。

　　「我每半個月研究一張市區圖。半年可看十二張，下半年再複習一遍。等把全國的市看完了，就開始看縣城，我正在託其他線上的人幫我買。」他語氣裏帶着計劃性的周詳與安寧，一小時前在月壇公園的煩躁蕩然無存了。我忽然間對他非常失望：他哪裏有什麼異秉，只是窮極無聊而已，借了那廣闊無垠的地圖，打發這狹窄絕望的空間而已。包括其他幾個，都在想方設法讓自己「懸空」，以某種方式離開這個車廂。我用幾乎是不懷好意的目光打量——

　　班長在整理路單：那種記錄郵袋上下的清單，像

理鈔票一樣弄得十分齊整，連一點皺痕都要抹平。小個子在翻動郵袋，北京上來的很多，光是報紙，就有五十多袋，他幹得直冒熱汗、勁頭十足，還嚷着嫌報紙太輕。另一個則仍在賣力地四處抹桌子抹窗戶，全然不顧身邊小個子正攪起的團團灰塵。

他們各自忙碌，像在行動又如靜止，簡直超然物外，好像這節擁擠混亂的車廂便是全世界的中心。時間轟然停止，距離永無遠近，四季或冷熱皆與此地無關，生老病死、愛恨情仇皆被排除在外……

我渾身一陣燥熱，感到一種精神上的苦澀與劇痛。我突然感到，我與他們之間，隔着什麼，那是十分要緊的關鍵，是與世界妥協相處的秘密，但我永遠無法抵達——他們為什麼那樣安詳？

我猛然扔下我的採訪本，向他們憤怒地大喊，同時試圖打開車窗，以呼吸一點冰冷的空氣。也可能我什麼都沒做，只靜靜地坐在那裏，掙扎在這光照不足的夢魘裏，像夜空下在大海的波濤裏浮沉。

五

有人遞給我一杯水，同時躲開目光。不知道剛才發生了什麼，只見他們幾個聚攏在周圍，似在小心地照料我。

班長問起我的工作，以及老家在哪裏等。我如從

夢裏驚醒，在疲倦的懵然中勉強介紹起雜誌社這個叫作「職業秀」的欄目。

他們好像很感興趣似的，紛紛接話，向我介紹一些離奇的行當。

「我認識個人，專門在護城河和下水道裏捉螞蟥，你們想不到吧，那玩意兒可以賣出不錯的價錢。」

「我有個鄰居，每天騎個電動車，替超市配棒棒糖，就是收銀台那個地方的棒棒糖，五毛錢一根。他馱了很多的糖，每天騎啊騎啊，我覺得很好玩。」

「南京鹽水鴨愛吃的吧，嘿嘿，所以有個專門殺鴨子的差事，想想看，一上班，就開始殺，殺到下班。可憐，這個人肯定從來不吃鴨子。」

他老久沒吭聲，卻另外起了個頭，兩隻眼睛突地一閃，「要是可以另外選，你們想做什麼？」

「這怎麼好選？只有職業選我們，哪有我們選它。」班長真是老了，都沒有假想的興致。

小個子倒是當真，眨了一會兒眼睛，興奮了，「舉重！舉重運動員。搬了這些年的袋子，我覺得我有這個特長。」

不會睡覺、總擦桌子的那個，打了個大哈欠，眼眶裏一圈淚水，「睡覺！有沒有工作是專門睡覺的？我就做那個！」

「你要是女的，就有！」

哈哈哈，大家有些抱歉地看我一眼，快活地大笑。

他沒笑，極不滿意這些胡鬧，「你們真是的！我呢，想了很久了，就想要這樣的工作：坐在一個特別安靜特別大的地方，一動不動。不過，這到底是什麼工作呢，我一直沒想到，你們也幫我想想。」

「一動不動，挺難的啊……」大家都翻着眼睛。

小個子「咔咔」扭着手腕，有些不解，「一動不動……那你坐在那裏幹什麼呢？」

「看地圖啊！畫地圖啊！那還用說！」班長替他回答，「他能有別的？」

大家又哄笑起來，並無答案，各自散去——因為火車開始嘆氣了，下一站到了。可以看見站台上黑乎乎等車的人了。

六

大約又過了五六年，我重新碰到他。

這期間，我在一家廚具銷售公司幹過，挨家敲門，但少有人開門；做過小公司的文案，專門寫糊弄人的漂亮話；談過兩個對象，然後分手；有親人過世，但沒有哭；暴雨天等公交車時渾身濕盡，感到生活順流而下。

——對一切的小失意或是大失意，我都會模模糊

糊想起多年前的火車上，有個喜歡地圖的傢伙，他說過的那句話：「人啊，怎麼樣都是在地圖上的，從一個點到另一個點，從這條線到那條線，如此而已……」真沒錯，他說得很簡單，很好，一下子觸及生活的悲劇性，讓我心平氣和，甚至有些感謝他。

突然的見面，是在一個商場的打折區，最好不要碰到熟人的地方。

他先認出的我，「胖了一些吧，差點兒看不出。」他倒還是那麼瘦，但似乎哪裏不一樣。

「怎麼樣？還跑北京線？」其實我最想問的是地圖。說真的，我有點兒好奇，他現在該看到縣城地圖了吧，一個縣接一個縣地看，在那搖搖晃晃、通宵不眠的車廂裏？

「早下線了。」他拈出一根煙，把我拉到商場逃生通道，「火車禁煙。下來我就抽上了，才發現煙是個好東西。對了，我們那個班，後來出了一點小事。」他大口吞煙，這使他看上去顯得很平庸。

「怎麼？」

「李偉豐，我們一起的，有一天掉下去，脊樑骨摔壞了。」

「掉下去？」我不明白。

「喏，就像你那回一樣，突然打開窗戶……」他不

說了，掩飾地只繼續吞煙。其實不一樣啊，我那次畢竟並沒有「掉下去」，但我多少有點兒羞慚。

不過，李偉豐是哪一個？我不清楚他們幾個的名字，包括他。掉下去的，是矮個兒的還是總抹桌子的？抑或是那個工齡最長的班長？到底是哪一個，在其安詳的假面之下，有着與我同樣的焦躁──沒完沒了的鐵路線上，燈光遙遠的夜晚，像螞蟻一樣，從地圖的邊緣爬出來，企圖擺脫這個世界。

「幸好……」我含含糊糊地說。

「對了，我曾經在你採訪本上畫過一幅縣城地圖，記得的？」他有些不好意思，但仍然把話說完，「後來，你一定是扔了吧？」

「沒有沒有，好好保存着呢。你不是讓我千萬不要扔的！」我差不多快忘了那張圖，鬼知道在哪兒呢，他反正不可能跟我回家看吧，「怎麼，你後來真在縣城地圖裏看到一模一樣的了？」

「哪裏，我下來後就把所有的地圖冊都送人了，我自己畫的那些假地圖，通通扔了。今天碰到你，倒是巧，要知道，我一直惦記着，還有張地圖在你那裏，你今天一回去，也替我扔了吧，這樣我就安心了。」

我感到一陣找不到疤的疼，以及凌空失足的空虛與崩壞。今天為什麼要逛這個打折區呢？

想再問點兒什麼，他卻匆忙地掐了煙，「有事兒，先走了。記住啊，回去替我扔掉。」

二〇〇八年

＊　魯敏（1973–），作家。著有《伴宴》、《六人晚餐》、《博情書》、《方向盤》等。

喬葉

深呼吸

　　那天下午，她一直隱隱地覺着有些異樣。但這異樣沒有任何證據，她就沒有讓這異樣任性。工作是不能任性的。尤其是她的工作。於是她放棄了直覺，走進永安巷。

　　快走到五十四號的時候，異樣的感覺再次襲來，而且越發強烈。這種強烈明白無誤地告訴她：異樣的發生源已經很近了。甚至，已經到了。如果靠近了放酒的窖子、釀醋的罈子、焐醬的缸子，那感覺也許都是這樣吧？或者，就像她曾經被刺腹殺掉的那個孩子。幾乎每個夜晚，當她脫衣睡下，撫着那道傷疤無邊冥想的時候，那種血腥的氣息，都會從她身體的下端逆流而上，在她的唇上和眉下縈繞，讓她清清楚楚地嗅到。久久不散。

　　發生源只能是五十四號。

　　但還是沒有什麼可疑的現象。沒有「尾巴」，沒有「腸子」，也沒有「帽子」。

　　「麻花哎！大麻花哎！又酥又甜的大麻花哎！」

賣麻花的老人仍舊一趟趟地吆喝着，聲音依然是那麼嘶啞和慵倦，像這漫長的秋日的午後。

她正走過的是財順號，是這個城市小有名氣的館子，門口是大大小小的瓦罈，盛着各種各樣的酒。三開間的舖面，以她高跟鞋的窄小跨幅，得三十三步才過得去。財順號對面是萬紫千紅布店。一卷卷的布排得整整齊齊，把夥計呆板的神情都映射得有些生動了。五十二號前有一個中年婦人在罵孩子，由上輩子罵到現在，由奶奶罵到爸爸，又展望到連她自己也不可知的將來，斷斷續續，簡直有些像唱歌了。

如果不是午後，永安巷要比這會兒熱鬧些。聯繫地點的選擇是很有學問的。不能太冷清，也不能太繁華。不冷清不繁華的地界，最好。好進去，也好出來。當然，對手也是好進去好出來的。不過對手再怎麼高明，到了這裏畢竟還是生面孔。一生不如一熟，一動不如一靜。相比之下，也還是她的優勢大一些。

遠遠的，五十四號二樓陽台上那件白襯衣還掛着。是乾的。

它必須是乾的。

她穿着新做的粉紅色旗袍。這種粉紅色水氣很重，十分嬌媚。她本來也就嬌媚，就更顯得雙重的嬌

媚。她走得不疾不徐，鞋跟嗒嗒、嗒嗒響在青石板上。她走過了五十三號，五十四號。然後是五十五號，五十六號。五十五號是一間花茶店，五十六號是一間童鞋店，門面都很窄，比五十二和五十三離五十四號都要近些。

她拿了兩雙鞋，看了看，又放回去。從手包裏拿出鏡子和粉撲，背朝着五十四號仔細地端詳着，專注得彷彿是位初次相親的少女。

映在鏡子裏的白襯衣確實是乾的。可是，它有褶皺。是剛剛拆包出來的那種褶皺。

花茶店裏有兩個人晃出來了。

她把鏡子和粉撲放進包裏，一步步地走過五十七號，拐進了旁邊的小巷裏。這條小巷她是熟悉的。父親生前有一位好友就住在這裏，她和哥哥都叫他文叔叔。文叔叔和他的姓一樣安靜，細眉細眼，皮膚很白，有些像女人，只是不怎麼愛笑，一貫嚴肅的神情不折不扣地顯示着男人的剛硬。

多年以前，她和哥哥先後去教書，都是文叔叔介紹的。

她在這個城市做地下工作已經三年了。放在六年前，她根本不能想到自己會走到今天這一步。文叔

叔介紹他們教書之後，她和哥哥一直都做着極穩妥的教員。她和哥哥在兩所學校教書，薪水不算多，但供養體弱的寡母還是不成問題的。她教小學，哥哥教中學。她的學校離家近，哥哥的學校離家遠。她天天在家吃飯，哥哥在學校住，到禮拜天才回家。哥哥一回家母親就會讓她上街買排骨，哥哥喜歡吃紅燒排骨，她則喜歡吃排骨湯燉的長麵。於是幾乎每個星期日，都是哥哥橫三豎四地啃一堆排骨，她呱呱唧唧地喝長麵。她一直以為日子就會在排骨和長麵中這麼過下去，國亂也罷，不亂也罷，總得容下他們這樣螞蟻般的百姓過日子。

忽然就到了那一天，哥哥不到禮拜天就回來了，說是被解僱了。問他為什麼，他不肯說。但還是每天早出晚歸。她和母親的心每天都被他出門的聲音懸起來，直到他進門才放下。可還是出事了。有一天，哥哥沒有回家。後來，再也沒有回家。她四處託人打聽，才知道說他和一些逃到紅區的進步青年有不少瓜葛，被憲兵隊抓走了。母親當即病了。三天後，她在大街上發現了哥哥的屍首。葬完哥哥一個月，她又葬了母親，然後她變賣了所有的家當，拎着一個小包袱出了門，輾轉了兩個多月，來到了紅區。

那一年，她才十九歲。

巷子裏沒有人。她脱下鞋子，飛跑起來。左拐，右拐，左拐，右拐，右拐，右拐，左拐。她聽見後面腳步聲急促地跟上來。她爬上一道女牆，[1]順着牆跳上一排低矮的平房，爬鑽過一道鐵網，再跳上一排高一點的房子，然後是更好的房子，走，走，走。然後，她順着一架木梯子到了一所院落裏。

　　這是一個很舒適的四合院。很靜。紅門綠窗，中間用青灰色的磚隔開，怎麼瞧着怎麼悦目。種着很多花，卻都不高大。淡淡的日影罩着晾杆上的幾件濕衣。有小小的孩子的衣服，像玩具一樣玲瓏。也有女人的衣服，花色淡雅——女主人肯定不是一般俚俗婦人。挨着梯子的是兩棵女貞樹，隨風吹來幾縷微微的葉香，她不由得深深吸了一口。她熟悉這種香味。她的家，原來也有這樣的女貞樹。女貞樹邊的空地上扎着一圈矮矮的籬笆，籬笆上拖着一些南瓜的黃花。母親生前，也是愛種南瓜的。

　　院子還種着一棵櫻桃樹，樹下放着一個木製的嬰兒車。車裏坐着一個咿咿呀呀的女嬰，粉粉的，花蕊一樣的臉。見她從梯子上下來，彷彿是打招呼一樣瞪大了眼睛，衝她一笑。

---

[1]　女牆，城牆上呈凹凸形的短牆，或庭院四周的矮牆。

她也朝她笑了一下，一邊穿着鞋子一邊想着如果有大人出來該怎麼解釋。或者就說自己走錯了門。或者就說自己是鄰居的朋友，來玩兒，在房頂上看到她的孩子實在可愛，忍不住想過來逗一下——自己的孩子如此被人喜歡，是多半父母都會高興的事。再或者，就乾脆走吧。

簾子響動。堂屋裏走出來一個女人。一個穿和服的女人。

女人輕輕地驚叫了一聲，嘴裏嘟嚕了一句什麼，朝她彎下腰，微微鞠了一躬。

日本女人。

去他媽的日本女人！

她驀然明白，她進的是日軍的軍官家屬院。白塔寺這邊有一個小小的日軍家屬院。可她今天全然忘記了。

她一把抓起了那個嬰兒。

日本女人也呆了。她捂住嘴巴，似乎就要昏厥過去。但還是站住了。

她貼着嘴唇，豎起食指，示意日本女人不要出聲。然後指指屋裏，用手勢問家裏現在還有誰？日本女人很機靈，馬上領悟了她的意思，也用手勢回覆說還有一個。她問在哪裏？日本女人指了指她的懷中，意思說就是這個孩子。

她放出一口氣，鬆了一下胸口。她知道，一場仗，要開始了。

她們一前一後進了屋。她一眼就看到了桌子上的水果刀，拿在手裏。然後她把房子的各個房間都轉了一遍，確實沒有別人。她抱着孩子在客廳坐下。看見東牆上掛着地圖，紅區那裏圈着紅圈。地圖旁邊還掛着一把長劍。而在她坐的椅子扶手上，還搭着一件日本軍服。多麼熟悉的黃色。讓人憎惡的骯髒的黃色。大便一樣的黃色。

她抱着孩子。孩子很輕，但她還是覺得胳膊使得有點兒木。也許是她不會抱的緣故吧。她從來沒有抱過孩子。

本來，她是很有機會抱的。

到紅區的第三個年頭，她結了婚。不久，他們都有了一個上戰場的機會。他是連長，無可置疑是要上的。她是可上可不上，可她還是堅持要上戰場做醫護。戰友們笑她雙宿雙飛，一刻都離不得丈夫。她笑笑。她有一個想法對誰都沒有說：她想親手在戰場上殺人。殺日本兵。他們殺了她的哥哥和母親，她不能就這樣算了。別人殺是別人殺，她要殺自己的。最少要殺一個，能殺兩個最好。當然，能多殺一定要多

殺，因為除了她的哥哥和母親，還有那麼多人，那麼多。

最初的一剎那是可怕的。以前都是離戰場近或者遠，現在不是近和遠的問題，而是在戰場裏面。她幾乎有些驚慌失措。她覺得，不光是自己，周圍的人其實也都有些驚慌失措。他們的神情都有一種莫名其妙的激動和難看。呼嘯着的炮彈拖着長長的光芒劃破了天空，像彗星失控後，一頭從軌道上栽了下來。塵灰飛揚，氣浪激蕩，餘聲洶湧，狂流澎湃。

然後就好了。他們奔跑着，叫喊着，衝上前去。有許多人倒了下來。炮彈壓縮着空氣，在一片又一片的土地上炸開，有血濺到了她的身上。到處都是濃煙和紛亂。有些人在土壕裏躺下，流血呻吟，臉色是青烏的。有些人因為傷在要害，痙攣的手摳着地面，一道，一道，像小小的爬犁。一些人胳膊上一邊流着血，一邊鎮定地給槍裝着子彈。她跑來跑去地包紮着傷員，等待着自己上去的那一刻——那一刻其實是戰爭已經勝利的一刻，她要去戰場搜檢傷員。她想，如果看到有受傷的日本兵，她就毫不留情地殺死他，殺死他。

她終於可以上去了。但上去的時候，她卻已經顧不上殺人了。戰場已經差不多安靜了下來，從這一端

到那一端，處處都有流動着的呻吟和凝固的血。她忽然覺得惡心。她從來沒有見過這麼多血。他們勝利了，可她還是惡心。到處都是屍首。到處都是。而在幾個小時之前，他們都還是活生生的，人。

她和戰友們找着自己的同志，一個個地清理，安頓。等到找得差不多的時候，她靠近了一個日本兵。那個日本兵一動不動，應該已經死了。可她恍惚覺得，就在她要轉身的一瞬間，他的胸膛似乎有一次輕微的起伏。於是她又回轉身，在他面前彎下腰，忽然間，她聽到戰友可怖的驚呼，然後，她失去了知覺。

她被搶救了過來。但她的孩子沒有了。而且，再也不會有孩子了。那個日本兵沒有死，他一刀刺向了她的肚子。

她懷孕已經兩個月了。可她不知道。

她的丈夫也在那場戰爭中死了。她又只剩下了一人。因為身體虛弱，她做不了別的什麼。後來組織說想要在這個城市建一個工作站，她比較熟悉情況，問她想不想過來，她沒有猶豫就答應了。她不需要忌諱很多。在這個城市，她已經沒有親人了。即使是以前認識她的人，經過了這幾年，也多半不能認出她。經歷了這麼多，從裏到外，她再也不是以前的她了。

她改了姓名，回到了故鄉。有限的熟人們果然

沒有一個認出她來。她在離舊居很遠的地方租了一個房子，另一位同志做她名義上的愛人。她仍然在一所小學謀得了一份工作，只不過不是教書，而是在教導處。這一幹，就又是三年。

那場戰爭在她身上烙了四個疤，不過還沒有妨礙到她穿旗袍。

嬰兒開始哭起來。熱熱的一股染到她的手上，孩子尿了。孩子的尿沒有多少異味，清冽冽的，溫濕溫濕。

日本女人拿過一塊尿布，懇求地看着她。一瞬間，她幾乎也想把孩子給女人，但是，終是沒給。她接過尿布，一手拿着尿布，一手抱着孩子，刀柄挨着孩子的頭，孩子翻着眼睛看着刀柄，不哭了。她的小手一抬一抬，想要去抓住刀柄似的，粉色的胳膊映在刀光裏，呈現出一片模糊的溫柔。

他們欠她四條人命。今天把她們殺了，還有兩條。再加上自己的死，其實還有三條。她算着這筆清晰的帳。一會兒工夫她就算了七八十來遍。這帳好算。一年級的學生也會算。可她一邊給孩子換着尿布一邊算着的時候，不知怎的就覺得很模糊，有些盲目。

日本女人窒息一般地看着她。換完尿布，孩子開

始玩了。日本女人長吁了一口氣，抬起袖子擦了一下汗。

女人的和服上滿是櫻花，櫻花的粉色和她身上旗袍的粉色有些一樣。從上到下，櫻花漸濃漸密，像暮春隨風落了一場雨之後，櫻花從樹上吹下，匝匝地鋪了一地。離樹遠的地方，鋪得少。離樹近的，就多一些。到衣襟的下面，綿綿麻麻分不清楚的，也就是樹下了吧。

她原本也喜歡櫻花的。以前她在這個城市教書的時候，校園裏也有幾棵櫻花。有一棵剛好長在她的辦公室前，開花的時候，枝丫會伸到窗櫺間，引得蜜蜂們不時地撞到玻璃上。咚。咚。

門外響起了腳步聲，很多人的。其實還隔着幾條街，但因為人多，聲音就顯得很近。聲音總體是整齊的，偶爾有一些不規律的亂。一定是那幫追她的人進來了。

日本女人輕輕地退到牆邊，她隨着日本女人的腳步握緊了刀——長劍離日本女人愈來愈近。等到她簡直就要把刀舉起來的時候。日本女人把手指向了地圖上的紅圈畫着的紅區，詢問地看着她。

她點點頭。指指長劍，用手放在自己的脖子上，一下，一下，又一下。她希望日本女人能明白：你們就是這樣對待我們的。

日本女人向她鞠了一個躬。她沒有動。

日本女人朝門外的天空張望了一下，指指窗外，又指指她。

她點點頭。

日本女人走向裏間。她跟進去。她只有跟進去。

女人打開衣櫃，取出了一套和服，指指她的旗袍，要她換上。她沉默。女人打開和服，用表情配合讚美着讓她看這和服多麼好。這套和服是淡綠色的，上面的圖案是一枝枝的梅花。白色的梅花像星星一樣綻放在奇異的夜空中，淺褐色的枝幹十分結實溫存。束腰用的緞帶是乳白色的，質地很細膩。她注意到，日本女人的腰帶也是乳白色的。

她停住。要她穿日本女人的衣服？

日本女人微微地鞠了一躬。神情很執拗。執拗而又有着莫名其妙的懇求。

她搖頭。士可殺，不可辱。這句古訓從心底冒出來，卻有些虛弱。或許，真的是個希望吧？如果日本女人是誠心救她呢？日本女人未見得像她那樣有那麼深的仇恨吧？再說，穿穿衣服不等於就是受辱吧？即使是受辱，古訓也還有大丈夫能屈能伸呢。

她終於點點頭。當然不一定能過得了關。這是賭博。她知道。該賭就得賭。這麼多年的風險裏，她賭了不止一次了。

換衣服必須放下孩子，她示意日本女人退在牆角，然後把孩子放在床上。孩子離她近，她有主動權。脫衣服的時候，她手裏也始終拿着那把刀。她已經習慣讓全身都長滿防備的眼睛了。防備就是她的職業特點。即使是在路邊瀏覽一個小小的櫥窗，她也不會忘記從暗彩的布料反光上去看一眼有沒有人盯梢。

女人上前幫她穿和服。穿罩衫的時候，女人指指她身上的傷疤，又拍拍自己。她點頭。女人又看見了她肚子上的傷疤，指指孩子，指指她。她搖頭。把手放在脖子上。女人又指指自己，她點頭。

她看見，女人的眼圈紅了。

和服穿上了，有些寬，腰間的褶子很多。穿完她轉身就抱起了孩子。女人示意她放下孩子。她不放。女人示意說這套和服之所以有些大，因為是懷孕的時候買的。她應該讓她穿自己身上這套。

女人說完就開始脫衣服。很快就脫得很乾淨了，像棵白蘿蔔一樣站在那裏。

她也只好放下孩子，脫。

有那麼一小小會兒時間，兩個赤裸的女人就那樣站在那裏。什麼也沒有了。牆，屋子，更大更多的什麼，好像都沒有了。只有她和她，還有孩子。遠處的腳步聲好像愈來愈近，但其實還是遠。遠得似乎根本

不需要去在意他們，遠得似乎他們永遠也不會抵達。孩子躺在床上，自得其樂地說着誰也聽不懂的話。她們都靜默地站在那裏，很認真地聽着似的。誰也沒有看誰，有什麼東西流在她們中間，讓她們都有些恍惚。

開始穿衣服了。女人顯然是想要自己先穿好，再幫她穿的。她用眼神制止了女人。誰先穿好誰就主動，她不能給女人這個機會。於是女人溫順地走過來，先替她穿，然後自己穿。穿好了，把她推到鏡子前。

她看見鏡子裏的自己，線條有些僵硬，眼神也有些手足無措。但不可否認的是，即使這樣，櫻花和服穿到她的身上也是出奇地明豔和漂亮。真的是合適極了。她們的身材本來也就很相像。她本來也就最適合粉色。粉色襯得她女人氣十足。她是女人。她當然是女人。可有多久了啊，即使是穿着旗袍，她也不覺得自己是個女人了。

和服上，還帶着女人的體溫。

女人又來給她整理頭髮。她橫抱着孩子，把刀墊在孩子的背上，女人的手真是麻利，很快就給她盤出個髮髻來。又往她臉上抹了些紅紅白白的顏色。她抱着孩子站到鏡子前，都有些認不出自己了。

女人又拿來了一雙木屐。

門外的聲音愈來愈近。有日語，也有中國話。中國話是片片斷斷的：

「……有可能……」

「……試試……」

「……也沒別的地方可去……」

「……仔細着點兒……」

「……別亂來，規矩些……」

有人敲門。女人示意她不要說話。一個字都不能說！她的表情很嚴厲。然後她去開門。一夥人進來，有日本兵，也有中國兵。有日本軍官，中國兵也有一個頭目。他們先向女人滿面笑容地解釋了一番什麼，然後裏裏外外地找。找了一遍。就要走的時候，日本軍官在她面前停下了腳步。打量了一下她，然後取出一張照片，對着她看，看了一眼，又看了一眼。笑了。笑聲彷彿剛從冰窟裏取出來，冰涼冰涼。

她看了他一眼，困惑地。然後低下頭看着孩子，不再看他。什麼人都不看。抱了這麼大一會兒，她又穿着那件和服，孩子顯然覺得她很親切了，小手一搣一搣，開始看着她，和她玩。女人趕過來，哇啦哇啦地向那軍官說着什麼，軍官也哇啦哇啦地說。女人說的句子長一些，軍官的句子短一些。翻譯向一邊的中國軍官介紹說，這個日本女人說抱孩子的是她妹妹，

因為她在這裏很孤單寂寞，所以剛剛從日本趕過來陪她。

日本軍官對翻譯耳語了些什麼，翻譯走過來，把照片舉到她面前：「小姐，你見過這個人嗎？」

她迷茫地看着他。

「你和她長得很像啊。」

她繼續迷茫。

「你這個婊子他媽的挺能裝啊。」

士兵們有人笑出了聲。笑的這些，一定是中國人。

她還是迷茫。

翻譯又開始用日語對她說。她的神色開始冷漠起來，一句也不答腔，彷彿一向就不屑於理這些人一樣。

日本女人來到翻譯旁邊，開始說話。翻譯斷斷續續地對中國軍官說：這位太太說自己妹妹的耳朵不是很好，性格也很內向，他們這麼多人，會嚇壞她的。請他們先出去。

「可她和照片裏的人太一樣了。」中國軍官說。

日本女人又是一串。翻譯說：這位太太說，自己和妹妹長得也很一樣，那麼也就和照片裏的人很一樣了。要抓就請把她抓了去。

正僵持着，孩子突然大哭起來。一屋子人都看着這個孩子。她的嘴巴張得很大，彷彿餓了很久很久

了。她費力地拍打着孩子，孩子卻愈哭愈烈。剛剛尿過，孩子一定是餓了。也許換個姿勢抱抱會好些。孩子一直是橫抱的。可她不能亂動。孩子身下，還有那把刀。

她開始出汗，一層一層地出着。她覺得，汗水都要滲出衣服了。

日本女人的手伸了過來，沒等她猶豫，就抱走了孩子。她抱得十分輕捷。

還有那把刀。當着一屋子男人的面，女人坐下來，開始解衣服。她露出了雪白的乳，塞進孩子的嘴裏。一邊餵着孩子，她一邊哼着什麼歌。那乳的亮白，似乎晃着了所有人的眼。男人們把頭扭過去，沒有誰再看她。

奶香柔韌地沁到空氣中，讓她有些微微的暈眩。

先是中國兵退了出去，然後日本兵也退了出去。女人抱着孩子，把他們送到門口。她站在窗前，緊緊地盯着女人。女人又開始和他們說話了，說得很熱鬧。他們都不時地朝屋子的方向看過來，女人還不時地指指孩子。

她是在告訴他們自己就是用孩子來威脅她的嗎？她的心突然懸了起來。可怎麼現在才突然去懸？她為

自己的愚蠢感到好笑。革命了這麼多年，自己怎麼還會犯這種低級錯誤？怎麼就如此輕易相信了一個原本就不共戴天的日本女人？現在的她，已經失去了任何屏障，真正成了一條刀案之魚。死了也是白死，連和她等價換命的人都沒有。

最少應該殺一個的。

果然，日本軍官從大門這邊走來了。一步一步。她站到牆邊，摘下長劍，長劍的光雪亮雪亮。她把劍放在桌子上，用身體擋住。如果他拔槍，她的速度未必就比他慢。如果他不拔槍——他會不拔槍嗎？

軍官走向她。走向她。走向她。在離她一米遠的地方，停下。她的手已經摸到了劍柄。

軍官的雙腿並立，頭微微地低了一低，走了出去。

關好大門的女人走進來，豎抱起孩子，把刀遞給她。她沒接。可女人還是一直遞。女人開始用手勢對她說話。現在，她們用這種方式說話已經很流暢了。

女人告訴她：你應該帶在身上，外面還很危險。

她解開腰帶，想要換下和服，女人攔住了她，示意她把和服穿走。

女人說：這樣更安全。你的旗袍就送給我吧。

女人又一次把刀遞過來。她接了。

女人朝她鞠了一躬。

她也朝女人鞠了一躬。

她告辭要走的時候，女人説：我送你。

她們抱着孩子，一前一後走出屋子，女人卻又攔住了她。女人説穿和服不能這麼走路。你先跟我學學走路。

那天黃昏，有人看見，兩個穿和服的女人，輪流抱着一個孩子，姊妹般依偎着，走過了永安巷。

後來，她很快離開了這個城市。可她無論走到哪裏，和服與木屐都始終伴隨着她。過重重關卡的時候，化裝取情報的時候，紅區演出需要道具的時候，都會用上。有時候是別人穿，有時候是她自己穿。不過她穿的效果是最好的，誰都説她裝日本女人裝得最像。

三十年之後，她成了反革命。小將們抄家掃蕩，從箱子裏抄出了和服與木屐。裏通外國，鐵證如山。

她講了這個故事，沒有人相信。而當初能證明的一些人，都已經不在人世了。

和服與木屐被扔到了火裏。她沒有表情，只是一點點地看着櫻花萎縮，敗落。燒到一半，突然有人想

起來説不能全燒完，要保留一部分做罪證。於是有人澆滅了火，揀出了幾條碎片。他們走了以後，她也撿了一片。那一片上有一枝完整的櫻花。

她帶着這枝櫻花到了甘肅，在祁連山下接受改造。她被改造了六年。回去的那一年，她六十三歲。

她不愛看電視，也不愛看報紙，最多只是在早晨和黃昏偶爾聽聽收音機。一個微雨後的清晨，她躺在竹椅上，半寐半醒地聽着收音機裏的歌聲：

櫻花啊，櫻花啊，
陽春三月晴空下，
一望無際。
櫻花啊，
花如雲朵似彩霞，
芬芳無比美如畫。
去看吧，
去看吧，
快去看櫻花……

主持人介紹説，這首歌是日本最古老的謠曲，名字叫《櫻花》。

那天，那個女人餵孩子吃奶時唱的歌，就是這首吧？

她靜靜地躺着，眼前忽然清晰地呈現出那個日本女人的眼睛。那雙眼睛是那麼純淨，純淨得就像祁連山上的雪。

富士山上的雪，也是這般純淨吧？

暮春的陽光下，她挺了挺胸，做了一個深呼吸。她的淚水湧了出來，濕潤了滿是皺紋的臉。

沒有人看見她哭。

刊於《上海文學》二〇〇五年第二期

＊　喬葉（1972-），作家。著有《孤獨的紙燈籠》、《坐在我的左邊》、
　　《自己的觀音》、《薄冰之舞》、《我是真的熱愛你》等。

朱山坡

丟失國旗的孩子

　　旺月是國慶節前一天把國旗弄丟的。這消息暴風驟雨般地驚動了公社，把大隊支書嚇得癱軟在地上，旺月的父親闕振興當場就要槍斃自己的兒子。

　　「他夠得上槍斃了！」闕振興把槍膛拉得啪啪地響，一邊拉一邊說，人的聲音和槍上膛的聲音都很嚇人。

　　丟什麼不好，怎麼能丟國旗呢？

　　旺月是從縣城回來的路上把國旗弄丟的。那麼漫長的一條路，中間經過那麼多城鎮和村莊，不知道究竟在哪裏丟了，反正是，回到大隊的時候，旺月發現車架後面空蕩蕩的，綁在那裏的國旗飛了。同時，旺月的魂也飛了，他剎那間臉色蒼白，雙眼僵直，口吐白沫，像張洪武有癲癇的兒子一樣，現在正躺在大隊衛生室裏，衛生員給他打了一支強心劑，還給他灌葡萄糖。他的母親哭哭啼啼的死死地守在門口，不讓持着步槍的闕振興闖進來。他一進來，真的會給兒子一顆子彈。

　　大隊支書是經歷過各種考驗的老支書了，但這個

考驗來得太不是時候，他癱坐在辦公室的椅子上，吩咐其他幹部，動用一切力量，即使國旗到了美蔣那裏也要把它找回來。

旺月不是一個很安分的孩子。每到民兵打靶訓練，旺月總要逃學，在離學校不遠的打靶場看民兵們打靶。本來，民兵打靶的時候孩子是不能隨便靠近的。但他是民兵營長的兒子，不僅能近距離地觀察，有時還悄悄地從民兵的身邊撿到一些燙手的子彈殼。旺月呢，就把子彈殼分給學校裏最要好的同學，他們呢，把子彈殼串在褲頭的鑰匙串上，一來能辟邪，二來炫耀唄。旺月最盼望的一件事就是，父親同意讓他打上一發子彈，證明他比那些笨手笨腳的民兵打得好，至少不像張洪武那樣經常脫靶——那簡直是在浪費子彈。但民兵訓練的子彈得到充分的保障，經常是，每一個民兵能分到一箱子子彈，打開箱子，一排排子彈像豆莢那樣閃閃發亮。他們都知道，這些都是老三八式步槍的子彈，戰場上用不上了，就給民兵訓練用，用不完就過期作廢了。旺月不敢直接懇求父親，而是通過跟父親關係好的民兵為他提出申請，就打一發子彈，如果脫靶，甘願受罰，從此以後，安心上課，不再涉足訓練場。

本來，旺月的父親可以對此睜一隻眼閉一隻眼，

不就一發子彈嗎，就讓兒子過把癮唄。但父親斷然拒絕了旺月的非分之想：除了民兵，誰也不能打槍。旺月不是民兵，他只是民兵營長的兒子。旺月知道父親的嚴厲和固執，就死了這條心。但幾天之後，他的父親突然改變了主意：

「旺月，讓你打一發子彈並非不可能，但你得去一趟縣城，給學校買一面國旗回來。明天就是國慶節了，學校要搞升旗儀式，公社很重視，也要來人參加。」

全大隊只有學校的一面國旗，又破又舊的，顏色已經褪得差不多，像女人的裙子，再掛起來就是犯錯誤了。但國旗不是隨便就能買的，得到縣城的新華書店去買，關鍵是要爭取到買新國旗的指標，還要經公社武裝部蓋章同意。全公社就五面新國旗的指標，支書好不容易才求回來一個。本來，村支書是吩咐民兵營長讓他親自去縣城買國旗的。但公社武裝部抓民兵訓練抓得緊，國慶節每個大隊的民兵連都要到公社，先是閱兵式，然後是比武。關振興不怕閱兵式，他的民兵連隊列站得很好，踏步踏得很整齊，就怕射擊比賽，因此他不敢鬆懈，日夜訓練打靶。大隊裏的幹部也忙不過來，工作一件接一件的，每樣工作都來不得半點馬虎。那讓誰去縣城呢，振興想到了自己的兒子

旺月。旺月經常一個人去高州城，買回鹽、酒和糖，一個人敢去很遠的地方。這小子書讀得不好，但膽子大，關鍵是靈敏，有責任心，輕易不把事情辦砸，作為父親振興是知道的。支書說，那就讓他騎大隊的單車去。大隊只有一輛單車，平時都是支書騎，能讓給旺月騎去縣城，可見支書對買國旗的事高度重視。振興也很重視，反覆叮囑旺月，一定要快去快回，一定要把新國旗順利買回來。旺月年紀不大，但知道國旗事關重大。國旗買回來了，能打上一發子彈，他一定能打中十環，讓那些民兵自慚形穢，也給父親爭光。所以，他迫不及待地要去縣城，天沒亮就出發了。出發的時候，母親拿父親的軍用水壺掛在他的脖子上，一隻飯盒，就掛在單車把子上，都裝滿了水和飯，渴了就喝水，餓了就吃飯，沒多給一分零用錢。買國旗的錢和有關手續就嚴嚴實實地藏在褲腿的一個秘密而安全的袋子裏，妥妥帖帖的，只要褲子還在他的身上穿着，買國旗所需要的東西就不會丟。

結果，旺月什麼也沒有丟，卻把國旗丟了。

他回到大隊的時候已經是下午，不，已經是近黃昏，民兵打靶訓練已經結束，剛剛到大隊裏集合，父親振興正給民兵作訓練總結。今天又有兩個民兵打了三百發子彈，竟然有兩百發脫靶。振興罵人了。振興

還要繼續罵的時候，旺月回來了，興致勃勃又滿面風塵，卻一點也不覺得累的樣子，把單車架好，便衝着父親說，我手癢了一天了，我馬上要打掉我的那發子彈。

旺月就要從眾多民兵的手中挑選自己喜歡的槍。槍都是一樣的槍，但旺月覺得張洪武的那支好，就要張洪武的。

振興懷疑地吆喝了一聲，國旗呢？把國旗給支書送去。

旺月伸向張洪武的手停在了空中。旺月掉頭要拿國旗的時候，手什麼也沒有抓着，這才發現國旗不見了。

首先意識到國旗不見的當然是旺月自己。旺月臉色驟變，把單車上上下下全看了，如果單車是一個人的話，他的屁眼和每一根汗毛都被翻過了。只有一隻空飯盒和一隻空水壺，都掛在車把子上，左一隻，右一隻，像秋風裏的枯葫蘆。

唯獨沒有國旗。

振興意識到事情不妙，大聲說：

「你究竟把國旗藏在哪裏了？」

旺月支支吾吾，我明明把國旗夾在車架子上，還用繩子捆綁，回到公社我還伸手摸了一把，它還在，軟綿綿的，怎麼說不見就不見了呢？

單車像一具僵直的裸屍，振興慌亂地把裸屍翻騰了一遍，抖了幾抖，抖不出個屁來。振興粗魯地把兒子的身子翻了一遍又一遍，除了聞到一身汗臭，什麼也沒有。

「你真把國旗丟了？」振興怒吼，「你為什麼不把自己的命一起丟了！」

振興的怒吼把大隊附近的耳朵都震顫了。人們知道出了大事。

振興是當過三年兵的，脾氣火爆，民兵都怕他。民兵在振興的背後用手勢暗示旺月，快跑！

旺月不敢跑。振興從民兵張洪武的手裏搶過槍，槍裏還有子彈。民兵們意識到事態嚴重，驚恐地叫，旺月快跑。

旺月還是沒有跑。他看着父親手裏的槍，看他啪的一聲上了膛。

幾個民兵要奪振興的槍，卻被振興一把推倒，你們別管，那麼大的事情你們管不了。

民兵們明白，管不了也得管呀，不管就要出大事了。他們二十幾個，一下子撲上來，把振興撲倒在地上，任他怎麼罵，就是不讓他動彈。

旺月，你跑呀，有多遠就跑多遠。民兵們喊。

旺月還是不跑。他害怕得不會跑了。支書來到

的時候，他的臉像塗上了一層粉筆灰，雙腳直哆嗦，白沫從嘴角邊滲出來。旺月母親趕到的時候，旺月已經被抬到了衛生室。旺月母親看着兒子魂飛魄散的樣子，罵仍被民兵按在地上的振興。

「你才得一個兒子，就一個兒子，你還嫌兒子多！」

振興怒不可遏，像一頭瘋牛。

「讓我起來，我要槍斃他！他夠得上槍斃了！」

振興命令他的民兵，但民兵們並不聽他的。

旺月母親氣得發抖：「你們把他放了，讓他起來，讓他把兒子槍殺了，讓他生吃兒子的肉，連毛也一起吃了！」

支書過來，厲聲對民兵說，你們都把槍收藏起來。幾個民兵把槍收起來。振興也起來了，他不顧支書的勸阻，從民兵手裏搶過一支槍，啪啪地把膛上了，要闖進衛生室找旺月。旺月的母親把守着衛生室門口，對失去理智的振興說，你要進來，除非踏過我的屍體！幾個民兵一直擋着他，他始終在離衛生室兩米的地方和民兵們推扯。

經歷豐富的支書從來沒有那麼驚慌失措過，他口裏念念有詞：「事到如今，怎麼辦呢？」

支書回到辦公室，首先電話報告了公社，然後按

公社的指令，馬上召集所有幹部、民兵開緊急會議。但會議還沒有開，支書便做出了決定，還開什麼會，所有的幹部、民兵都找國旗去，發動大隊的群眾、學生，一定要把丟失的國旗找回來！

大隊出現了多年沒見的奇觀，四五百人沿着通往縣城的道路尋找丟失的國旗，浩浩蕩蕩又亂糟糟的。天色逐漸暗下來，火把次第點亮，從大隊一直往北彎彎曲曲地延伸。三年前，支書七歲的孫子在高州城回來的路上意外走失，大隊也沒有動用那麼多人去尋找。過了一陣子，公社派來的全副武裝的民兵也趕到了，武裝部長接手了搜尋國旗的指揮，氣氛更加凝重。

按照旺月的回憶，公社來的民兵領導決定把搜尋的重點放在大隊到公社這段路上，要地氈式，不能放過一草一木，可疑的地方要五個人仔細捏過。還調來了幾個喇叭，向沿途周邊的群眾喊話，誰撿到了一面嶄新的國旗？哪家哪戶撿到了，要主動交出來，不能私藏國旗……怕喇叭傳不到，公社組織了十一個小分隊，挨門逐戶地詢問，軟話硬話都說了，反正誰撿到了國旗，交出來便既往不咎，如果私藏國旗將從重處理。沿途的群眾都說，沒撿到國旗，即使撿到了，早就上交公社了，國旗又不是其他東西，誰敢私藏？

從大隊到公社十幾里路，被仔仔細細地搜尋了一

趁，除了找到幾張不知誰遺失的糧票和一件紅色破背心外，沒有發現國旗。武裝部長要求，從公社到大隊再複查一遍，加強沿途住民的盤查，如果再找不到國旗，那就不要再找了，天亮後，大隊支書和民兵連長帶着肇事者到公社聽候發落。

他們又把十幾里的路翻騰了一遍，把沿途的住戶反覆盤問了，仍然不見國旗的蹤影。他們已經又累又煩，怨聲載道，都要回家睡覺，連公社來的民兵也放棄了進一步的努力。這就意味着，大隊丟失國旗的政治事件正式確立，明天公社就可以開會進行定性。意味着，國慶節學校將無國旗可升。意味着，一連串的處分和批判將接踵而來⋯⋯

振興已經沒有時間槍斃兒子，支書帶着他和旺月重新把這段路掘地三尺，用篩子篩一遍。振興不斷地讓旺月回憶，會不會國旗在公社以外的地方便丟了呢？

旺月還是一口咬定，回到公社郵政所門口國旗還在車架上，他還摸了一把，軟綿綿的，心裏踏實了才加快步伐回家。旺月肯定，在回家的路上沒有摔跟頭，連磕碰也沒有，他的車技很好，在供銷社上班的二舅有一輛單車，早就教會他騎車，他甚至可以作表演了。

支書想，國旗肯定是有人撿到並私藏起來了。誰有這個膽？我看沒有誰有這個膽！此時卻有人反映，紅星組的張國寶有重大嫌疑。

　　支書眼前一亮，張國寶？他撿到了國旗？有人說，張國寶今天去趕集了，回來的時候手裏拿着一捆東西，鬼鬼祟祟的，天還沒黑就關門睡覺了，剛才民兵盤問他的時候，他支支吾吾的說不清楚，關鍵是，張國寶一直想要一面國旗。一個老百姓要國旗幹什麼？不是要來懸掛（不能隨便掛），也不是要來收藏，他是想呀，死後讓人蓋在他的棺材上，一起下葬。支書譏笑了一聲，說，痴心妄想，他張國寶算什麼東西？不就是在抗美援朝的時候做過志願軍伙夫嗎，一個煮飯的，雖然身上有幾處傷，少了一條胳臂，但寸功未立，黃豆大的獎章也沒得過一枚，退伍後一直是個農民，連種田能手也算不上，十幾年前就下不了地幹活了，吃隊裏的乾飯，死後憑什麼在自己的棺材上蓋國旗？荒謬至極。但孤寡的張國寶是個倔老頭，脾氣古怪，不願和別人說話，十幾年來他就一個請求，要一面國旗，不斷地給公社打報告，但公社哪裏會答應他的無理要求？也是很多年前了吧，他看中了學校操場上空的國旗，懇求過支書，有了新國旗，就把舊的給我吧。舊國旗也不能給，要交回給公社裏。張國

寶罵過支書，支書倒不想跟他計較。現在，隊裏的國旗丟失了，張國寶有重大嫌疑。

支書和振興、旺月，還有幾個民兵推開了張國寶的門。就一扇虛掩的柴門。屋又矮又窄，堆滿了亂七八糟的東西，牆角裏有一張木板床，有半截蚊帳，張國寶就躺在床上，背對門口。支書知道他醒着。支書說，國寶呀，隊裏給的糧食夠不夠吃？

張國寶不作聲。

支書又說，身體還成吧？實在不成到人隊衛生室去領點藥，打打針。

振興說，國寶叔，支書關心你呢。

張國寶打了一個哈欠。旺月看到光着上身的張國寶右手臂上只有一個皺巴巴的肉痂，心裏不禁一顫，他把右臂弄丟了。

支書說，國寶呀，振興的兒子旺月弄丟了一面國旗，是大隊的，有社員看到你撿到了，你交出來吧，找不到國旗，大隊、我、振興還有旺月這個孩子，都擔當不起，你知道的，命丟了就丟了，國旗丟了沒完。

張國寶把臉翻過來，一臉花白鬍子。看他要坐起來，振興趕緊去扶他。張國寶坐起來了。

「我沒撿到國旗。」

張國寶說，今天趕集，我就問宋裁縫要了一些碎

布，都在支書腳旁。支書俯身打開一個報紙包，裏面果然是一些顏色不同的碎布。

支書說，國寶呀，前幾年有社員舉報說，你想偷學校操場旗杆上的國旗，而且你都去那裏踩點了，有作案動機和行動了，你不知道，民兵早就埋伏好，但我不讓他們抓你，一抓呀，就是大事情了，你就要蹲牢，到死那天也出不來——其他不說，就憑這一點，你也得跟我說老實話。你看，現在都是大隊的人，你把國旗交出來，事情就好辦，如果公社的人來搜出國旗來，我們也幫不了你。

張國寶突然低吼一聲，我真的沒撿到國旗。

支書沉默了一些時間，那好吧，讓民兵搜搜。

民兵嘩啦地就動手。張國寶有些慌張，但更多的是憤怒，你們不能搜我的東西！

支書示意民兵繼續搜。振興去搜張國寶的床，張國寶盯着他，振興說，你不要怪我，如果能把國旗找回來，我寧願死。

旺月不敢動手。他害怕張國寶的身體，瘦瘦的軀殼，空蕩蕩的右臂上那醜陋的肉痂在微微地顫動，像一口嘴巴在吮吸着什麼。

民兵把屋裏屋外搜了一遍了，沒發現國旗。

支書徹底失望了。

張國寶說，支書，我為什麼就不能得到一面國旗？

支書終於也憤怒了：

「張國寶，現在我寧願你是支書！」

支書摔門而去。振興輕聲地對張國寶說，如果明天死，我也想有一面國旗，我的棺材也應該有國旗覆蓋。

把大隊到公社，公社到大隊的路用篩子篩過兩遍後，已經是下半夜了，雞都啼了第一輪。支書宣布，放棄搜尋，明天的升旗儀式取消，他到公社請罪，聽任千刀萬剮。

振興回到家裏，突然發現一直跟在他身後的旺月不見了。問旺月母親，見到旺月沒有？她驚叫，我哪裏見到他？他會不會想不開……

振興驚慌了，萬一旺月這孩子想不開，他什麼事情都敢做，連死都不怕。振興門也不進，掉頭去找旺月。

但去哪裏找旺月啊？天地突然變得那麼遼闊，夜突然變得那麼黑暗，振興怕驚擾別人，不敢高聲呼喊，慌亂地往村外跑。旺月母親也拿着火把出來了，她比振興更焦急，不顧振興的勸告，大聲呼喊兒子的名字，整個大隊都聽到她的聲音了。那些剛剛睡下

床的人，那些累死累活的人，對着旺月母親的聲音埋怨：「嚷什麼呀，要把人吵死呀！」

振興覺得煩透了。

旺月正在學校寂靜的操場上，操場的右側樹上一根高高的旗杆。旗杆空蕩蕩的，像張國寶的右臂。明天，不，今天就是國慶節了，本來是要舉行升旗儀式的，他是少先隊的旗手，將由他親手把鮮豔奪目的新國旗升起。他痛恨自己，沮喪地背靠旗杆，癱坐在地上。平日熱鬧的操場此時悄無聲息，天地都寂靜得像什麼事也沒發生過一樣。沒有大人的謾罵和責備，旺月心裏平靜了許多。他開始想，父親讓他辦了那麼多事情，他從沒有出過差錯呀，這一次，一出就是大漏子。他仔細地回想這一天到縣城買國旗的經過，要像篩子一樣把自己的記憶過一次，究竟在哪裏出了問題？從父親決定讓他買國旗的那一刻開始，當時他興奮得跳了起來，因為父親答應他打一發子彈。那一夜，他睡得很好，做了一夜的夢，夢見自己在打靶場上「一槍成名」，公社甚至縣裏武裝部都知道了，決定破格讓他當民兵，等到了年齡，就讓他參加解放軍，跟美蔣對着幹……第二天一早，他出發了。支書的單車雖然破舊了一點，但還是一把好車，騎起來挺舒

服的，不用怎麼用力，車也跑得挺快的。一路上，騎車的人不多，走路的人也不多。一個孩子騎一輛單車吸引了不少羨慕的目光。一路上都有人逗他，小子，讓我騎騎你的單車。旺月當然不會答應他們，他只顧去縣城。中午的時候，旺月終於來到了縣城。縣城比他想像中要大，要熱鬧。他第一次到縣城，一切都覺得挺新鮮，進入縣城後，他的眼睛就沒有閒過，東張西望。縣城裏有很多讓人垂涎欲滴的東西，麵包、煎餅、油條、拉麵、老鴨粉，還有傳說中的糯米蒸臘肉……旺月想，堪比高州城。但旺月沒有零用錢，面對誘惑，他躲到公園的榕樹下，吃從家裏帶來的飯。飯沒吃到一半，卻被一場浩大的批鬥打斷了。一隊長長的隊伍從公園西面的抽水站過來，敲鑼打鼓，振臂高呼，走在前面的是幾個頂着豬籠胸前背後掛着牌匾的人，那些人衣衫襤褸，蓬頭垢面，卻戴着眼鏡。隊伍中間打着醒目的標語，那些字，旺月都認得，卻記不起來了。旺月記得的是批鬥的慘烈。頂着豬籠的人不到一陣工夫，便被打得頭破血流，還被擲了一臉豬屎……旺月從沒見過如此慘烈的場面，他放好飯盒，推着單車，興奮而又忐忑不安地跟隨在隊伍的後面。隊伍經過新華書店的時候，旺月進去了，旺月看到了貨架上的國旗，折疊得四四方方，鮮豔得像一團火。

旺月説，我要一面國旗。

但售貨員都湧到街頭看批鬥，沒有一個人理會他。漂亮的國旗近在咫尺，旺月忍不住伸手去觸摸，但夠不着。旺月就爬上櫃台，跪在台面上，終於夠得着國旗了。旺月激動地撫摸着他熟悉而熱愛的國旗，多麼柔軟、多麼親切。那面國旗彷彿早就已經屬他，就等他來取走了。

旺月又叫了一聲，我要一面國旗。

還是沒有人理會他。旺月又輕輕摸了一會兒國旗，那就等批鬥結束再來拿吧，反正這面國旗已經是我們的了。

旺月從櫃台上下來，往街上跑，在供銷社第三門市部門口，他追上了被批鬥的人。那些人被推到了高高的臨時搭起來的台上，一些戴紅袖章的人宣讀他們的罪狀。他們臉上的血把自己的衣服都染紅了，乍看像各自披着一面國旗……那些狂熱的人們覺得並不過癮，大聲謾罵着台上戴着高帽的人。旺月聽不清楚他們究竟罵什麼，他努力去聽，整個下午，他都在試圖聽清楚他們罵人的理由，直到最後他才聽懂一句：「用狗屎砸死他們——臭老九！」於是有人四處找狗屎。旺月最厭惡狗屎了，所以他還沒等到批鬥結束便悄然離開。

街道突然變得冷清清的，一些店舖開始關門。旺月推着車低着頭往東街口走，過了菜市、人民食堂，再越過化肥廠、農業研究所，突然一列火車呼嘯而來，從旺月的跟前呼嘯而去。旺月第一次看到火車，火車又離他如此之近，迅猛而霸道的火車把旺月震驚了，火車的巨響在空水壺裏很長時間地嗡嗡地迴蕩。

旺月再往下想，就是，越過鐵路，經過語錄塔、紅星製藥廠，穿過鋸木場就是寬闊而威嚴的民兵訓練場，上百名民兵正在射擊訓練，遠處的靶了上布滿了不規則的點。旺月經過那裏的時候，停留了片刻，他的手癢癢的，於是騎上單車，飛快地往回跑，一路上，他都閉着右眼開着左眼，或開着右眼閉着左眼，做出瞄準的姿勢。如果回去得早一點，打靶場上還在訓練，他就能把屬他的那發子彈送到五百米開外的靶子，然後，等着老陳用高音喇叭吃驚地將信將疑地報告成績：十環，正中靶心，神槍手！

再往下想，旺月就嚇了自己一大跳，突然從地上彈起來，發瘋地往家裏跑。黑暗的道路沒有一點亮光，但旺月憑着感覺回到了家門口。

家裏的燈還亮着。門虛掩着。父親和母親背對着門口正在燈下忙着什麼，旺月聽到了他們輕輕的抽泣聲。

「爸，國旗！」旺月激動地説。

父親、母親猛回頭。父親説：「國旗，我們找回來了。」

旺月看到了枱面上有一面鮮豔奪目的國旗，被折疊得四四方方的，五顆星星熠熠生輝。國旗像一團火點亮了黑夜。

「可是，」旺月説，「我忘記了買國旗，我根本就沒有買國旗。」

振興安慰旺月説：「不要怕，張國寶把國旗送回來了。」

旺月爭辯説，我真的沒有買國旗，我忘記了。旺月把事情的經過簡單地説了，還把褲腰上的口袋一把撕開，錢和蓋着公章的證明散落在地上，錢一分不少，證明就是那張證明。

振興驚訝了，看來你真的忘記買國旗！

旺月説，我以為我買了，實際上沒有買，我本來想看完批鬥後再買的，但批鬥還沒有結束——我不知道他們什麼時候結束，我就回家了，把事情忘記了——我也不知道怎麼會忘記買國旗。

振興説，剛才國寶叔送來了國旗，説是撿到的，他還説，他身體愈來愈不成了，本來是要這面國旗蓋在自己的棺材上的，看來，這個願望要等到下輩子了。

旺月説，他哪裏來的國旗？

振興説，也許是他自己做的吧，那些碎布，他經常到宋裁縫那裏要碎布。

旺月輕輕地撫摸着這面嶄新的國旗，多溫軟柔和的布料，多鮮豔奪目的顏色，多精巧細緻的手工！旺月讚嘆説，真是一面漂亮的國旗！

想到今天早上學校操場上五星紅旗將伴隨着太陽緩緩升起，國歌雄壯嘹亮，旺月對着父親，小心翼翼地笑了。

二○○七年六月一稿
二○○八年五月二稿

＊　朱山坡（1973–），本名龍琨，作家。著有〈拯救大宋皇帝〉、〈大宋的風花雪月〉、〈玻璃城〉等。

張惠雯

愛

　　在新任的牧區醫生還未來到以前，一些喜歡打聽的居民就得到了一點兒關於他的消息，知道他是醫學校畢業的大學生，曾在城裏的某醫院工作，還是個未婚的年輕人……這類消息總會從某個缺口透露出來，再經由女人們的嘴渲染、流傳。儘管有了各種消息拼貼而成的印象圖，但新醫生來的時候，人們還是有點兒吃驚，因為他比他們想像的還要年輕得多。根據他的經歷，他們猜測他至少有二十五六歲，但他的樣子看上去更像個學生。和這一帶的青年牧民比起來，他個子有些矮小了，臉色也有點兒蒼白，不像其他維吾爾族青年那樣留着唇髭。即便在他笑的時候，他也顯得有點兒嚴肅，但精明的人能看得出，那並非嚴肅，而是小心掩飾的拘束。和以往的老醫生不一樣，他從不大聲向病人詢問病情，也不會因為他們對針頭膽怯而哈哈大笑，如果不出診，他總是在他的藥房裏坐着，穿着白大褂。

　　這個年輕人叫艾山，當他第一天來到牧區診所時，他發現診所和獸醫院竟然是在同一個院子裏。診所也就是刷了白牆的兩間平房，一間是藥房，一間裏

面放着兩張床和四個陳舊得快要渙散的輸液架子。在院子的一角，一間孤零零的小房就是他住的地方。他猜想前任的醫生是一個不怎麼清潔的人，因為不管是診所還是住房裏面的牆壁都很髒，桌子上、藥架上落滿了灰塵，他不得不做一次大清理。他對牧區的工作沒有什麼幻想，但這樣的簡陋還是讓他失望，尤其當他聽到院子裏那些被人強按住的牲口發出的號叫聲時，他感到自己的職業被侮辱了。開始的一些天就在沉悶而又略有些煩躁的情緒中度過了。但他是這樣一個溫柔謹慎的年輕人，連他的煩悶不安也是輕柔的、悄無聲息的。無人察覺這年輕人陷入了對未來生活的迷惘中，因此也就無人知道他從某個時候起又突然感到這迷惘不再困擾他了。他深知自己的弱點，感到自己並不是一個會有遠大前程的人，這樣，他就不再為職業上的事煩惱了。

漸漸地，他發現牧區的生活也有他喜歡的地方，尤其當他出診或調查牧民健康情況的時候，他騎在那匹溫順的褐色老馬上，望見遠處坡地上雲塊一樣緩緩移動的羊群，他會仰起臉深吸那混雜着青草、羊毛和牛奶味的空氣，觀看頭頂那潭水一樣藍而且靜的天空。需要去較遠的牧民聚住地時，他常常騎馬走上一兩個小時。他在途中發現了一些不知去向的小河，偶爾會看見羚羊和鹿。在路上，他很少遇見別的人，蒼

茫的草場上和天空下，只有他和他的馬，有時候他會突然間忘了他是走在一條通向某處的路上，是要往哪個地方去。有人勸他買一輛摩托車，但他卻更喜歡騎馬，因為馬是活的，牠們體恤主人，是路上的伴侶。牧區的病人並不多，因為牧人們不嬌氣，不會把小病放在心上，而嚴重的病，他們就會去縣城裏看。更多的時候，他就只是坐在那間白色牆壁、藍色窗框的簡易藥房裏，等待病人或是看書。有時候，這種日子難免會讓人感覺單調、孤獨，但這孤獨仍是他可以忍受的。

聖紀節過後不久，富裕的牧民阿克木老人給第四個孫子擺周歲酒，邀請了附近的男女老少一起去熱鬧。讓艾山驚訝的是，阿克木老人也邀請了他。一開始，他有點兒不知所措，因為除了看病、日常事務來往和禮節性的交談，他在這裏還沒有一個可以說話的人。他反覆想到的一個難題是，在人們熙攘往來的房子裏，他應該和誰說話，而如果沒有人和他做伴，他獨自待在某個角落裏，會不會被人可憐、笑話。可他又有點兒興奮，因為他也許可以藉此機會認識一些附近的年輕人，這些年輕人不會無緣無故跑到診所來，而他平時也不會主動接近他們。畢竟，有一些朋友，生活會容易一些。

在宴會舉行前兩三天的時間裏，只要一空閒下來，艾山就會想到這件事。一個孤獨的年輕人總會有細緻的想像力，他想到了讓他最尷尬丟臉的場面，也想到了一些散發着模糊的溫暖光暈的畫面，所以，他一會兒猶豫不決，一會兒又興致高昂。最後，他跑到他住的那間侷促的小屋裏，從箱子裏翻出來一條白色的袍子，袍子的袖口和領口都鑲着針腳精緻的、淡綠色的滾邊。這是他母親給他縫製的。由於壓在箱子底下太久了，輕柔的布料起了褶皺。艾山把袍子在清水裏浸了一會兒，然後把它晾在院子裏綁在兩棵小樹上的那條繩子上。

周歲酒在那一天的晚上舉行。下午的時候，艾山仔細洗了頭髮，把下巴和臉頰刮得很乾淨，然後，穿上了那條袍子。他在洗臉盆上面的那一塊殘缺一角的鏡面裏打量自己，他感覺自己打扮得還算整潔，他尤其喜歡母親給他縫製的這件禮服長袍，他喜歡那淡綠色而不是紅色、金色或亮紫色的鑲邊。但他看到鏡子裏的自己長相平平：他的鼻梁有點兒扁平了，毫無特點的嘴巴不大不小，也許他臉上唯一好看的地方是他的長睫毛，可這算什麼呢？他又不是個姑娘，並不需要這樣的長睫毛。

五點多的時候，艾山往阿克木老人的家走去，他

沒有騎馬，因為阿克木老人的氈包離診所這裏走路只需要三十多分鐘。他走在餘暉渲染下的草坡上，穿着白袍。路上，他看見一些歸牧的牛群，還有幾個騎馬趕來的臨近地方的牧民，其中有一兩個裹着色彩鮮豔的頭巾的婦女。他聽見趕路的人含糊的、由遠而近的交談聲，以及歸牧的人單調的吆喝聲，但他什麼也沒有聽清楚。他想着他自己的事，對自己不夠滿意，還有些説不清楚的不安，但他仍然興奮、快樂。當他看到站在阿克木家那個大氈包外面的一群女孩兒時，他才恍然大悟，他所一直擔心、害怕的正是她們。而她們正嘰嘰喳喳地説着話，做着手勢，有兩三個女孩突然神秘兮兮地朝他看過來，似乎她們正在談論着他。

他硬着頭皮經過她們身邊，而她們的竊笑聲傳進他的耳朵裏，這笑也像是衝着他來的。於是，連他的耳朵也紅了。他鑽到氈包裏去了，看到裏面有更多的年輕女人，但也有很多男人。阿克木老人的小兒子嗓門很大地迎接他，這個靦腆的外地年輕人的到來似乎讓他臉上有光，他拍着艾山的肩膀，好像他們已經是很好的朋友了。後來，一些熟悉的人走過來和他説話，還有幾個找他看過病的婦女。他覺得舒服了一點兒，不那麼熱了，他的心跳逐漸平穩，開始悄悄打量周圍的人。慢慢地，有不認識的年輕女人上來和他説

話，她們問他有關胳膊上莫名其妙起的小水疱，被馬咬後留下的傷疤還有突然出現的眩暈，有個女孩兒說她的耳朵裏經常有轟鳴聲，還有個女人說她夜裏老是做嚇人的夢，問他有沒有什麼藥可以治。不管那是否是可笑的問題，他總是細心地替她們分析，盡量找到答案，但每一次，他都對自己的回答不滿意，過後總覺得那樣的回答太倉促含糊了。客人們走來走去，而他似乎就一直站在他進來之後選定的一個地方，一個燈光稍暗、不容易引起注意的地方。

　　吃飯的時候，艾山被邀請坐在重要人物的一桌，那一桌上有主人阿克木老人，他的長子、二兒子還有兩個牧區的幹部，三四個他不認識的、年齡較長的牧民。他覺得彆扭、難受，卻找不到藉口推辭。有人開始悄悄議論這個坐在尊長者之間的年輕人了，他顯得多麼年輕、害羞呀！一個可愛的、涉世未深的人。

　　當別人和他說話時，艾山總會專注地聽着，很有禮貌地點頭，而大部分時間，他只是低頭盯着眼前的杯子、盤子。不知道從什麼時候起，他隱約地感到有一道目光不斷朝他看過來，但每當他循着感覺的方向看過去，他卻只看到一些因為歡笑而顫動、閃爍的女人的身影。他不好意思朝那個方向一直尋找，但他覺得那雙眼睛就隱藏在那些影子中間，它悄無聲息地注

視自己，於是他的每一個動作、每一個表情都落在這目光構成的透明的網中，無一逃脫。他又開始不安了，他調整着自己的位置，一點點地側過身子，可他覺得他並沒有擺脫那道目光，它就像一個輕盈靈巧的飛蟲，在他髮梢、衣領和背後飛動。

那些人勸他喝酒，他們讓他喝了太多的酒，因為他不會拒絕，因為拒絕要說很多客套、聰明的話，看起來他還不會。所以，他的臉漲紅了，他用手扶住自己那低垂的額頭。突然，他抬起頭，他那雙明亮的眼睛飛快地朝一個地方看過去。只此一下。然後，身邊的人又和他說起話來了，他於是帶着兒子般親昵而溫順的神情看着那個長者，眼睛裏閃動驚奇的亮光。在旁人看來，這年輕人已經有點兒醉意了。可他自己卻正為一個發現而歡喜，他似乎找到那雙眼睛了，他剛才捉住一雙迅速閃開的、有些驚慌的眼睛。她坐在一群女客人中間，嬌小，毫不突出，但她那雙眼睛，她垂在臉龐兩側的黑頭髮……一瞬間，他的心裏被一種歡喜、甘甜、湧動着的東西充滿了。但他如何能確定那就是那雙眼睛呢？也許它早就躲開了他，而她只是不經意地碰上了他的目光。他假裝專注地聽旁邊的人對他說話，而他一句也沒有聽到心裏。在心裏，他有些遲疑、迷惑，還有種說不出的快樂。

酒席鬆散了，人們又開始四處走動，有的人到氈包外面去了。這中間，一些女人們從她們坐的地方起身，圍到滿周歲的男孩兒和他母親坐的桌子那兒，她們逗那孩子，孩子卻不解地哭起來。有些住在較遠地方的人開始告辭了，阿克木老人站在靠近門的地方，和要離開的客人告別。但不少人興致還很高，男人們還在喝酒，準備鬧騰一陣。這時，他突然發覺她不見了。迷迷糊糊中，他也站起身，走到外面去了。他看見天空中的半輪月亮和一些稀疏的星星，還有一些人騎着馬離開的影子。也有人騎着摩托車走了，那起初尖銳的震動聲慢慢變得遼遠、寂寞。一些女孩兒在不遠處站着，圍在一塊兒説笑。在這些影子裏，他都沒有找到他要找的那個人。他向堆着乾草垛的空地那邊走去，不知道為什麼，他只是想往更遠的地方走。在他那雙矇矓的眼睛裏，乾草垛就像貼在夜幕上的剪影，像是在草原的另一邊。

他有點兒累了，在一個草垛下面坐下來，夜裏的涼氣滲透了他的袍子，可這涼意多麼清爽。他嗅聞着乾草鬆軟的香氣，不知怎麼想起了爐膛裏剛拿出來的熱香的饢，他彷彿又看到一雙柔軟的女人的手，看到在晨霧裏顯得烏黑濕潤的女人的頭髮，彷彿聽到了紗一般輕柔的女人的説話聲……但最後這一點似乎並非

幻想，因為他真的聽到了女孩兒的說話聲，這說話聲愈來愈近，他發現已經到了乾草堆的後面。

「是真的嗎？可是⋯⋯可是，你都對他說了什麼？」一個女孩兒壓低着聲音、激動地說。

「沒有，我什麼也沒有說。我怎麼能說呢？」另一個女孩兒聲音微微顫抖地說。

「可他怎麼知道的？他不是已經知道了嗎？」

「他好像發現了，我感覺他已經知道了。」

沉默了好一會兒，一個女孩兒喃喃地說：「感覺，多奇怪的感覺。」

「你不會對別人說吧？」聲音顫抖的女孩兒怯怯地問。

「啊？你怎麼想的，我當然不會！」愛激動的女孩兒幾乎叫出來。

「好了，好了，你不會說的，我知道。我只告訴過你一個人。」她說。

坐在那兒的艾山一動不動，幾乎不敢呼吸，幸好他被掩藏在草垛濃黑的陰影裏面。於是，那聲音就從他身邊經過，兩個女孩兒邊走邊說，趁着月光往氈房那兒去了。他知道其中沒有她，但他仍然覺得她們每一個的影子都很美。他無意中聽到了她們的談話，她們的秘密，可他不知道她們是誰，她們愛上了誰。這一切，在他想來也很美。

他又回到氈房裏，可她並沒有在裏面，她那桌上的女人們都散了，桌子空下來。他想她也許已經走了，這使周圍一切熱鬧、耀眼的東西突然間顯得黯淡無光了，他發現他之所以走出去、又回到這房子裏來，這一切只有和她聯繫起來才有意義。但他不好意思馬上走，儘管他心裏焦急着。彷彿有一種不近情理的、模糊的希望在催促着他：如果他早點走出去，也許還有機會在路上遇見她。他仍然站在那兒耗了幾分鐘，和阿克木的小兒子說着話，他終於記住了他的名字——帕爾哈特。隨後，他終於找了個機會向阿克木老人告辭了。他匆匆忙忙地走出去，看到有人忙着套馬車，有人還站在靠近路口的地方說着話。他隱約懷着那個希望，但又極力否認它。一方面，他被那種無法解釋的愉快情緒充滿着，另一方面，他又想讓自己從這讓人暈頭轉向的愉快裏掙脫出來，冷淡地不去相信關於那目光和那個女孩兒的事兒，把它當成錯覺、自己幻想出來的東西。

這時，他突然聽見有人叫他的名字，他抬頭看見路旁站着一個身材高大的婦女，她正關切地問他是不是沒有騎馬。

「我沒有騎馬來，我住的地方很近。」他有點兒吃驚地看着她說。只有一點月光照在她的臉上，而那張臉的輪廓又被圍巾遮住了。可他猛然想起來，這個女

人在氈包裏和他説過話，而且，她和那女孩兒坐同一張桌子。

「街上獸醫站那兒？我知道那地方。」女人説。

艾山笑了，沒有説什麼。

「還有一段路呢，」女人又説，「你搭我們的馬車吧，我丈夫一會兒就過來。」

艾山本想説「不用了」，但他突然改變了主意，如果他坐上這女人的馬車，也許他可以聽她談到她……

他謝了她，站在路口那兒和她一起等着。然後，他看見一個壯實的、敞着懷的中年人慢悠悠地趕着一輛沒有篷頂的馬車過來了，在他後面，側身坐着一個女孩子，當馬車快到他們跟前時，她朝他們招了招手。就像做夢一樣，艾山看到了酒席上那個嬌小的女孩兒。

「那是我女兒。」那婦女説。

「上車吧，年輕人！」中年男人顯然已經醉了，滿面笑容地朝他大聲喊道。婦女繞去另一邊上了馬車。他看見那女孩兒往中間挪了過去，於是，他上了車，坐在她剛才坐的地方。

馬慢慢跑起來了。車上的地方並不寬綽，在車子微微顛簸的時候，儘管他雙手很用力地抓住車緣，他仍會偶爾碰到她。他起初有點兒緊張，他們三個人

擠在一起，而他離女孩兒的頭髮、手臂、衣服都那麼近。但他發覺她並不在意，她那麼自然、快樂地坐在那兒，有時朝他靠近，有時又緩緩離開他。她那自然的態度感染了他，他不再擔心了，反而希望途中能夠多一些顛簸。他的雙手也不再緊抓着車緣了，在身體每一次自然而輕微的碰觸中，在一個女孩兒的氣息中，他感到一種從未有過的甜蜜、溫暖。而每當顛簸過去，他們之間重又有了空隙，他就感到失落。沒有人說話，只有趕車的男人不時和馬吆喝着說上一兩句。突然，女孩兒用手肘輕輕碰了碰他，說：「他和你說話呢。」

艾山從恍惚的意識裏醒過來，聽到趕車的漢子在講他的牛得的怪病。但他也不確定男人是否只是和自己一個人講。他有點兒費解地看看那女孩兒，那女孩兒也看着他笑了。

艾山對那男人說：「帶牠到獸醫那兒看看吧，牲口有病要盡快治，怕牠傳染。」

男人說：「是啊，是啊，要去看看，牲口有病一定要去給牠看，牛馬不會說話，也不知道牠們哪裏難受，比人還可憐。我自己呢，就從來不看病，我這輩子還沒有進過醫院，真主保佑。」

女孩兒卻湊近艾山耳邊小聲說：「去年肉孜節的時

候他喝醉了，摔傷了腿，我們帶他去過城裏的醫院。」她的語氣和動作裏都透出一種熟悉的親昵。

接下來，又沒有人說話了。艾山望着前面，月光下的路像一條銀灰色的帶子，遠處的草原是一片巨大的暗影，隱匿在蒼茫之中。體形勻稱的馬兒踩着碎步緊跑着，一切白日賦予的顏色都模糊、消失了，草原的氣味在夜裏卻更加濃烈而單純了。帶着一股有點兒昏沉的醉意，艾山看到的一切彷彿都帶着虛幻般的美好。車子慢下來了，晃晃悠悠地停在了一個地方，艾山這才發覺已經到了診所院子的門口。他慌忙跳下車，和這家人告別了。

他走回小屋裏，對剛剛的經歷還有點兒將信將疑。這彷彿是個美夢，這麼說，就像他渴望而又不敢想像的，他剛好和他要尋找的那個姑娘坐在同一輛馬車上，而且，她還對他說話，他們像小孩兒一樣無拘無束地靠在一起。有一會兒，他呆呆地站在桌子前面，回想着在昏暗的夜光中的她的臉龐，衣裳的暖意，還有那條往遠處延伸的路……那麼美好！這都不像是真的，卻是真的。他不知道在桌子前面呆立了多久，然後他醒轉過來，於是走到門後的那張椅子那兒坐下來。在那兒，他又發呆了，墜入到沒有止境的回憶和幻想中去。他想到他騎着馬去了她家，她把他迎到氈包裏，他們在那裏面坐着，只有他們兩個，她穿

· 334 ·

着冬天的厚厚的袍子，眼睛在爐火跳動的影子裏顯得更黑了，她的小氈鞋幾乎碰到他的皮靴子；他們又彷彿坐在同一輛馬車上，但那是另一輛馬車，另一個旅程；他還看到她正站在一個潔白嶄新的氈包前面，晾着衣服，衣服被風吹得鼓鼓的，像是要飛走了一樣。他想到戀愛、結婚、未來的生活，這些事說起來多麼平淡無奇，這就是他的父母、他的兄弟都經歷過的，可它們又是多麼奇特。這一切彷彿突然之間離他很近了，而以往他卻覺得很遙遠，遙遠得他都不願去想像。

他終於站起來，走到外面去了。這間小屋太侷促了，似乎盛不下他那不着邊際的幻想和激動的情緒。他去井邊打了一盆水洗了洗臉。他回到房間裏，脫掉身上那件白色袍子，換上了一件平常穿的厚布袍，在床上渾渾噩噩地躺了一會兒。然後，他發現自己又站在院子的大門口了，就在他剛才下車的地方。眼前是一條白淨、單薄的小路，兩邊孤零零的幾間平房店舖都藏匿在沉沉的陰影之中。他猜想那家人已經到家了，馬兒在棚子裏拴好了，嚼着草，氈包裏各處的燈都熄滅了，女孩兒已經躺下了，可能正沉沉地睡着，也可能仍然睜着她那雙可愛的眼睛。如果他知道她所在的地方，如果那個地方是他能夠走到的地方，他現在就會往那兒走去，哪怕走上一整夜，走到明天早晨。這時，艾山才想起來，他對於這家人一無所知，

他沒有問他們的姓名，也不知道他們住在哪兒。他不禁感到懊惱，但這也沒有沖淡他那有點兒眩暈的幸福感，他已經像個戀愛中的年輕人了，而對於這種人來說，彷彿一切的困難都可以拋諸腦後。

第二天淩晨，當他終於在床上躺下來的時候，他用了很長的時間想找一個適合她的名字：阿拉木汗、帕拉黛，還是古麗夏提？似乎更像是巴哈爾古麗⋯⋯於是，他最後決定叫她巴哈爾古麗。

他不知道怎樣過了那兩天，一切其他的事情，一切眼前所見，彷彿都從他的眼睛和腦海裏飄過去，留不下一點兒痕跡。第三天，艾山晚飯後去找阿克木的小兒子帕爾哈特，在他看來，這年輕人熱情能幹，而且似乎很願意和他做朋友。帕爾哈特很高興，他又帶艾山去找另一個年輕人，要把他最好的朋友阿里木江介紹給他。他們在阿里木江的家裏坐了一會兒，喝了兩杯酒。帕爾哈特想到外面逛逛，這也很合艾山的意，可他們一直拿不定主意。後來，阿里木江說，這麼大的牧區，去哪兒不能走走呢。於是，三個年輕人從圍欄裏各選了一匹馬。阿里木江還帶上了酒和熱瓦普，[1]帕爾哈特對艾山說，阿里木江是這一帶最會唱歌的人。

---

[1] 熱瓦普，一種彈撥弦樂器。

他們往牧場的北面走。天上堆積着小朵的、瓦片般的雲，但月光仍然很清亮。草場上交織着銀子般的月光和一些奇異的陰影，似乎還籠罩着一層淡得看不到的霧氣。他們時緩時急地騎着馬，並沒有一個明確要去的地方。阿里木江是個充滿活力的年輕人，他喜歡突然停下來，朝着遠方喊兩聲。每當這個時候，帕爾哈特就會對艾山說：阿里木江亮嗓子了，他要唱歌了！可阿里木江並沒有唱。他們不知道騎了多久，中間經過一些坡度柔和的高地和山坡，還經過了兩三個牧人住的氈包。後來，馬兒來到了一條很淺的小溪邊。他們在那兒下了馬，讓馬自己去喝水。

三個人就在溪邊找個地方坐下來，把阿里木江帶來的酒傳着喝。過了一會兒，阿里木江終於彈着熱瓦普唱起歌來。慢慢地，帕爾哈特跟唱起來，艾山則被阿里木江的聲音和那些歌深深打動了。他痴迷般地聽着，不唱也不說話。在他的腦海裏，他剛剛走過的路和那天夜裏他在顛簸的馬車上看見的路重疊起來，這條路又彷彿是他為了要去尋找她而走的路。他想，他不正是因為她才和身邊這兩個可愛的年輕人走這麼長的路、然後坐在這裏嗎？在路上，他一直想對他們說起她，說起那天晚上發生的事。這兩天，他生活在怎樣幸福卻又焦躁不安的情緒中？一個人孤獨地藏着這熱切的秘密，這實在難以忍受。但現在，他那想要訴

説的強烈欲望卻平靜下來了。阿里木江的歌聲似乎把他帶到遠離語言的世界裏了，在那裏，他那可怕的孤獨被融化了，他沉浸在傾聽和想像中。而在想像裏，他成了一個破衣爛衫的騎手，走着無休無止的路，只為找到那個躲藏起來的姑娘。

不知道為什麼，他想起他母親，想像着她年輕時候的樣子，她經歷過的那些愛慕、追求、思念……他把這美好的事聯想到他認識的每個人身上，正在唱歌的阿里木江，像小孩兒一樣輕輕拍着手跟唱的帕爾哈特……他甚至聯想到過去和未來，各個年代的人，各個地方的人，死去的、活着的、還未曾來到世間的人，無論窘困還是安逸，無論生活卑微或是出身高貴，他們都有那精細入微的能力感受愛，他們都會幻想愛、經歷愛，這種美好的東西從不曾從世間消失過，這是多麼不可思議！於是，他覺得那個美夢般的夜晚，還有這月光下的草原、這露珠的濕潤、樂器的動人、馬兒的忠誠、溪水發出的亮光、人臉上那突然閃過的幸福憂傷的表情都不是毫無理由地存在着，這一切，也許就是因為愛，因為它作用於世間的每個角落、發生在每一個人的身上。

年輕人喝完了酒，收起熱瓦普，要往回走了。他們不知道時間，但從月亮在天空中的位置看，已經是

後半夜了。潮潤的夜氣就像沁涼的井水流遍了草原，風完全沉寂了，連天邊那幾顆星星也彷彿昏睡了。路上，他們比來的時候沉默了一些，各自想着心事。而艾山想的是，儘管他毫無線索，甚至也不知道如何向別人問起，但他總會找到他的巴哈爾古麗——那嬌小的她。她那雙靈活的眼睛，她的柔軟飄動的衣服，她曾碰過他的手臂，她的前頭翹着新月般尖角的小氈靴，這一切就在某個地方等着他。帶着這有點兒盲目的樂觀信念，他在馬背上低聲唱起了歌。

刊於《收穫》二〇一一年第四期

＊　　張惠雯（1978–），作家。著有〈徭役場〉、〈水晶孩童〉等。